야마모토 슈고로
드라마 원작소설선집 1

유령을 빌려드립니다

야마모토 슈고로 지음
박현석 옮김

玄 人

야마모토 슈고로
드라마 원작소설선집 1

유령을 빌려드립니다

야마모토 슈고로

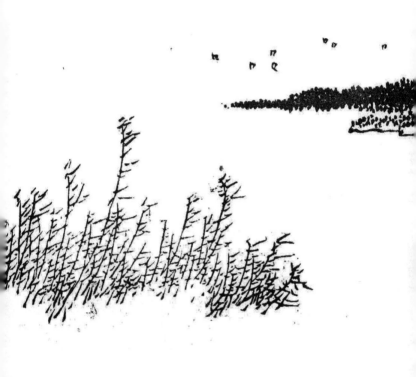

목 차

* 작품 속 단위의 환산
1치 — 3.03㎝
1자 — 30.3㎝
1간 — 1.818m
1정 — 109m
1리 — 393m
1되 — 1.8ℓ
1말 — 18ℓ
1돈 — 3.75g
1평 — 3.3㎡
1칸 — 집의 칸살의 수효를 세는 단위
1첩 — 다다미를 세는 단위로 1첩은 약 0.5평
1각 — 약 30분

도둑과 작은 나리

1

처음 그 소리는 툇마루 부근에서 들려왔다. 툇마루의 바닥이 삐걱 꽤 커다란 소리로 울렸다. 시게노부(成信)는 본능처럼 머리맡의 칼로 손을 가져갔다. 그러나 손가락이 칼의 손잡이에 닿은 순간, 이제 와서 무슨 소용일까 하는 마음이 들어 손을 거두었다.

─그만 뒀어. 구워 먹든 삶아 먹든 마음대로 하라고 해. 지긋지긋하니.

이렇게 생각하며 똑바로 누운 채 배 위에서 깍지를 꼈다. 오른쪽 벽에 뚫려 있는 높은 창의 문틈으로 달빛이 세 줄기, 창백한 삼베를 펼쳐놓은 것처럼 흘러들고 있었다. 조금 전까지만해도 이불 끝자락쯤에 있던 것이 지금은 훨씬 짧아져 터진 다다미1)의 가운데쯤까지를 물들이고 있을 뿐이었다. 그렇다면 벌써 3시쯤 되었을 것이라 생각했다.

소리는 툇마루에서 옆방으로 들어갔다. 굉장히 조심스러운

---

1) 畳. 실내에 까는 일본 전통의 바닥재.

발걸음이었다. 마룻바닥이 빠져버린 곳이 많았기에 거기서도 가끔 끼익끼익 소리가 들렸는데 그때마다 움직이는 기척은 뚝 멈췄으며 한동안은 숨소리도 죽이고 있는 듯했다. 그러나 너무 조심한 탓이리라. 터진 다다미에라도 발이 걸렸는지 비틀거리다 어딘가를 헛디뎌 우당탕 발이 빠지는 커다란 소리가 들려왔다.

　—기리로2)에 빠진 모양이군.

　시게노부는 이렇게 생각하며 자신도 모르게 빙그레 웃었다. 당황한 상대방의 얼굴이 보이는 듯했다. 얼간이 같은 사람을 보냈군, 하고 쓴웃음을 지은 순간 건너편에서 투덜투덜 중얼거리는 소리가 들려왔다.

　"아이고, 아파라. 까졌잖아. 제미럴, 뭐 이런 집이 다 있어. 온 집 안이 삐걱거리지를 않나, 이런 함정 같은 구멍까지 있다니. —쳇, 거기다 텅텅 비어서 뭐가 어디에 있는지도 모르겠어. 제밀, 마치 도깨비집 같아."

　까진 곳을 감쌀 생각인 것이리라. 수건인지 뭔지를 찢는 소리가 들려왔다. 이번에는 사람이 없다고 믿은 것인지 혼자서 자꾸만 불평불만을 늘어놓으며 한동안 그 부근을 뒤적거렸다. 그런 다음 마침내 장지문을 열고 이곳 침소로 들어왔다.

　조그맣고 땅딸한 사내였다. 짧은 한텐 같은 것을 걸치고 모모

---

2) 切炉. 방 등의 일부를 파낸 자리에 만든 난로.

히키3)를 입었는데, 맨발이었으며 얼굴에 두건을 뒤집어쓰고 있었다. 물론 무사는 아니었으며 자객과도 거리가 먼 사람이었다.

—그렇다면 저 사람은 도둑일지도 모르겠군.

이런 생각이 들자 우스워져서 시게노부는 껄껄 웃음을 터뜨렸다. 상대방은 깜짝 놀란 모양이었다. 이쪽으로 돌아서 눈을 가늘게 뜨고 거기에 깔려 있는 이불을 보았으며, 그 속에 사람이 누워 있다는 사실을 확인했다. 그러더니 갑자기, "헉."하는 기성과 함께 뒤로 펄쩍 물러났다.

"웨, 웬 놈이냐? —뭐야."

사내는 이렇게 외치며 엉거주춤한 자세로 이쪽을 살펴보았다. 시게노부는 아무 말도 하지 않았다. 똑바로 누운 채 꿈쩍도 하지 않았다. —사내는 당황해서 달아날까 어쩔까 생각하다 마침내 결심을 한 것이리라. 천천히 한쪽 손에 들고 있던 식칼을 고쳐쥐고 그것을 앞으로 내밀며 외쳤다.

"이놈, 일어나라. 돈을 내놓아라. 일어나라, 이 녀석."

"—."

"돈을 내놓지 못하겠느냐. 어서 얌전히 돈을 내놓아라. 이러쿵저러쿵 떠들어대면 가만두지 않겠다. 배때기가 이놈 맛을 보게 될 거야."

---

3) 股引. 종아리 부근의 통이 좁은 바지. 한텐과 함께 작업복으로 많이 입었다.

시계노부는 역시 말이 없었다. 사내는 가만히 상황을 살피다가 슬그머니 한 걸음 앞으로 나섰다.

"대담한 놈이로군. 자는 척하다니. 그도 아니면 뭔가 계략이라도 꾸미고 있는 거냐? 쳇, 우린 말이지, 밖에서 30명이 기다리고 있어. 내가 휘파람 한 번만 불면 목숨을 아끼지 않는 자들이 칼을 휘두르며 달려들기로 되어 있다고. 소란을 피우면 목숨을 잃게 될 거야."

"—재미있겠군. 그걸 한 번 불어보게."

"응? 뭐라고 이놈아."

"—그 휘파람이라는 걸 불어보라고."

웃음을 머금은 채 시계노부가 이렇게 말하자 사내는 순간 움츠러들었다가 다시 식칼을 흔들며 있는 힘껏 겁을 주는 듯한 목소리로 외쳤다.

"까불지 마. 건방진 놈. 뭐라고 지껄이는 거야. 웃기지 말라고, 이놈아. 제미럴. —뭐든 상관없으니 돈이 될 만한 걸 내놓아라, 어서!"

"—미안하지만 돈은 없어."

"이놈이 누굴 바보로 아나! 이렇게 커다란 집에 돈이 없다고? 쳇, 돈이 없다고 했겠다? 사람을 뭐로 보는 거야. 어서 일어나. 난 다 알고 왔어. 이러쿵저러쿵 헛소리를 해대면 온 집 안을 뒤지겠어."

"그거 좋은 생각이군. 내 생각할 필요 없으니 지금 당장 뒤져

봐.”

그리고 시게노부는 이렇게 덧붙였다.

“찾아서 나오면 내게도 좀 나눠줘.”

“같잖은 소리를 해대는군. 건방진 자식. 사람을 바보로 아는 거야? 이놈, 어디 두고 보자. 거기서 움직이면 목숨은 없을 줄 알아.”

이렇게 협박하고 이쪽이 움직이지 않는다는 사실을 확인 한 뒤, 천천히 집 안을 뒤지기 시작했다. 그러나 그것은 간단한 일이 아니었다. 장지문은 빠져버리고, 선반의 문은 열자마자 떨어져내렸다. 우르르 무엇인가가 쓰러져 “아야.”하는 소리가 들리는가 싶으면, 또 어딘가 발밑이 빠져버린 것인지 바닥이 부서지는 격렬한 소리가 들려왔다.

“이런 빌어먹을. 제미럴, 뭐 이런 집이 다 있어. 해도 너무 하는군.”

이렇게 말한 순간 남자는 우당탕 어딘가로 떨어져버리고 말 았다.

2

살려줘, 라고 말한 것 같기도 했다. 하지만 그게 아닐지도 몰랐다. “제길.”이라거나 “건방진 자식.”하는 욕설은 틀림없이 마루 아래서 들려왔다. ―그리고 한동안 부스럭부스럭 소리가 들리더니 마침내 위로 올라온 것이리라. 거기서 다시 투덜투덜 불평을 해댔다.

"거지같은 집에 들어와버리고 말았군. 온통 삐걱거리고 텅 빈 데다 문 하나 제대로 달린 게 없어. 읍, ─퉤, 퉤. 제밀, 뭔가가 입 안으로 들어갔어."

그래도 아직 포기할 수 없었는지 광 쪽으로 가서 무엇인가 뒤적이고 있었다. 그런데 천장에서 커다란 돌이라도 떨어진 것처럼, 우르르 꽝 우지직 하고 무시무시한 소리가 들려왔다. 사내는 비명을 지르며 뒤로 펄쩍 물러나다가 기둥에 머리라도 부딪쳤는지 쿵 하는 소리가 들려왔고 이번에는 더욱 커다란 비명을 질렀다.

"이봐, 그 정도면 됐잖아. 이젠 그만둬." 시계노부가 웃음을 터뜨리며 이렇게 말했다. "─정말 아무것도 없어. 뒤져봐야 소용없으니 그만두라고."

아아, 깜짝 놀랐네. 정말 재수 없어. 뭐 이런 집이 다 있어. 별꼴을 다 당하는군. 이런 말들을 하며 사내는 이쪽으로 되돌아왔다.

"이봐, 정말 아무것도 없는 거야?"

"네 말대로 텅텅 비었어. 나도 처음부터 그렇게 말했잖아."

"웃을 일이 아니야. 이이고, 아파라."

사내는 곳곳을 문지르며 이불 옆으로 와서 앉았다. 바지의 오른쪽 가랑이를 걷어올리고 그곳을 천조각으로 동여놓았다.

조금 전에 까진 곳이리라. —사내는 주위를 둘러보고 한숨을 내쉬었다. 바로 그때 그의 뱃속에서 꼬르륵 꾸욱 꼬르륵 꾸욱 하는 이상한 소리가 들려왔다.

"배가 고픈데 뭐 먹을 것 좀 없어?"

"없을걸."

"저녁에 먹고 남은 거라도 상관없어. 뭐라도 좀 먹게 해줘."

"—그게 없다니까."

혀를 차더니 사내가 일어났다. 그리고 부엌 쪽으로 갔는데 뭔가 달그락달그락 소리를 내며 굉장히 화가 난 듯, "그냥 넓기만 해서 뭐가 어디에 있는지 하나도 모르겠잖아."라거나, "여기에 아궁이가 있으니까."라거나, "쳇, 이것도 비었어."라거나, 여러 가지로 혼잣말을 하다가 실망한 표정이 되어 다시 이불 옆으로 왔다.

"쌀통도 빈 것 같은데, 쌀도 없는 거야?"

"—난 거짓말은 하지 않아."

"그럼 넌 어떻게 지내는 거지?"

"—보시다시피."

"그래도 밥은 먹을 거 아니야."

"—오늘로 사흘째, 아무것도 먹지 못했어."

"하는 수 없군."

사내는 깊은 한숨을 내쉰 뒤 이쪽을 바라보았다. 그때 다시 배가 꼬르륵꼬르륵 울렸기에 마른침을 삼키고 일어나 무엇인가 생각하는 듯하다가 다시 한 번, "하는 수 없군."하고 중얼거린 뒤 툇마루로 해서 밖으로 나가버리고 말았다.

시게노부는 곧 잠이 든 모양이었다. 누군가 흔들어 깨우는 자가 있어서 눈을 떠보니 장지문이 희붐하게 밝았으며 바로 옆에 조금 전의 사내가 서 있었다.

"일어나서 세수라도 해, 밥이 다 되었으니."

"—밥…… 어떻게 된 거야?"

"어떻게 된 거든 상관없잖아. 얼른 일어나."

사내는 부엌 쪽으로 가버렸다. 나이는 서른네다섯쯤일까. 거뭇하고 우직하게 보이는 얼굴로, 육체노동을 해온 자 특유의 구부정하고 다부진 어깨와 밖으로 휘어진 굵은 다리가 눈에 띄었다.

—그것도 재미있겠군. 시게노부는 쓴웃음을 지으며 일어나, 약간 어지럽기는 했으나 개수대 쪽의 마루를 통해서 우물가로 나갔다.

집 앞쪽은 대문에서 한 단씩 낮아지며 논과 밭이 있는 마을로 펼쳐져 있지만 뒤편은 2천 평도 넘는 정원이 그대로, 한쪽은 구로타니(黑谷) 계곡의 깊은 계류로 내려가고, 안으로 깊이 들어가면 오니즈카야마(鬼塚山) 산과 자연스럽게 이어져 있었다. 옛날에는 그쪽에도 울타리가 있었으나 훨씬 전에 무너져 지금은 산과의 경계가 전혀 없었다. 그렇기에 사슴이나 멧돼지, 때로는 곰까지 거리낌 없이 들어왔으며, 여우나 너구리 등은 둥지를 만들어 살고 있는 모양이었다. ─20년 이상이나 사람이 살지 않았고 관리도 물론 오랜 시간 하지 않았기에 나무들 모두 제멋대로 자라서 서로의 가지와 가지, 잎과 잎이 엇갈리고 겹쳐진 데다 마른 수풀과 등나무와 칡 등이 함부로 자라 엉켜 있었기에 어느 것이 소나무고 어느 것이 매실나무인지 구별조차 할 수 없었다. ……물론 여름풀이 온통 우거져 있어서 땅바닥의 흙이 보이는 곳은 아주 조금밖에 없었다. 그런 곳 가운데 하나, 부엌 문 밖 바로 앞에 우물이 있었으며, 거기서 네다섯 간쯤 나간 곳에는 산에서 물을 끌어오기 위한 좁은 물길이 있어서 한여름에도 손가락이 곱을 정도로 차가운 물을 가득 담은 채 정원 안을 가로지르고 있었다.

세수를 하고 돌아오니 이불이 개켜져 있었으며, 툇마루 쪽으로 해서 사내가 상을 차리고 있었다. 커다란 냄비에서 구수한 된장국 냄새가 퍼지고 있었으며, 뚜껑을 연 솥에서는 밥의 김이 피어오르고 있었다.

"세수를 했는가? 자, 이리로 앉게."

사내가 이렇게 말하며 밥상의 한쪽을 가리켰다.

3

앉아서 젓가락을 집기는 했으나, 시계노부는 거기서 잠깐 망설였다. 우스울지도 모르겠으나, 목이 말라도 훔친 샘의 물은 마시지 않는다는 말이 머리에 떠올랐기 때문이었다.

"왜 그래. 안 먹을 거야?"

"—아니, 안 먹지는 않을 거지만."

"그럼 얼른 먹어. 조금도 미안해할 거 없어. 굶주렸을 때는 양반이고 상놈이고 없으니. 사흘이나 굶고 사람이 어떻게 버텨."

이렇게 말했으나 시게노부는 역시 먹으려 하지 않았다. 왜 그러지 하며 사내가 이상하다는 듯 이쪽을 바라보았다. 그러다 갑자기 씩씩거리며,

"그런 거였군. 너 이 쌀과 된장을 내가 훔쳐온 거라 생각하고 있는 거지? 웃기지도 않아. 그런 말도 안 돼는. 그건 있을 수 없는 일이야."

정말 화가 난 얼굴로 입을 삐죽였다.

"틀림없이 내 주머니에 있던 돈으로 이 쌀하고 된장을 사온 거야. 거짓말 같으면 가서 물어봐. 이 아래에 석류꽃이 피어 있는 농부의 집이야. 절구통처럼 뚱뚱한 여편네한테 돈을 주고 사온 거니까."

"이거 미안하게 됐군. 내가 잘못했어. 그럼 먹기로 하지."

마음 놓고 시게노부는 밥그릇을 쥐었다.

식사를 마치자 사내는 밥상을 들고 부엌문으로 나가 맞은편에 있는 물길에서 설거지를 하고 있는 듯했다. 시게노부는 바람이 잘 통하는 작은 서원으로 가서 누워 멍하니 정원의 나무들을

바라보았다. —잠시 후 사내가 들어왔다. 손을 닦으며 주위를 둘러보고 그럼, 이라고 말했으나, 무엇인가 망설이듯 이쪽을 보며 덥수룩하게 자란 수염을 만지기도 하고 목덜미를 긁기도 했다.

"그럼 나는 가보겠네만, 너는 앞으로도 여기에 계속 있을 거야?"

"—아마, 그럴걸."

"그럼 그, 밥은 어떻게 할 건데? 따로 생각이라도 있는 거야?"

"—아무 것도 없어."

"없다고? 너, 어쩌려고? 그럼 굶어죽고 말거야."

"—아마 그렇겠지."

사내는 다시 아래턱을 문지르고 목덜미를 긁었다. 이쪽을 보기도 하고 어깨를 흔들기도 하고 뭔가 알아들을 수 없는 말을 하다가 망설이듯 일단 밖으로 나가려 했다. 그러나 금방 다시 들어와서는,

"하는 수 없지. 이게 뭐 하자는 건지."

이렇게 말하고 갓난아기의 머리만 한 보따리를 허리에서 풀어 시계노부 앞에 털썩 놓았다.

"네가 굶어죽겠다는데 내 차마 그냥 버리고 갈 수는 없지. 정말 굉장한 곳에 발을 들이고 말았어. 이런 말도 안 되는 일이 있을 수 있는 거야? —그래도 뭐, 하는 수 없지. 어떻게든 해볼 테니 이거라도 먹으며 기다리고 있어."

"—그럼 넌 어쩌려고?"

"어쩌기는? 어쩔 수 없잖아. 어떻게든 해보는 수밖에 방법이 없어. 아무튼 걱정 말고 여기서 기다리고 있어."

사내는 화가 난 듯한 얼굴이 되어 어딘가로 가버렸다.

—이곳 사람은 아니군.

시게노부는 이렇게 생각했다. 이 부근은 말할 것도 없고 성아랫마을 사람들까지 이 오니즈카야마의 저택이 폐가이며 접근이 금지되어 있어서 그것을 범하면 벌을 받게 된다는 사실을 알고 있었다. 가끔 농부나 사냥꾼이나 나무꾼으로 가장하여 주위를 어슬렁거리는 자도 있었으나 그것은 다키자와(滝沢) 일파가 보낸 감시자로 그 가운데에는 시게노부의 목숨을 노리고 오는 자도 있었다.

3년 전 이곳에 유폐되기 전까지 시게노부는 에도[4] 교바시(京橋) 고비키초(木挽町)에 있는 별저(別邸)에서 살고 있었다. 그는 오이노카미 시게토요(大炊頭成豊)의 차남으로 태어났는데, 시게토요의 측실인 생모와 함께 그 별저에서 자랐다.

오이노카미는 한때 오사카(大阪) 성주의 대리가 되어 5년쯤 에도를 떠난 적이 있었을 뿐, 그 외에는 지샤부교[5]나 와카도시요리[6]나 간조부교[7]나 로주[8] 등 중직에 머물지 않은 적이 거의

---

4) 江戸. 도쿄의 옛 명칭.
5) 寺社奉行. 절이나 신사와 관련된 업무를 관장하던 직책.
6) 若年寄. 쇼군에 직속되어 정무에 참여하고 하타모토를 통할했다.
7) 勘定奉行. 재정을 담당하던 직책.

없었기에 공사다망하여 영지로 돌아가는 경우도 극히 드물었다. —그렇게 바빴기 때문이기도 하리라. 시게노부는 스무 살이 될 때까지 손에 꼽을 정도로밖에 아버지를 보지 못했다. 또한 마루노우치(丸の内)에 있는 본저에는 장남인 시게타케(成武) 외에도 여자형제 3명이 살고 있었는데, 특별한 날이면 인사를 하러 가기에 형과는 이야기도 나누곤 했으나, 누나나 여동생들은 이름만 들었을 뿐 얼굴을 본 적은 없었다.

시게노부가 15살이 되었을 때 다른 집안에서 양자로 달라는 말이 있었다. 이야기가 거의 마무리 지어지는 듯했으나 아버지인 시게토요가 끝끝내 승낙하지 않았으며, 그 후에도 두어 번 그런 말이 오갔으나 전부 거절해버렸다고 한다. —이것이 생각지도 못했던 분쟁의 원인이 된 것인데, 시게노부는 아버지가 자신을 다른 집안으로 보내지 않는 것은 자신을 사랑하기 때문이라고 생각하여 그때 감동했었다. ……그런데 그가 21살 되던 해에 아버지 오이노카미가 졸중으로 쓰러지자 후계자 문제를 놓고 형인 시게타케와 그 사이에서 격렬한 다툼이 시작되었다.

4

앞서도 이야기한 것처럼 오이노카미는 늘 공무에 쫓겼기에,

---

8) 老中. 쇼군에 직속되어 정무를 총찰하고 다이묘를 감독하던 직책.

영지의 정치는 노신에게 완전히 맡겨둔 듯한 형국이었다. 그 수반은 에도의 가로9) 가운데 필두인 다키자와 즈쇼노스케(滝沢図書助)라는 자로, 풍모와 수완 모두 뛰어나서 한때는 명신이라는 평이 높았던 인물이었다. ―즈쇼노스케는 15년 가까이 그 자리에 있었다. 그럴 만큼의 능력과 인망이 있었던 것이리라. 그러나 한편으로는 그에게 반감을 품고 그 정책에 불만을 가진 자들도 적지 않았다. 말하기 좋아하는 사람들에 의하면, 오이노카미부터가 이미 즈쇼노스케를 싫어한다는 것이었다. ……반다키자와파의 중심은 가지타 주에몬(梶田重右衛門)이었는데 그가 오이노카미의 소바요닌10)으로 있었다는 점을 생각해보면, 의외로 그것은 사실이었을지도 모른다.

다키자와파는 효부(兵部) 시게타케의 가독을 고집했다. 물론 그것이 정론이었다. 시게타케는 장남이었고 8세 때 쇼군도 배알했다. 단, 13세 때 뇌를 심하게 앓은 뒤부터 몸만은 튼튼했으나 머리가 좋지 않아서, 가끔 이상한 거동을 하거나 말이 분명하지 않은 경우가 있었다. 그것이 문제였다.

가지타파는 시게노부를 옹립하려 했다.

―시게타케가 머리를 앓은 직후부터 오이노카미는 시게노부를 가독으로 삼을 생각이었다. 몇 번이고 양자로 달라는 이야기

---

9) 家老. 다이묘 등의 중신으로 가신 중의 우두머리.
10) 側用人. 쇼군의 근시로 로주와 쇼군 사이를 중개하는 역. 혹은 다이묘 곁에서 집안의 잡무를 맡던 직책.

가 있었으나 오이노카미가 전부 거절한 것도 그 때문이다.

그들은 이렇게 주장했으며, 한편으로는 시게타케가 백치라는 사실을 막부의 각료들에게도 선전한 모양이었다. ……오이노카미는 졸중으로 쓰러져 누워 있는 상태였다. 전신마비가 와서 말도 할 수 없는 모양이었다.

시게노부도 자세한 경위는 알 수 없었다. 알고 싶지도 않았으나 3년 전 2월 초의 어느 날 밤, 늘 옆에서 시중을 들던 사메지마 헤이마(鮫島平馬)라는 자가 와서, —가지타 주에몬이 갑자기 근신처분을 받았다는 사실, 그 일파의 주요한 자들 모두 파면당했으며 3명쯤 추방당한 자가 있다는 사실, 그리고 도련님의 몸에도 누가 미칠지 모르니 충분히 신경을 써야 한다는 사실 등을 상기된 얼굴로 다급하게 말했다.

신경을 쓰고 말고 할 것도 없었다. 그 이튿날 아침, 시게노부는 낯선 사무라이들에게 둘러싸여 혼조(本所)의 작은 별장으로 옮겨가게 되었다. 그리고 한 달이 지나자 본저에서 사람이 와서 오이노카미의 이름으로 다음과 같은 명령을 내렸다.

—너는 일부 간신들과 꾀하여 형 시게타케를 밀어내고 네가 가독의 자리에 오르려 음모를 꾸몄다. 이는 우리 가법에 크게 어긋나는 일이니 도저히 용서할 수가 없다. 따라서 우리 영지로 내려가 칩거하기를 명하는 바이다.

시게노부는 아버지를 한 번 뵙고 싶다고 말했으나 그들은 들은 척도 하지 않았으며, 별저에 있는 생모와 작별인사를 나눌 시간도 없이 곧 영지로 보내지고 말았다. ─이 오니즈카야마의 저택은, 옛 영주의 산장이었다고 하는데 마쓰다이라(松平) 씨가 영주가 되면서 시게노부의 할아버지인 오이노카미 시게미쓰(成光)가 잠시 은거지로 사용한 적이 있었다. 그러나 그것은 아주 짧은 동안이었을 뿐, 너무 황폐해져 있고 성과 50리나 떨어져 있어서 불편했기에 곧 거기서 나온 모양이었다. 그 이후부터는 관리인도 두지 않고 황폐해지는 대로 그냥 내버려두었다고 한다. ……영지에 도착하자마자 시게노부는 곧장 그곳으로 보내졌다.

처음에는 사무라이 5명과 하인 몇 명이 딸려 있었다. 시간이 지나면서 사무라이가 한 명씩 줄었고 하인들도 떠나 올해 봄부터는 시게노부 혼자만 남게 되었다. 그래도 어쨌든 쌀만은 가져다주었었는데 그것도 점점 사이가 뜨더니 결국에는 쌀도 오지 않게 되었다. ─성에서 종종 상황을 살피러 왔으며, 이 저택 주위에는 묘한 사람들이 늘 어슬렁거리고 있었다. 3번쯤, 시게노부를 찌르러 숨어든 자도 있었다. 극히 최근에는 대문 쪽 문지기의 방이 있는 곳 너머에서 툇마루에 있던 그에게 화살을 쏜 일도 있었다.

성에서 상황을 살피러 오는 관원에게 하인이 있었으면 좋겠다, 식량이 오지 않는다, 그리고 자객에 관한 이야기도 종종 해보았다. 그러면 관원은, 우리는 에도에서 명한 대로 모든 일을 처리하고 있다, 도련님의 언행이 너무 거칠어서 하인들 모두 달아나는 것이다, 식량은 틀림없이 보내고 있을 것이라고 대답하고, 또 자객에 대해서는 다음과 같이 말했다.

—그럴 리 없으리라 생각하지만, 만약 그것이 사실이라면 가지타 일파에서 보낸 자일 것이다. 도련님의 목숨을 끊어 후계자 문제로 꾸몄던 음모를 없었던 일로 만들기 위해서가 아닐지.

시게노부는, 더는 도리가 없겠구나 싶었다.

—굶어죽든 암살을 당하든, 운명은 이미 정해져 있다.

발버둥 쳐봐야 소용없는 일이었다. 이렇게 각오를 하고 모든 것을 포기한 듯한 기분이 되어 쌀이 한 톨도 남지 않자 그만 굶어죽을 생각으로 누워 있었던 것이다.

그러한 때에 도둑이 든 것이었다. 아마도 다른 지방에서 온 자로 아무것도 사정은 몰랐을 테지만, 하필이면 이런 집에 들어오다니 참으로 얄궂은 일이었다. —누굴 바보로 아느냐고 허세를 부렸지만, 아마도 도둑질이 업은 아니리라. 성품도 나쁜 사람으로는 보이지 않았고 자신의 돈으로 쌀과 된장을 사다 직접 음식을 만들어 먹이기까지 했다.

"가신들은 나의 목숨을 노리고 있는데, 도둑이 내게 밥을 지어주었어. 묘한 세상이야."

시게노부는 이렇게 중얼거리고 사내가 두고 간 보따리를 풀어보았다. 안에는 된장을 바른 커다란 주먹밥이 3개 들어 있었다.

5

어둑어둑해진 뒤에야 사내는 돌아왔다.

"나, 지금 돌아왔어." 사내는 툇마루 부근에서 이렇게 외쳤다. "조금 늦었어. 배가 고프지? 지금 바로 밥을 지을게."

뒤로 돌아들어가는 사내의 뒷모습을 보며 시게노부는 문득 가슴이 따뜻해지는 감동을 느꼈다. 자신으로서는 이해할 수 없는, 가슴이 따뜻하게 젖어드는 듯한 감동이었다. 그는 오랜만에 책상 앞에 앉았으며, 거기에 팔꿈치를 댄 채 부엌 쪽에서 들려오는 소리를 정겹게 들었다.

밥상에는 된장국과 밥 외에, 사발 가득 매실 장아찌가 담겨 있었다.

"이것도 전부 사온 건가?"

"그만해. 별 쓸데없는 소리도 다하는군." 사내는 눈을 부릅뜨고 입을 삐죽거렸다. "사람 하나를 끌어안고 있는데 도둑질 따위로 살아갈 수 있을 거라 생각해?"

"—흠, 그런가?"

"혼자 몸이라면 그때는 뭐, 도둑질을 해도 먹고살 수 있을지 몰라. 하지만 너라는 사람을 하나 끌어안게 되었으니 성실하게 벌지 않으면 감당할 수 없을 거야."

"—흠, 그거 참 딱하게 됐군."

"별 희한한 소리도 다하는군. 딱하게 됐다니, 나라고 특별히 그렇게 도둑질을 하고 싶은 건 아니야. 어쨌든 먹자고. ─밥이 조금 설익었을지도 몰라."

밤이 되자 이불을 나란히 하고 누웠다. 매우 피곤했는지 사내는 눕자마자 곯아떨어졌다. 높다랗게 코를 골기도 하고 버둥버둥 팔다리를 내뻗기도 하고 이불 밖으로 굴러 떨어지기도 하고, 거칠기 짝이 없는 잠버릇이었다. ─시게노부는 평소의 버릇대로 모깃불을 피워놓고 등불을 당겨 밤늦게까지 책을 읽었다.

이튿날 아침에도 사내는 어딘가로 나갔는데, 나가기 전에 시게노부에게 점심이 있는 곳을 가르쳐주고, 오늘은 뭔가 말린 생선이라도 사가지고 오겠다고 말했다.

"그건 그렇고 이름을 몰라서 불편한데, 난 덴쿠로(伝九郎)라고 해. 그냥 덴쿠라고 부르면 돼. 너는 이름이 뭐야?"

"─나? 내 이름은……, 노부(信)야."

"그냥 노부가 다야? 사무라이답지 않잖아. 무슨무슨 노부라고 있는 거 아니야?"

"─아니 그거면 충분해. 노부면 돼."

"그냥 노부라. 그럼 타다노부11)로군."

연극으로 따지자면 화를 불러오는 역할이야, 라는 등 이상한 말장난을 하며 집을 나섰다.

덴쿠로는 자신의 말대로 그날은 말린 쏨뱅이를 사가지고 왔

─────────────

11) 타다는 일본말로 '그냥'이라는 뜻.

다. 여기에 유폐된 이후 처음으로 먹는 생선이라고 해도 좋았다. 시게노부는 몇 번이고 '맛있어.'라고 말하려다가는 입을 다물었다. —이렇게 해서 사흘, 나흘이 지났다. 덴쿠로는 오쓰마가와 (大妻川) 강의 제방공사장에서 일을 하고 있다고 했다. 그야 어찌됐든, 평소의 그 삼엄했던 감시자들은 어떻게 된 건지. 덴쿠로 같은 사람이 드나드는데 어째서 그냥 내버려두는 건지. 시게노부에게는 그 점이 미심쩍었다.

"이 집에 드나든다고 뭐라고 하는 사람 없었어?"

한번은 이렇게 물어보았더니,

"난 그렇게 멍청한 짓은 하지 않아."

덴쿠로가 자못 영악한 척 웃어보였다.

"이 부근의 농부라도 우리가 여기에 있다는 건 모를 거야. 공사장 사람들은 두 말 하면 잔소리지. 그 점에 대해서는 나도 다 생각하고 있어."

날이 채 밝기도 전에 나가서 땅거미가 진 뒤에 돌아온다, 드나들 때도 구로타니 계류를 따라서 좁고 험한 길로 다니기 때문에 아직 도중에 지나는 사람조차 만난 적이 없다는 것이었다. 지금까지의 감시는 그 정도로 따돌릴 수 있을 만큼 어설픈 것이 아니었다. 그렇다면 감시가 느슨해진 것일지도 몰랐다.

—그러고 보니 성에서 모습을 살피러 오던 자도 한동안 안 보인 것 같은데.

시게노부는 이렇게 생각했다.

매우 기묘한 일종의 공동생활이 이렇게 계속되고 있었다. 사내의 말투만은 대등했으나 그 외의 일에 대해서는 주인을 모시는 하인 같았다. 일을 해서 돈을 벌었으며, 밥을 지어 시게노부를 먹였고, 빨래까지 했다. —가신들에 둘러싸여 자란 시게노부마저 때로는 미안하다는 생각이 들어 어째서 이렇게 해주는걸까 이상히 여길 정도였다.

"너는 참 신기한 사람이야." 덴쿠로는 덴쿠로여서 이렇게 말했다. "내 태어나서 이런 기분이 든 건 처음인데, 너를 보고 있으면 이상하게 즐거운 듯한, 기쁜 듯한, —그걸 뭐라고 해야하지? 그러니까 세상도 의외로 좋은 곳인 것 같다는 듯한 기분이라고 해야 하나……. 신기하게 그런 기분이 들어."

"—지금까지는 그렇지 않았어?"

"그렇지 않았기에 도둑놈이라도 돼보자 하는 생각까지 들었던 거야. 생각만 해도 부아가 끓어오를 것 같은, 지독한 일들만 당해왔으니."

6

덴쿠로는 아주 가끔, 그것도 극히 단편적으로만 자신에 대해서 이야기했다.

생활환경이 다르고 자세한 부분은 이야기하지 않았기에 매우 대략적인 것밖에 알 수는 없었으나, 그의 과거에는 전체적으로 가슴이 아플 만큼 운이 좋지 않고 듣는 사람까지 암담해질 정도의 일들이 많았다. —그는 에도의 상점가 출신으로 집은 조그만 건어물상이었다. 아버지는 점잖고 사람 좋은 인물이었으나, 술을 마시면 사람이 바뀌어 돈이라는 돈은 전부 들고 나가 닷새고 엿새고 돌아오지 않는 경우가 종종 있었다. 결국은 가게까지 전부 말아먹었으며 세 식구가 나가야[12]로 들어가자마자 아버지는 곧 급사하고 말았다. 급사라고는 했지만 술에 취한 상태로 강에 빠져 목숨을 잃은 것이었다.

"그래서 난 7살 때부터 바지락을 팔러 다녔어."

어머니가 재혼을 했기에 그는 니혼바시 부근에 있는 해산물 도매업자의 가게에서 고용살이를 시작했다. 새아버지라는 사람이 또 밑 빠진 독처럼 술을 마시는 사람이어서 어머니도 꽤나 고생을 한 모양이었다. 그 때문인지 3년 만에 세상을 떠나버리고 말았다.

"덕분에 난 13살 때부터 고아가 된 셈이야. 사실은 고아지만, 남겨진 그 새아버지라는 사람이 있었어. 그 사람이 나의 단물을 쪽쪽 빨아먹었어."

신조(新三)라는 그 사내는 아내가 죽자 사흘이 멀다 하고 가게로 찾아왔다. 덴쿠로를 불러내서 돈을 내놓으라고 졸라댔다. 늘 심하게 취해 있었으며 소리를 지르기도 하고 때로는 난동을

---

12) 長屋. 단층, 혹은 2층짜리 기다란 건물을 나누어 여러 가구가 살 수 있게 한 일본식 연립주택. 이하 연립주택.

부리기도 했다. 무슨 기술이 있다고 하는 것 같았으나 훨씬 전부터 일은 하지 않은 듯했다. 도박꾼이라도 되어버린 것인지, 차림새도 좋지 않았고 인상도 험악했다. —가게의 주인도 그런 사람이 자꾸 찾아오니 난처했던 것이리라. 신조가 종종 "이런 쥐꼬리만 한 급여를 주는 곳에 그냥 둘 수는 없어."라고 말하는 것을 핑계 삼아 채 2년도 되지 않아서 점잖게 가게에서 내보냈다.

덴쿠로는 주류상에 들어가 술통을 걷으러 돌아다녔다. 남의 집 아이를 돌보는 일도 했다. 석재상, 미장이, 수레 만드는 집, 쌀집 등 여러 가게로 들어가 고용살이를 했다. 그러나 그것은 일을 배우기 위해서가 아니었다. 몇 년을 일하겠다는 약속을 하고 얼마, 얼마 하며 양아버지가 미리 돈을 받아냈다. 그리고 시간이 조금 지나면 그곳에서 달아나는 것이었다. 다시 말해서 선수금이 목적이었던 것이다. —개중에는 가게가 마음에 들어서, 달아나고 싶지 않다, 이 집에서 살고 싶다고 생각한 적도 있었다. 그러면 니혼바시의 가게에서처럼 양아버지가 매일 같이 취해서 찾아와 가불을 더 해달라는 둥, 급여가 싸다는 둥 소리를 지르며 가게 앞에 드러눕기도 하고 난동을 피우기도 했다. 그랬기에 대부분은 가게 쪽에서 그를 내보냈다.

25살에 아내를 들였을 때, 덴쿠로는 혼조에서 미장이의 조수로 있었다. 아내는 술집 등에 있던 여자인 듯, 양아버지가 데리고 와서 눌러앉힌 것인데 이후 그 연립주택의 방 하나가 도박장처럼 되어버렸다. 늘 이상한 사람들만 드나들었으며 밤새도록 주사위와 화투 소리가 들려왔다. 아내는 덴쿠로에게는 눈길조차 주지 않고 그 사람들과 도박을 하기도 하고 술 상대를 하며 떠들어대기도 하고, 도저히 부부라고 할 수 없는 사이였다.

"그 여자는 100일쯤이나 있었으려나. 결국은 그 가운데 한 사람하고 어딘가로 가버렸어. 사실은 그 사람이 그 여자의 진짜 남편이었던 모양이야."

양아버지는 그에게서 쥐어짜낼 수 있을 만큼 쥐어짜냈다. 그리고 위에 병이 생겨 죽었는데, 몸져눕고부터 숨을 거둘 때까지 반년 이상이나 그에게 '불효자'라며 호통을 쳐댔다. —덴쿠로는 30살이 되어 있었다. 처음으로 혼자서 내키는 대로 살 수 있게 되었다. 그렇게 생각했으나 딱히 손에 익은 기술이 있는 것도 아니었고, 벌써 나이도 꽤 있었기에 눈앞의 일을 찾아서 전전하며 돈을 벌 수밖에 없었다.

31살에 두 번째 아내를 맞아들였다. 벌써 23살이 된 드센 여자로 한 번 시집을 갔다온 적이 있는 듯했다. 부지런히 일하는 것까지는 좋았는데 잔소리가 심하고 늘 불평이 심했으며 굉장한 구두쇠에 아무렇지도 않게 거짓말을 해댔다.

"그때 나는 짐수레꾼을 하고 있었는데 가게의 어르신께 인정을 받아서 후루이시바(古石場) 근처에 점포를 내주셨어. 견실하다는 점을 좋게 봐준 거겠지. 수레 12대하고 수레꾼 3명을 맡게 되었어. 수레를 빌려주기도 했었지. —그 수레꾼 가운데 기치고로(吉五郎)라는 사내가 있었는데 녀석은 나보다 선참이었어.

……참 나쁜 놈이었지, 3개월도 지나지 않아서 금고의 돈을 들고 모습을 감추었어. 그뿐이라면 나았을 텐데, 수레 12대도 다른 사람에게 팔겠다고 약속을 하고 그 돈까지 받아갔다는 데에는 깜짝 놀라지 않을 수 없었어."

물론 그는 가게의 주인과 연이 끊기고 말았다. 한편으로는 아내의 인색함과 거짓말과 잔소리에 신물이 났다. 앙앙, 제 하고 싶은 말은 거침없이 해댔으며, 그야말로 3그릇 먹어야 할 밥을 2그릇으로 줄였고, 그렇게 해서 자신은 비상금을 쌓아두는 식이었다. ―더는 얼굴을 보기도 목소리를 듣기도 싫었기에 후루이시바의 가게를 접자마자 그는 에도에서 달아나버리고 말았다.

7

"이 지방에 오기까지 꽤 여러 곳을 돌아다녔지만 어디에도 자리를 잡을 만한 곳은 없었어. 세상은 야박하고 사람들은 교활한 데다 매정하고, 나는 사람들에게 발목을 잡히기도 하고 함정에 빠지기도 하고, 늘 험한 꼴만 당해왔어. ―아무리 나라도 부아가 끓어오르고 분통이 터져서, 그래서……, 에잇 네놈들이 그렇게 나온다면 나도, 라는 생각에, ―아무리 그래봐야 머리가 나쁜 놈들은 어쩔 수가 없어, 도둑질을 하러 들어온 데가 이 도깨비집이라니……. 헷, 정말 완벽하다니까."

이야기는 아주 성긴 것이었으며 앞뒤가 뒤바뀌기도 하고 같은 말을 몇 번이고 되풀이하기도 했다. 게다가 시게노부에게는 이해할 수 없는 부분이 많았다. 술통을 걷으러 돌아다녔다거나, 바지락을 팔러 다녔다거나, 그 외에도 날품팔이 생활에 대해서는 거의 아는 것이 없었다. ─그래도 시게노부에게 그 이야기는 즐거웠다. 즐거웠다고 말하는 건 조금 다를지도 모르겠다. 사실은 가슴 아프고 가엾었다. 들으며 자신도 모르게 한숨을 내쉬는 경우가 종종 있었다. 그러나 거기에는 시게노부가 알지 못했던 생생한 삶이 있었으며, 인간의 맨얼굴을 엿볼 수 있었다.

한밤중에 눈을 뜬 시게노부는 옆에서 깊이 잠든 덴쿠로의 숨소리를 들으며 취해서 강에 빠져 죽었다던 그의 아버지에 대해서 가만히 상상을 해보았다. 7살이라는 나이에 바지락을 팔러 돌아다녔다던, 서리 내린 이른 아침 추운 거리의 싸늘한 풍경을 눈에 그려보았다.

─만약 내가 그런 처지였다면.

시게노부는 그와 자신의 입장을 바꿔놓고 생각해보았다. 그러자 그 바뀐 쪽이 더 사람냄새 나고 삶의 보람이 있는 것처럼 느껴졌다.

후루이시바의 금고에서 돈을 훔쳐 달아났다는 사내. 인색하고 거짓말쟁이에 잔소리가 심했다는 아내. 그를 괴롭히고 짜낼 수 있을 만큼 짜냈으면서도 죽을 때까지 '불효자'라며 호통을 쳤다던 양아버지. 아내라는 건 말뿐, 도박을 하고 취해서 소란을 피우고 사실은 진짜 남편이 있었다는 첫 번째 여자. —모두 하나같이 교활하고 야비하고. 그러나 덴쿠로에게 그렇게 상처를 주고, 그를 속이고, 그를 미워하고, 그의 등을 쳐 먹고, 그의 단물을 빨아먹었으면서도 그들 역시 그렇게 풍족하지는 못했으리라. ……지금도 어딘가 세상의 구석에서 각자 힘든 생활에 쫓겨 때로는 멍하니 한숨이라도 내쉬고 있는 것은 아닐지.

—모두 가엾고 불쌍한, 사실은 좋은 사람들이야. 적어도 내 주위에 있는 사람들보다는 사람다워.

스무날 남짓 함께 생활하는 동안 시게노부는 덴쿠로가 완전히 좋아졌다. 그의 몸에는 살아 있는 세상의 냄새가 배어 있었다. 좋은 면도 추한 면도, 비루함도 깨끗함도 전부 하나로 뭉쳐진, 있는 그대로의 솔직한 인간의 호흡이 느껴졌다.

"이봐, 노부. 너 추어탕 먹을 줄 알아?"

"—잘은 모르겠지만 먹을 수 있겠지."

"먹을 수 있겠지, 라니, 추어탕도 모르는 거야? 이거, 너는 모르는 거 투성이잖아."

"—응, 뭐 어쩔 수 없지."

"집이 아주 가난했거나, 아니면 영주님 댁의 도련님 같잖아."

이런 식으로 아직 입에 대본 적도 없었던 것들을 여러 가지로 맛보았다. 무가의 생활과는 달라서 예법이 없고 천박한 느낌이었으나, 모든 일에 정이 있고 진실이 담겨 있었다. —막 지은 밥에 뜨거운 국을 말아 먹는 맛, 찻물에 말아서 상의를 벗어부친 채 먹는 밥, 차조기의 향을 그대로 살린 냉두부, 그리고 솥바닥의 노릇하게 눌은 밥에 소금을 뿌려 만든 주먹밥 등, 품위고 예법이고 생각할 틈도 없이 맛있었다. 이게 진짜 먹을 것이라는 생각이 들었다.

"재미있는 일이 있었어, 노부."

어느 날 밤, 저녁을 먹으며 덴쿠로가 이렇게 말했다.

"세상은 정말 넓어. 나도 참 멍청한 편이다 싶었는데 나보다 더한 놈이 있다니까."

"─그야 물론 있기는 있겠지."

"있는데 말이지, 그게 도둑놈이라니까."

"─말도 안 되는 소리를. 설마……."

"아무래도 그런 것 같아. 농부 같은 차림을 했는데 앞의 울타리 주위나 뒤뜰의 바깥쪽을 가끔 어슬렁거리더라고. 나는 모르는 척하고 지켜보고 있었는데, 조금 전에 밥을 지을 때에도 슬쩍 훔쳐보더라고. ─마구간에 허물어진 곳이 있어. 그 너머였어."

시게노부는 고개를 숙였다. 표정이 변하는 것을 보이고 싶지 않았기 때문이었다. 덴쿠로는 조금도 눈치 채지 못한 채 싱글싱글 웃으며 재미있다는 듯 말했다.

"오늘 밤쯤에 들어올지도 몰라. 그럼 이번에는 내가 구경을 할 차례야. 큭, 고꾸라지기도 하고 발이 빠지기도 하고 허둥지둥 혼자서 난리를 피우다 땀과 먼지로 범벅이 되었는데 완전히 텅텅 비어서 아무것도 없는 집이라는 사실을 알게 되면, ─큭,

놈도 깜짝 놀라서 얼간이처럼 되어버리고 말 거야."

그러나 그날 밤에는 아무 일도 없었다.

8

"그 녀석, 어쩔 생각인 거지? 뭘 언제까지고 망설이는 거야.
아직 들어올 결심이 서지 않은 건가?"

덴쿠로가 답답하다는 듯 혀를 찼다.

"앞뒤 따지지 말고 그냥 들어오면 되잖아. 우리는 아무 짓도
하지 않을 거라고. 그냥 보고 웃기만 할 거야. 문을 활짝 열어놓
고 기다리고 있어. 아마 굉장한 겁쟁이인가봐."

그가 아무리 불평을 해도 역시 도둑이 들어올 듯한 기색은
조금도 보이지 않았다. ―그러던 어느 날, 덴쿠로가 그 이야기를
한 지 이레쯤 지났을 때였는데, 흐리고 후텁지근한 오후, 시게노
부가 작은 서원에 누워 책을 읽고 있자니 앞마당 쪽에서 "작은
나리, 작은 나리―."하고 부르는 소리가 들려왔다. 시게노부는
머리만 그쪽으로 향해 누군가, 라고 나른한 목소리로 물었다.

"헤이마입니다. 사메지마 헤이마입니다."

시게노부는 귀찮다는 듯 책을 놓았다. 사메지마 헤이마, 아
아, 에도의 별저에 있던 사내였지. 이렇게 생각했으나 일어나서
나가볼 마음은 들지 않았다.

"―무슨 일인가? 내게 볼일이라도 있는가?"

"일이 급하니 요점만 말씀드리도록 하겠습니다. 큰 나리께서 타계하셨습니다. 알고 계셨습니까?"

"—몰랐네. 처음 듣는 소리야."

5월 10일에 서거하셨다는 말을 들으며 시게노부는 눈을 감고 입 안에서 가만히 "아버지."라고 중얼거렸다. 그리고 헤이마는 가지타 주에몬이 가로에 취임하고 다키자와 즈쇼노스케는 대기발령 중이라는 사실, 즉 정세가 크게 변화하기 시작했다는 사실을 이야기했다. 그러나 시게노부에게 그런 일은 이제 흥미가 없었다. 누가 이기고 누가 지든, 권력의 자리가 어떻게 바뀌든, 그에게는 아무런 관계도 없는 일이었다.

—그런가, 아버지께서 돌아가셨단 말인가. 임종은 평안하셨을지. 별저에 계신 어머니는 마지막 인사를 올리러 가셨었는지.

헤이마는 계속해서 말을 이었다. 이 산장은 일찍부터 자신들 동지들이 지키고 있었다, 다키자와 가의 감시는 이미 느슨해져 있지만 정세가 분명하게 결정될 때까지는 방심할 수 없다, 비상수단을 쓸지도 모르니 당분간은 이대로 은밀하게 지키도록 하겠다, 작은 나리께서도 그렇게 알고 참아주셨으면 한다는 등의 말도 했다.

그 가운데 한 가지 뜻밖의 말도 있었다. 그것은 3번에 걸친 자객도, 갑자기 화살을 쏜 자도 전부 가지타 일파 사람이었다는 사실로 거기에는 시게노부도 깜짝 놀랐다.

"정말 어쩔 수 없는 고육지책이었습니다."

헤이마가 이를 앙다문 목소리로 이렇게 말했다

"다키자와 일당들은 일찍부터 작은 나리의 목숨을 노리고 있었습니다. 그래서 그것을 반대로 이용한 것인데, 다행스럽게도 그들은 그 사실을 꿰뚫어보지 못했으며 손을 더럽히지 않고도 목적을 달성할 수 있으리라 생각한 모양이었습니다. —이러한 사정으로 전부 어쩔 수 없이 행한 궁여지책이었으니 그로 인한 무례는 거듭 용서해주시기 바랍니다."

시게노부는 끝까지 누워 있었다. 그리고 헤이마가 떠나려고 하자,

"—모두에게 이렇게 전해주게, 더는 나를 끌어들이지 말라고. 알겠는가? 나를 그냥 내버려두라고."

자객이 자신의 편이었다는 사실이 무엇보다 시게노부를 불쾌하게 했다. 그건 나를 우롱한 것 아닌가. 그때 시게노부는 진지했었다. 정말로 암살당할지 모르겠다고 생각했다. 머리맡에 칼을 놓는 습관도, 밤에 깊이 잠들지 못한 것도 전부 그 일 이후부터였다.

—자객이 온다면 가지타 일파에서 보낸 자일 것이다.

성에서 상황을 살피기 위해 온 관원이 이렇게 말하며 냉소하던 일이 떠올랐다. 그들은 의표를 찔린 것인데, 시게노부의 입장에서 보자면 '의표를 찌르는 것'이 훨씬 더 수치스러웠다.

"지긋지긋해. 정말 지긋지긋한 세계야."

시게노부는 이렇게 중얼거리며 모든 것을 전부 잊고 싶다는

듯 머리를 있는 힘껏 좌우로 흔들었다.

　"—덴쿠, 둘이서 다른 데로 갈까?"

　시게노부가 그날 밤 이렇게 말했다.

　"나쁘지는 않군. 너만 옆에 있어준다면 어디서 어떤 고생이든 할 수 있어."

　"—그래, 나도 무슨 일인가 하겠어."

　"물론 앞으로는 그래야겠지. 사람이 놀고먹어서는 하늘을 볼 면목이 없잖아. 하지만 서두를 필요는 없어. 네 몸이 건강해져서 그럴 마음이 들 때의 얘기야."

　"—내 몸은 건강해."

　"너는 그렇게 생각할 테지만 그렇지가 않아. 너의 몸은 앓고 있어. 병이라고 할 수는 없을지 모르겠지만."

　덴쿠로가 진지한 표정으로 이쪽을 보았다.

　"그래, 몸인지 마음인지는 모르겠지만, 어쨌든 상당히 상해 있어. 내 이래 봬도 그런 쪽으로는 감이 좋은 편이야."

　"—오호, 그렇게 보인단 말이야?"

　"걱정할 건 없어, 노부. 내가 옆에 있으니까. 든든한 뒷배……까지는 아니어도, 내가 할 수 있는 일은 할 생각이야. 어쨌든 됐으니 너는 당분간 편하게 있도록 해."

9

시게노부는 진심이었다. 덴쿠로와 함께 여기서 빠져나가 어디든 상관없으니 내 손으로 일을 해가며 사람답게 소박한 생활을 하자. 덴쿠로를 속이고 쥐어짜고 그의 등을 치고 욕하고 모욕을 주었던 사람은 어디에나 있을 터였다. 그러나 그것도 그렇게 나쁘지는 않을 듯했다. 권력쟁탈의 꼭두각시가 되는 것보다는 훨씬 더 인간답고 삶의 보람도 있을 듯했다.

─여기서 나가자, 덴쿠로와 함께. 내 손으로 일을 해서 살아가자.

시게노부가 이렇게 결심한 것과 반대로 덴쿠로는 좀처럼 움직일 기미를 보이지 않았다. 제방공사장에서 인부를 부리는 십장이 그를 아주 좋게 보아서 그 무렵에는 벌써 조장이 되어 있었다. 앞으로는 현장을 하나 맡길 듯한 투로 이야기하고 있는 모양이었다.

"나도 내키지는 않지만, 아무래도 내게는 그런 면이 있는 거 같아."

덴쿠로가 부끄럽다는 듯한 눈빛을 했다.

"난 싫어. 그런 건 별로 마음에 들지 않지만, ─후루이시바에서도 그랬고, 묘하게 신용을 얻는 면이 있는 거 같아. 특별히 아부를 하는 것 같지도 않은데."

그러나 상대방이 믿어주면 나쁜 기분은 들지 않으며, 이쪽도 그에 부합할 정도의 행동은 해야 하는 법이다. 덴쿠로는 그렇게

40 _ 야마모토 슈고로 드라마 원작소설선집

생각하고 있는 모양이었다.

"여기는 이렇게 기울어져가는 도깨비집 같은 곳이기에 누구의 방해도 받을 염려는 없어. 조용하고 한적해서 우리가 이렇게 살아가기에는 안성맞춤이야. —어쨌든 조금 더 지내보기로 하자."

이런 대화가 오가는 사이에 열흘쯤이 지나버렸다.

그날은 아주 맑았으며 가을을 떠오르게 할 만큼 시원하고 약간 강한 서풍이 아침부터 나무들의 가지를 자꾸만 흔들어대고 있었다. 덴쿠로가 나간 지 1각쯤 지났으리라. 멀리서 말발굽 소리가 들려오더니 대문 앞에서 멈추었다. —대여섯 기쯤 되는 듯했다. 시게노부는 흠칫 놀라 칼을 쥐고 그쪽을 보았다. 헤이마가 말한 것처럼 다키자와파가 비상수단에 나선 것일지도 몰랐다.

—더 이상 호락호락 당하지는 않을 거야.

이렇게 생각하고 있는데 앞뜰을 돌아서 무사 5명이 들어왔다. 그 가운데 1명, 옻칠을 한 삿갓을 쓴 자가 있었는데, 그 자만이 거기서 삿갓을 벗고 칼을 곁에 있던 사람에게 건네준 뒤 이쪽으로 다가왔다. 다른 4명은 그 자리에 무릎을 꿇고 앉았는데 그 가운데 사메지마의 얼굴도 보였다.

이쪽으로 다가온 것은 무로 규자에몬(桎久左衛門)이라는 사람이었다. 에도의 본저에서 종종 본 적이 있었는데, 주로13) 격으로 틀림없이 오래 전부터 아버지를 호위하던 무리들의 우두머리로 있던 자였다. 나이는 마흔서넛쯤, 야규류(柳生流)라는 유파의 검술에 통달한 사람이라고 들은 듯한데, —지금 보니 매우 말랐으며 좌우의 귀밑머리가 허옇게 물들었고 볕에 탄 얼굴이 뾰족했으며 옴팡진 눈만이 강한 빛을 띠고 있었다.

"저를 잊으셨습니까? 무로 규자에몬입니다."

마루 아래에 무릎을 꿇고 그는 이렇게 말했다. 그리고 머리를 조아린 채 시게노부에게 오래 고생하게 한 점을 사과하고, 성으로 맞아들이기 위해 왔다, 자세한 사정은 성으로 가서 말씀드리겠다, 탈 말을 끌고 왔으니 바로 채비를 해달라고 말했다.

"—날 그냥 내버려두라고 헤이마에게 말했을 텐데."

시게노부가 바른 자세로 앉아 조용히 대답했다.

"—성에는 가지 않을 걸세. 지긋지긋해."

"저희는 에도에서 나와 닷새 전에 이곳에 도착했습니다. 이곳에서 겪으신 가슴 아픈 일상은 에도에서도 대충은 알고 있었습니다만, 직접 와서 3년 동안의 자세한 이야기를 듣고는 참으로 온몸이 부서지고 심혼(心魂)이 꺼지는 듯한 느낌이었습니다."

"—내가 굶주리고 있었다는 얘기도 들었는가?"

시게노부가 천천히 미소 지으며 말했다.

"—도둑이 나를 먹여살리고 있다는 말도 들었는가?"

---

13) 中老. 구니가로에 버금가는 중신.

"황공하오나 전부 알고 있습니다. 그 자와의 생활도, 그 생활을 마음에 들어하신다는 사실도, 그리고 신분을 버리고 세상에 묻혀 사실 생각이라는 사실도 전부 알고 있습니다."

시게노부에게 이는 생각지도 못했던 말이었다. 헤이마일까, 싶었으나 헤이마도 거기까지 알 리는 없었다. —그렇다면 덴쿠로일까? 이렇게 생각하다 시게노부는 휙 눈을 들었다.

"—덴쿠로의 발을 묶어둔 것도 그대들인가?"

"이곳에 살고 있는 자들이 도모한 일입니다. 은밀하게 손을 써서 임금도 올려주고 한자리 내주기도 하고, 앞으로도 이곳에 오래도록 머물며 자립할 수 있도록 꾀해두었습니다."

"—그러면 내가 성으로 돌아갈 거라 생각한 모양이군."

시게노부가 싸늘한, 그러나 강한 어조로 이렇게 말했다.

"—나는 싫어. 더 이상 나를 끌어들이지 마. 자네들의 꼭두각시가 되는 건 이제 사양하겠어. 나는 사람답게 사는 법을 배웠어. 나는 사람답게 살 거야."

"그렇게 말씀하실 줄은 알고 왔습니다."

규자에몬은 이렇게 말하고 조용히 시게노부를 올려다보았다.

10

"마음먹으신 대로 시정의 한 사람이 되어 마음 가는 대로 생활하신다면 나리만은 아무런 근심걱정도 없이 무사평온하게 지내실 수 있으실 겝니다. 하지만 그것만으로 만족하시겠습니까? 나리만 마음 가는 대로 안락하게 지내실 수 있다면 다른 일들은 어떻게 되든 상관없다는 말씀이십니까?"

규자에몬의 눈이 반짝반짝 빛나고 있었다.

"조금 전, 자네들의 꼭두각시라고 말씀하셨습니다만, 이번 후계자 문제로 3명이 할복을 했습니다. 가지타 나리를 비롯하여 동지들 모두 목숨조차 돌보지 않고 노심초사 노력을 해왔습니다. —지금까지 오랜 시간 어려움을 겪으신 작은 나리께는 뭐라 말씀드려야 좋을지 모를 정도로 죄송합니다만, 저희도 역시 죽을 각오로 일을 해왔습니다. ……다키자와 나리 일당이 효부 나리의 상속을 고집한 것은, 황공하옵게도 광증에 걸리신 것을 이용하여 자신의 권세를 마음껏 휘두르기 위한 수단이었습니다."

목소리가 점점 격해졌으며 말투도 훨씬 더 강해졌다.

"지금까지도 다키자와 일당은 방자하기 짝이 없어서 큰 나리께도 커다란 근심거리였다고 들었습니다. 효부 나리께서 병을 앓으신 이후부터 작은 나리로 후계자를 바꾸고 그와 함께 중신들도 교체하여 정치적 쇄신을 생각하고 계셨다고 들었습니다. —바로 그렇기 때문에 가지타 나리를 비롯한 저희 동지들이 분골쇄신의 마음으로 일을 해온 것입니다. 집안을 위해서, 정치를 바로잡기 위해서, 나아가 저희 영지의 영민들을 위해서. ……

그렇게 해서 마침내 오늘을 맞이하게 되었습니다. 오늘을 위해서 모두가 목숨을 던져 일한 것입니다. ―작은 나리, 나리께서는 이러한 사람들을 버리고 나리 혼자서만 안온하게 지내시겠다는 말씀이십니까?"

언제부턴가 시게노부는 시선을 내리깔고 있었다. 규자에몬이 목소리를 누그러뜨리고 가만히 한숨을 쉰 다음 말을 이었다. ―각 사람들에게는 신분과 상관없이 각자에게 주어진 책임이 있다. 서민은 서민에게 주어진, 사무라이는 사무라이에게 주어진, 그리고 영주는 영주에게 주어진 각자의 책임을 다해야만 비로소 세상이 움직이는 것이다. 영주가 되어 한 한[4]의 가신을 통솔하고 영민의 생활을 편안하게 하는 좋은 정치를 펼치는 것은, 시정의 한 사람이 되는 것보다 어렵고 힘든 일이다. 그러나 큰 나리도, 큰 나리의 아버님도 그 어렵고 힘든 책임을 다하셨다. ……마음 내키는 대로 안락하게 살고 싶다고 생각하기 전에 자신의 책임도 생각해보지 않으면 안 될 것이다. 우리 동지들뿐 아니라 1개 한의 모든 사람들이 작은 나리를 기다리고 있다. 모두가 손을 잡아주기 바라는 심정으로 기다리고 있다. ―규자에몬은 이렇게 말하고, 눈물에 젖은 눈으로 시게노부를 가만히 바라보았다.

"돌아와주십시오, 작은 나리. 이렇게 청을 드립니다."

---

14) 藩. 에도 시대 다이묘의 영지 및 통치기구를 이르는 말.

시선을 내리깐 채 시게노부는 한동안 말이 없었다. 아까부터 볼이 홀쭉해지고 눈썹 부근에 한 줄기 근심이 어린 것처럼 보였다. 그가 마침내 조용히 얼굴을 들고 보일 듯 말 듯 고개를 끄덕이며 말했다.

"—알겠네. 성으로 돌아가겠네."

그 말이 들렸던 것이리라. 화단 옆에 웅크리고 있던 4사람이 일제히 잔디 위에 손을 대고 참을 수 없다는 듯 훌쩍이는 소리를 냈다.

"—내게 덴쿠로는 은인이라고 할 수 있는 사람일세. 앞일을 잘 부탁하겠네."

"말씀대로 행하도록 하겠습니다."

"—나는 내일 혼자서 돌아가도록 하겠네. 그와 하룻밤 작별 인사를 나누고 싶네. 오늘은 이만 돌아가도록 하게."

시게노부는 그들이 떠나고 난 뒤에도 오랜 시간 그 자리에 앉아 있었다. 그리고 정원으로 나가서 황폐해진 저택 안을 이리저리 돌아보았다. 그의 얼굴에는 굳은 표정이 드러나 있었으며, 주위를 둘러보는 눈에는 강한 의지의 빛이 어려 있었다.

"—덴쿠……. 난 돌아갈 거야."

입 안에서 가만히 중얼거린 뒤, 바람이 불어가는 맑은 하늘로 슬프다는 듯 시선을 돌렸다.

덴쿠로가 돌아왔을 때 시게노부는 아궁이에서 국을 끓이고 있었다. 머리에 재를 뒤집어썼으며 연기를 마신 것이리라. 눈

주위가 거뭇하게 물들어 있었다. 깜짝 놀란 덴쿠로가 달려와 그가 손에서 불을 일으킬 때 쓰는 대통을 낚아챘다.

"뭘 하는 거야? 네가 굳이 이런 일을 할 필요는 없잖아. 아이고 세상에, 해가 서쪽에서 뜨겠군."

"—오늘은 내가 할게. 이유가 좀 있어."

"이유가 있어도 네가 할 수 있는 일이 아니야. 지금부터는 내가 할 테니 저리로 가 있어."

"—아니, 벌써 다 끝났어."

시게노부는 냄비의 뚜껑을 열어 소쿠리에 담아놓았던 무 썬 것을 넣었다.

"—밥도 다 됐고, 생선도 구워놓았어."

"이거 놀라 까무러치겠는데. 무슨 이런 일이 다 있지? 오랜만에 계속되던 맑은 날이 이걸로 끝나고 말 거야."

"—그만 발을 씻고 와. 그리고 밥을 먹자고."

11

밥상을 마주하고 앉은 덴쿠로는 다시 한 번 놀랐다.

"너, 이거, 이걸 어떻게, 이건 제대로잖아."

"—제대로라니, 뭐가 말인가?"

"밥도 잘 익었고 생선도 맛있게 구워졌고, 거기다 미나리 된 장국에는 놀랐어. 이거 정말 놀라 자빠지겠는데. 나보다 한 수

위야."

시게노부는 웃기만 할 뿐 아무런 말도 하지 않았다.

"사무라이는 무섭다고들 하더니 맞는 말이었어. 점잔을 빼고 앉아 있지만, 막상 하려고 들면 이런 것까지도 할 줄 알다니. 역시 평소 수양이라는 게 달라."

"—그렇게 칭찬할 거 없어. 어쩌다 그런 거니까."

"겸손 떨 거 없어. 참, 그렇지. 너 아까 여기에는 이유가 있다고 말했었잖아. 그건 무슨 소리야?"

"—응, 그건 우선 먹고 난 뒤에 하기로 하자."

"사람 답답하게 하지 마. 걱정이 되잖아."

밥을 먹으며 이야기할 생각이었다. 그러나 젓가락을 들고보니 차마 입이 떨어지지 않았다. 그래서 잠시 뒤로 미룬 것이었는데, 식사를 마치고 설거지를 하고 평소처럼 난롯가에 앉아서도 가슴이 미어지는 듯한 기분이 들어서 도저히 말을 꺼낼 수가 없었다.

"대체 무슨 일이야. 이유라는 건 뭐야?"

"—아니, 그리 대수로운 일도 아니야."

"대수롭지 않은 일이라도 얘기를 들어보지 않으면 궁금해서 견딜 수가 없잖아. 얘기해봐."

시게노부는 모깃불의 연기에 목이 메어 기침을 하다가 옆을 보고 웃으며, 사실 이유 같은 건 없다, 상황이 그래서 그냥 해본 소리일 뿐이라고 말했다.

"말도 안 돼. 그게 사실이야? 정말 아무런 이유도 없는 거야?"

"—한번쯤은 내가 음식을 해서 덴쿠에게 먹이고 싶었어. 네게는 꽤 오랜 시간 신세를 졌으니."

"그만둬, 그만둬. 그런 남사스러운 말은 듣고 싶지도 않아. 난 좀 누워야겠어."

덴쿠로는 거기에 누워 팔다리를 있는 힘껏 뻗었다. —언제나 그렇게 누워 그날 공사장에서 있었던 일들을 이야기했는데 끝날 때쯤이 되면 혀가 꼬이고 하품을 연달아 하다가 거기서 그대로 잠들어버리곤 했다. 밤이 깊어 기온이 떨어질 때쯤이면 시게노부가 깨워 잠자리에 들게 했는데, 그날 밤에는 평소보다 이른 10시 무렵에 흔들어 깨웠다.

"—자, 그만 자야지. 감기 걸리면 어쩌려고."

덴쿠로는 거의 꿈속인 듯, 기어서 이부자리까지 가더니 팔다리를 내던진 채 잠들고 말았다. —시게노부는 그 자는 모습을 한동안 바라보고 있다가 뒤뜰의 나무 사이로 부는 바람소리에 정신이 든 듯 자리에서 일어났다. —지금이야, 지금 가지 않으면 마음이 바뀔 거야.

시간이 지날수록 미련이 짙게 남을 터였다. 아침까지 있을 생각이었으나, 서두르는 편이 좋으리라 여겨져 모든 것을 그대로 내버려둔 채 자리에서 일어나 채비를 서둘렀다. —하카마[15]

---

15) 袴. 곁에 입는 주름잡힌 하의. 하오리와 함께 정장으로 입는다.

를 입고 칼을 차기만 하면 됐다. 툇마루의 삐걱거리는 부분을 피해 가서 섬돌의 짚신을 더듬어 찾았다. 그리고 앞마당으로 내려선 순간, 뒤에서 덴쿠로의 목소리가 들려왔다.

"너, 떠날 생각이야? 노부."

시게노부는 몸이 얼어붙은 듯 멈춰 섰다.

"나를 두고 떠나는 거야?"

"—덴쿠로, 미안해." 시게노부가 머리를 숙이고 목소리를 죽여 말했다. "—너는 여기서 보란 듯이 살아갈 수 있을 거야. 나도 살고 싶어. 나도 무사로서 살아가고 싶어졌어. 네가 너답게 살아가고 있는 것처럼 나도 나답게 살아가고 싶어졌어. ……신세를 지기만 했는데, 미안해. 정말 미안하지만 나를 가게 해줘."

"저녁은 이것 때문이었군." 덴쿠로가 툇마루의 기둥을 끌어안은 채 말했다. "나는 노부하고 같이 살고 싶었어. 평생 둘이서 살 수 있을 줄 알았어. 노부랑 살기 시작하면서 나는 처음으로 살맛이 났고 세상이 밝게 보이기 시작했어. 드디어 사람답게 사는구나 싶었는데, —이제 와서 네가 떠난다니, 노부가 내 곁에서 사라지다니……. 덴쿠가 가엾다고는 생각지 않아?"

시게노부는 밤하늘을 올려다보았다. 머리를 좌우로 힘껏 흔들고 단호하게 힘을 주어 말했다.

"—다음에 보기로 하자, 덴쿠. 사람에게는 각자의 길이 있어. 나는 나의 길을 갈 거야. 건강해야 돼. 그럼, 이만."

시게노부는 마음을 다잡고 커다란 발걸음으로 성큼성큼 걷기 시작했다.

"역시 가버릴 생각이로군, 노부." 덴쿠로의 목소리가 뒤에서부터 따라왔다. "나도 더 이상 잡지는 않을게. ─부디 훌륭하게 성공해야 돼. ……빌고 있을게. 아프지 말고 ─언젠가, 혹시 형편이 되면 만나러 와줘, 노부. 난 여기서 기다리고 있을게."

이를 악물고 귀를 틀어막는 듯한 심정으로 시게노부는 성큼성큼 문 밖으로 나섰다. 그러자 거기서 누군가가 웅크린 채 그를 기다리고 있었다.

"제가 모시겠습니다."

사메지마 헤이마였다. 시게노부는 고개를 끄덕이고 그대로 길을 따라 내려갔다

아직 서풍이 강했으며, 밤하늘에는 별이 가득했다.

─노부, 가버리는 거야? 노부!

시게노부의 귀에는 덴쿠로의 애달픈 목소리가 언제까지고 들려왔다.

폭풍우 속

1

열풍과 호우가 미친 듯이 날뛰고 있었다. 범람한 스미다가와[1] 강의 물에 이 집의 마루는 이미 잠겼으며, 그러고도 여전히 맹렬한 기세로 수위가 높아져가고 있었다. 어제 새벽부터 꼬박 하루 반, 대량의 비를 동반하며 쉴 새 없이 불어대던 남쪽의 열풍은, 이제야 간신히 그칠 것 같은 기색을 보이기 시작했다. 아직 조금도 약해지지는 않았으나 때때로 숨이 찬 듯 끊어지기도 하고, 하늘을 뒤덮은 채 낮게 흘러가는 구름의 움직임도 얼마간은 느려진 듯했다.

산노스케(三之助)는 2층의 6첩 방에 누워 있었다.

2층에는 방이 3개 있는데, 그 6첩 방은 동쪽 끝을 이루고 있었다. 사이의 장지문을 열어놓았기에 다른 2개의 방도 들여다볼 수 있었다. 거기에는 다다미와 맹장지와 그 외의 가구, 옷장과 옷을 넣는 궤와 화로와 무엇인가의 상자 등이 빼곡하게 쌓여 있었다. 바람에 뜯겨버린 덧문의 틈새로 스며들어오는 빛이 그

---

1) 隅田川. 도쿄 도의 동쪽 부분을 흐르는 아라카와(荒川) 강의 하류 부분을 일컫는다.

가구들의 한쪽 면을 희미하게 비추고 있었다. 그것은 아래층에서 날라온 물건들이었다. 이 집 사람들은 그 물건들을 날라 옮겨놓고는 아침 일찍, 아직 어두울 때에 피난을 가버렸다.

"나쁘지는 않았어. 이것도 일생이야." 산노스케가 입 안에서 중얼거렸다. "나는 내 나름대로의 일생을 가졌던 거야."

줄무늬 홑옷의 앞가슴이 벌어져 있고 허리띠가 풀어지려 하고 있었다. 약간 마르기는 했으나 근육이 다부지고 날래 보이는 몸매였다. 얼굴은 허옇게 메말라 있었다. 여윈 뺨과 뾰족한 턱 부근에 극심한 피로와 긴장이 풀어진 듯한 빛이 드러나 있었다. 극도의 피로 때문에 허탈감에 빠져 있는 듯한 모습이었다. 모든 것을, 몸과 마음까지도 내팽개쳐버린 사람처럼 보였다.

"이 세상에 태어난 건 괜찮은 일이었어." 이번에는 분명하게 중얼거렸다. "태어나지 않은 것보다는 역시 태어난 편이 좋았어. 굶주림과 추위와 괴로움과 힘든 일이 많았지. 그랬었지. ……나는 늘 달아날 생각만 했어. 그리고 늘 달아났었지. 달아나지 않았다면 더 좋지 않은 일이 일어났을 거야. ……이번에는 달아나지 않았어. 달아날 수가 없었던 거야. 그리고 이렇게 하는 것 외에 다른 방법은 없어지고 말았어."

그의 표정이 바뀌었다. 바람과 빗소리가 온통 집을 감싸고 있었다. 마구 두드려대는 큰북 속에라도 있는 것처럼 그 미친 듯이 날뛰는 소리가 방 안 가득 울려퍼졌다. 산노스케의 눈이 증오의 빛을 띠었다. 입술도 증오 때문에 일그러졌다. 그러나 그 표정은 곧 사라지고, 그는 머리를 천천히 흔들며 눈을 감았다.

"나는 이 팔로 오긴(おぎん)을 안았어." 그가 다시 중얼거렸다. "오타이(おたい)와 오사치(お幸)와 마사코(まさ公)를 안았어. 안기도 하고 쓰다듬기도 하고, 때린 적도 있었어. ……그녀들은 울기도 하고 물어뜯기도 하고 할퀴기도 했어. 그녀들은 나의 이 어깨와 팔에 손톱과 이빨 자국을 남겼어. 그녀들은 이 뺨과 가슴을 그녀들의 눈물로 적셨어. 뜨뜻미지근하고 짭조름한 눈물로……. 나는 그 따스함과 짭짤함을 맛보았어."

태어났기 때문에 그 맛을 알 수 있었던 거야. 산노스케는 이렇게 이어나갔다. 그러나 그 중얼거림은 너무나도 작아서 거의 목소리가 되어 나오지는 않았다. 돌풍이 날카롭게 울부짖으며 덧문과 벽에 붙은 널빤지에 좌악좌악 비를 세차게 흩뿌렸다. 마치 모래와 자갈을 흩뿌리는 것 같은 소리였다. 집 전체가 비명을 지르며 흔들렸고, 아래층에서 벽이 무너지는 듯한 소리가 들려왔다. 산노스케는 "신기한 일이야."라고 중얼거렸다. 아주 잠깐, 바람이 끊기면 어딘가에서 콸콸 묵직하게 물 흐르는 소리가 들려왔다. 어딘가 지면에 구멍이 뚫려 그곳으로 물이 빨려들어가는 것 같은 소리였다.

"어째서일까?" 그는 고개를 갸웃했다. 눈은 여전히 감은 채였다. "다른 일들은 잘 떠오르지가 않아. 굶주림도 추위도, 뼈에 사무칠 만큼 힘들고 괴로웠던 일들도, 마치 먼 풍경처럼 흐릿해져버렸어. 떠오르는 건 그 녀석들뿐이야. 품에 품고 달콤한 말을 속삭이기도 하고, 울리기도 하고, 때리기도 해서 모두 헤어져버리고 말았어. 하나같이 오래 가지는 못했지……. 오타이는 다른 누구와도 닮지 않았어. 오긴도, 오사치도, 마사코도 모두 다른 사람들과는 달랐지만, 그런데도 다른 여자들과 다를 게 없었어. 조금 정이 들 만하면 그걸 알 수가 있었어. 한 사람, 한 사람은 다르지만, 모두 다른 여자들과 같은 것을 가지고 있었어. 내가 세상에서 제일 싫어하는 걸. ……나는 달아났어. 달아나지 않고는 견딜 수가 없었어. ……하지만 그게 전부는 아니었어." 그는 눈을 떠 천장을 멍하니 바라보았다. "그게 아니야, 싫어하는 것만이 아니야. 그냥 싫어하는 것만이 전부는 아니었어. 뭐라고 해야 할지……. 그래, 그것과는 다른 것이야. 나를 달아나게 만든 건 그 외의 것이야."

산노스케는 퍼뜩 고개를 들었다. 집의 북쪽 면 어딘가에 무엇인가 부딪치는 소리가 났다. 소리라기보다는 울림이었다. 그렇게 심하지는 않았으나, 무엇인가가 틀림없이 부딪친 듯했다.

"—그 아이일지도 모르겠군."

산노스케가 스스로에게 말했다.

"—틀림없어, 오시게(おしげ)야."

고개를 든 채, 산노스케는 가만히 귀를 기울였다. 비바람 소리 속에서 다음에 일어날 소리를 들으려 하고 있었다. 2층 지붕의 기와가 바람에 뜯겨진 듯했다. 와르르 뒤편의 차양에 떨어지는 소리가 들려왔다. 산노스케는 일어나 마루로 나갔다. 후두둑 비가 얼굴을 때렸다. 바람에 날아가버린 덧문의 틈새를 통해서 잿빛으로 탁해져 온 세상을 덮고 있는 물이 보였다. 그는 바람과 비를 맞으며 상반신을 밖으로 내밀었다. 조금 전 소리가 들렸던 쪽을 바라보았다. 그러나 저거였구나 싶은 물건은 보이지 않았다.

풍경은 완전히 바뀌어 있었다.

동쪽을 향해 흐르던 강물이 센주[2] 대교 위, 그 부근에서부터 남쪽으로 크게 굽이친다. 그곳은 그 굽이치고 있는 강 쪽으로 돌출되어 있는 지형이었다. 불규칙한 삼각형의 꼭짓점 같은 장소에 흙을 돋아, 이 집은 서 있었다. 맞은편 강가에는 수신[3]을 모신 신사의 숲이 있고, 조금 하류 쪽에는 맛사키이나리(真崎稲荷) 신사의 숲이 있었다. 수신을 모신 신사의 숲에 이어서 무코지마(向島)의 제방에 나란히 심어놓은 벚나무들이 보여야 할 터였다. 그러나 지금은 그것이 보이지 않았다. 수신을 모신 신사의 숲도 절반쯤 물에 잠겨 관목 숲처럼 변해버렸으며, 열풍에 휩쓸려 그 우듬지로 물을 쓸어내리는 모습이 굵은 빗줄기 속으로 위태롭게 보였다.

사내 하나가 흠뻑 젖은 꼴로 마루의 서쪽 끝에서 이곳 2층으로 미끄러져 들어왔다. 산노스케는 밖을 보고 있었다. 그 사내는

---

2) 千住. 도쿄 아다치 구에 속한 거리.
3) 水神. 스미다가와 신사를 말한다.

뒤편에서부터 지붕을 타고 돌아들어온 듯했다. 그리고 바람에 날아간 덧문의 틈새로 난간을 넘어 (상당히 날렵하게) 안으로 미끄러져 들어왔다.

산노스케는 밖을 보고 있었다. 어디를 보아도 잿빛 물이었다. 어디에도 지면은 보이지 않았다. 바람 때문에 물결이 일고는 있었으나, 물은 흐르고 있는 것 같지 않았다. 홍수가 일어난 듯한 격렬함은 느껴지지 않았다. 빗줄기에 지워진 맞은편 끝까지 둔중하게 가득 펼쳐져 있었다. 그러나 그것이 쉴 새 없이 불어나고 있다는 것만은 틀림없는 사실이었다. 눈에 보이지 않는 힘으로 서서히, 그것은 아래층을 벌써 절반 이상이나 잠기게 했다. 머지않아 처마까지 잠길 듯했다.

"너, 배로 온 거야?"

산노스케가 말했다. 그는 밖을 내다본 채로 아주 자연스럽게 말했다.

2

바람이 덮쳐와 산노스케가 붙들고 있는 덧문이 하마터면 날아가버릴 뻔했다. 산노스케가 방으로 돌아가며 다시 한 번 말했다.

"너, 배로 온 거야?"

이번에는 전보다 커다란 목소리였다. 그리고 그는 방에 앉았다. 사내는 흠칫했다. 사내는 8첩짜리 옆방에 있었는데 쌓아둔 가구 사이에서 허둥지둥 젖은 손발을 닦으며 무엇인가 대답을 했다. 도롱이를 입고 있었기에 감색 줄무늬의 나가반텐[4]은 젖지 않은 듯했으나, 머리카락에서는 아직도 물이 떨어지고 있었다.

"말도 없이 들어와버렸지만," 사내가 머리를 훔치며, 이번에는 커다란 목소리로 말했다. "실례 좀 해도 되겠소, 행수님?"

"배가 부딪치는 소리가 들렸던 것 같은데." 산노스케가 말했다. "너, 배로 온 거지?"

"고즈캇파라[5]부터 물바다였소." 사내가 말했다. "노를 좀 저을 줄 알기에 과감하게 배를 띄웠는데, 큰일 날 뻔했소. 센주대교 부근에서부터 물살에 휩쓸려서 도저히 벗어날 수가 없었소. 미친 듯이 죽을힘을 다해서 이 집까지 간신히 저어온 거요. 한때는 이제 틀렸구나 싶었소."

사내가 이쪽으로 왔다. 서른대여섯쯤, 작은 체구의 사내였다. 체구는 작았으나 통뼈에 다부진 몸이었다. 손발도 굵직했으며 손가락은 거칠었으나, 어딘가 민첩하고 용수철 같은 강인함이 느껴졌다. 털이 많은 몸인 듯했다. 뺨에서 턱에 걸쳐서 딱딱해 보이는 수염이 멋대로 자라 있었다. 입술은 두툼했으며, 둥글게

---

4) 長半纏 주로 노동자들이 겉에 입던 상의를 한텐(半纏)이라고 하는데, 한텐 가운데서 자락이 긴 것을 말한다.
5) 小塚ㄱ原. 이 소설의 무대가 된 집에서 서쪽으로 약 1.5㎞ 떨어진 곳에 위치한 지역의 옛 지명.

모가 난 얼굴 속에서 작고 가느다란 눈이 날카롭게 움직였다. 그 눈은 인내심이 강해서 어떤 일에도 꺾이지 않을 것 같은 빛을 띠고 있었다.

"난 행수라 불릴 만한 사람이 아니야." 산노스케가 말했다. "또 이건 우리 집이 아니야. 조금도 어려워할 거 없어."

사내는 산노스케와 비스듬히 마주보고 앉았다. 그리고 담뱃갑과 부싯돌 주머니를 꺼내 담배를 피우기 시작했다.

"이런 곳에 집이 있을 줄은 몰랐어." 사내가 말했다. "대체 어떤 사람의 집이지?"

"후나시치(船七)의 은거지야. 은거지지만, 손님과의 모임 때도 쓰고 있어."

"후나시치라면, 대교 옆의 선박대여소를 말하는 건가?"

"오시게라는 여자아이가 손님을 끄는 곳이야. 너도 알고 있지?"

"난," 사내는 담배연기에 목이 메었다. "난, 후나시치라는 이름만 알고 있어……. 센주 대교 옆에 그런 선박대여소가 있다는 사실만은 들은 적이 있어."

바람에 덧문이 요란스럽게 울어 남자의 말은 들리지 않게 되었다. 산노스케는 풀어지려 하던 허리띠를 고쳐 두르고 거기에 누워 팔베개를 했다. 사내는 그것을 곁눈질로 바라보았다. 그 눈이 번뜩 빛났다. 사내는 한쪽 무릎을 세우고 담뱃대를 고쳐 쥐었다. 그러자 산노스케가 사내 쪽을 보았다. 사내가 갑자기 마른기침을 했다.

"뭐라고 했어?"

"이 집은 그러니까," 사내는 우물쭈물했다. "이 물을 견뎌낼 수 있을까? 이제 폭풍우는 가라앉을 듯하고 물도 더 이상 불어날 것 같지는 않은데."

"글쎄, 모르지." 산노스케는 입술로 웃었다. "이 집은 흙을 돋아 세운 거야. 지난 7월, 바다가 크게 거칠어졌을 때 토대의 돌담이 무너졌었어. 그걸 손볼 시간이 없었어. ……그래서 이 집 사람들은 아침 일찍 달아난 거야. 목숨이 아깝거든 같이 달아나자고 내게도 귀찮을 정도로 말하면서."

"하지만 너는 여기에 있잖아."

산노스케는 입을 다문 채 다시 입술로 웃었다. 사내가 의심스럽다는 듯, 그리고 다시 한 번 확인하듯 말했다.

"너는 달아나지 않았어. 설마 이 집이 버틸 수 없다는 걸 알면서도 남은 건 아니겠지?"

"어떨 거 같아?"

"내게 겁을 주겠다는 거야?"

"잠깐 귀를 기울여봐." 산노스케가 말했다. "아래쪽에서 콸콸 소리가 들려오는데, 다다미에 귀를 대면 분명하게 들릴 거야."

사내는 귀를 기울였다. 그러다가 다다미에 귀를 댔다.

"토대의 어딘가에 구멍이 뚫린 거야." 산노스케가 말했다. "무너진 돌담에 무슨 문제가 생겨서 이 집의 토대 아래쪽으로 물이 흘러들어가는 구멍이 생긴 것 같아. 이 소리는 그곳으로 물이 흘러드는 소리야. 아까보다 소리가 더 커졌는데, 글쎄, 이 소리가 더욱 커지면 이 집은 아마도 무너져내리거나 물에 휩쓸려가버리겠지."

"그럼, 왜 달아나지 않는 거지? 그걸 알고 있으면서도 왜 달아날 생각을 하지 않는 거지?"

산노스케가 놀리는 듯한 눈으로 사내를 보았다.

"너를 겁줘서 뭐하겠어." 산노스케가 말했다. "겁줄 생각은 눈곱만큼도 없어. 내가 여기에 있는 건, 이 집이 무너지거나 물에 휩쓸려갈 거라고 생각했기 때문이야."

"뭐라고?"

"뭘 자꾸 되묻는 거야. 그럴 시간에, 너 해야 할 일이 있지 않아? 할일이 있어서 여기에 온 거잖아. 안 그래?"

사내의 눈에 힘이 들어가며 가늘어졌다. 그 눈으로 재빠르게 산노스케의 얼굴을 보았다. 바람이 세차게 불어와 집 전체가 흔들렸다. 집 뒤편 어딘가에서 판자 뜯어져나가는 소리가 들렸으며, 무엇인가가 차양을 드르륵드르륵 긁어댔다. 그 귀에 익지 않은 소리에 이어서 다시 판자 터지는 소리가 들리더니, 그대로 울부짖는 비바람소리에 묻혀버리고 말았다.

"내가, 뭘 하러 왔다고?"

"기회를 엿볼 필요 없어." 산노스케가 말했다. "네가 뭣 때문에 온 건지는 처음부터 알고 있었어. 들어온 순간부터 너의 몸놀림과 눈빛으로 난 바로 알 수 있었어."

사내는 담뱃대를 놓았다. 산노스케가 누워서 팔베개를 한 채 턱을 까딱였다.

"얼른 해. 나는 저항하지 않을 거야. 나는 이 집과 함께 스스로를 처리할 생각이었어. 지금도 그럴 생각이고. 단번에 깨끗하게 말이지. ……난 결코 저항하지 않을 거야."

"그게 정말이야?" 사내가 오른손을 품속에 넣었다. "정말 저항하지 않을 거야?"

"너는 고지식한 사람인 것 같군."

"위에서도 자비를 베풀 거야, 얌전히 있으면."

돌풍이 불어와 덧문을 한 장 다시 뜯어가더니 방 안까지 비가 세차게 들이쳤다. 사내는 덤벼들 자세를 취하며 산노스케를 노려보았다.

"얌전히 있으면 위에서도 자비를 베풀 거야. 얌전히 오랏줄을 받아."

"자비라고?" 산노스케의 표정이 날카롭게 일그러졌다. 눈에 증오의 빛이 드러났다. 그러나 그것은 거의 순간적이었으며, 곧바로 다시 조소와 권태의 얼굴빛으로 돌아갔다. "흥, 자비는 내가 위에 바치고 싶을 정도야. 어쨌든 얼른 해. 우물쭈물하다가는 너도 이 집과 함께."

사내는 산노스케에게로 뛰어들었다. 상대가 누워 있었는데도 인정사정 보지 않고 빈틈이 없는 동작이었다. 산노스케는

2번쯤 "윽."하고 소리를 냈으나, 반항은 하지 않았다. 사내는 산노스케의 팔을 뒤로 틀어 묶고 벽에 기대어 앉혀놓은 뒤 몸을 일으켰다. 그의 얼굴은 파랗게 굳어서 볼썽사납게 일그러져 있었다. 그가 품속에서 짓테[6]를 꺼내 산노스케의 어깨를 (정해진 규칙대로) 두드리며 말했다.

"—쓰쿠다(佃)의 산노스케, 관명을 받고 왔다."

짓테의 붉은 술이 산노스케의 뺨을 쓰다듬었다. 산노스케는 벽에 등을 기댄 채 책상다리를 하고 앉으며 사내를 올려다보았다. 그리고 낮게 웃었다.

"역시 너는 고지식한 사람이로군."

"닥쳐라. 더는 쓸데없는 소리 지껄이지 마."

사내가 산노스케를 노려보았다.

3

"쓸데없는 소리라고, 훗." 산노스케는 어깨를 흔들었다. "그보다 배를 보고 오는 게 어떻겠어? 네가 타고 온 배를 말이야. 그쪽이 더 중요하지 않을까?"

사내는 흠칫했다. 그는 짓테를 품속에 찔러넣더니 허둥지둥 옆방으로 갔다. 산노스케는 비아냥거리는 듯한 냉소를 띠우며

---

6) 十手. 포리들이 쓰던 50㎝ 정도의 쇠막대기로 손잡이 가까이에 갈고리가 달렸다. 손잡이에 달린 술의 색깔로 소속을 표시했다.

사내가 도롱이를 입는 소리와, 마루에서 지붕으로 나가는 소리를 듣고 있었다. 아주 짧은 동안, 바람의 기세가 잦아들었다. 돌풍은 여전히 매우 격렬했으나, 사이사이 끊기는 시간이 조금씩 길어지기 시작했다.

"이봐." 뒤편의 지붕에서 사내의 외치는 소리가 들려왔다. "이봐, ……이봐."

산노스케는 어깨를 좌우로 비틀었다. 오랏줄이 배겨서 아픈 모양이었다. 그러나 몸부림칠수록 오랏줄은 더욱 파고들었다. 산노스케는 혀를 차고 될 대로 되라는 듯, 다시 벽에 몸을 기댔다. 사내가 돌아왔다. 도롱이를 입고 있었는데도 나가반텐의 앞부분이 흠뻑 젖어버렸다. 그는 얼굴과 머리를 닦으며 마루로 나와 밖을 바라보고, 그런 다음 산노스케 앞으로 와서 앉았다.

물이 차양에까지 닿은 것이리라. 출렁출렁 묵직하게 아래에서부터 차양을 때리는 소리가 들려오기 시작했다. 놀랄 정도로 수면이 높아져 있었다. 그것은 산노스케가 앉은 자리에서도 보였다, 열어놓은 창문과 덧문 틈새로. ……탁하게 부풀어오르는 수면을 장대 같은 비가 비스듬히 때렸기에 온통 잿빛 물보라가 일고 있었다.

"안타깝게도 배 묶는 법을 몰랐던 모양이군. 묶은 곳도 좋지 않았고." 산노스케가 말했다. "내 귀에는 들렸는데, 묶어놓은 밧줄이 묶어놓은 곳을 억지로 잡아뜯었어. 배는 그대로 떠내려가버린 듯해. 그런 소리를 나는 들었어."

"그렇다고 도망칠 수 있을 거라 생각하는 거야?"

"—내가?"

"나는 다케이야(武井屋)의 사헤이(佐平)라는 사람이야." 사내가 담뱃대를 집어 들었다. "미안하지만, 일단 오랏줄로 묶은 이상 무슨 일이 있어도 놓치는 일은 없을 테니, 그리 알고 있어."

산노스케는 흥, 하고 말했다. 그때 쿵, 하고 무엇인가가 집에 부딪쳤다. 흘러내려온 목재 같은 것인 듯했다. 묵직한 소리와 함께 집 전체가 흔들흔들 흔들렸다. 사내는 몸을 일으키려 했다. 밖으로라도 뛰쳐나갈 듯한 모습을 보였다가 곧 다시 앉아서 담뱃대를 거꾸로 쥐었다.

"너는 마쓰시마초(松島町)에서 사람을 죽였어." 사내가 산노스케를 보고 말했다. "니혼바시(日本橋) 마쓰시마초의 집주인인 아부라야 진베에(油屋仁兵衛)를 단도로 찔렀어. 내 말에 잘못된 곳은 없겠지?"

"여기서 진술서라도 쓸 생각인가?"

"내 말에 대답해. 그리고 말투에 신경을 써." 사내가 말했다. "그런 투로 말했다가는 험한 꼴을 당하게 될 거야."

산노스케는 입을 다물었다.

"너의 딱한 사정은 대충 알고 있어." 사내가 말했다. 태도는 엄격했으나 부드러움이 느껴지는 듯한 말투였다. "아버지는 쓰쿠다지마(佃島)의 어부로 마사키치(政吉), 어머니는 이치(いち)였지? 너까지 해서 형제는 4명. 센키치(千吉), 요네(よね), 이자부

로(伊三郎), 너는 요네 다음으로 차남이야."

"난 집에서 쫓겨났어." 산노스케는 눈을 감았다. "열다섯 살때 쫓겨나서 호적에서도 지워졌어. 내게 형제 같은 건 없어."

"네가 쫓겨난 이유도 알고 있어."

사혜이라는 사내가 말했다. 산노스케의 집은 매우 가난했다. 아버지인 마사키치는 우직해서 술도 담배도 하지 않았으며, 사람들에게 속거나 이용당하기만 할 뿐이었다. 나는 가난을 맛보기 위해서 세상에 태어난 거나 다름없어. 언제나 이렇게 말했는데, 장남인 센키치가 11살이 되던 해에 조업을 나갔다가 폭풍을 만나 목숨을 잃었다. 그때 산노스케는 6살, 막내인 이자부로는 2살이었다. 드문 일도 아니었다. 어머니와 네 아이들은 그날부터 생활고에 시달렸다. 8살이 된 요네는 다른 집으로 아기를 돌봐주는 일을 하러 갔으며, 이치와 센키치는 쓰쿠다니[7]와 조개의 행상을 시작했다.

"너는 언제나 혼자 남겨졌어."라고 사내는 말했다. "어머니는 센키치와 함께 이자부로를 업고 나갔지. 너는 혼자 집에 남겨졌어. 동네는 어촌, 친구 중에는 난폭하고 버릇없는 녀석들이 많았어. 이런 상황에서 비뚤어지지 않는다면 그게 더 이상하지."

산노스케는 악동이었다. 쓰쿠다에도 쓰키지(築地) 강가에도 곧 이름이 알려졌으며, 손가락질을 받게 되었다. 그대로 있었다

---

7) 佃煮. 작은 물고기나 해조류, 곤충류 등을 달짝지근하게 조린 음식.

면 분명히 섬에서도 머지않아 쫓겨났을 터였다. 그는 장색이 되겠다며 12살 때 가야바초(茅場町)에 있는 '사시가네(指金)'로 일을 배우러 들어갔다. 사시가네는 그 무렵 에도에서도 유명한 소목장이였는데, 산노스케는 반년쯤 지나자 그곳에서 뛰쳐나와 료고쿠바시(両国橋)에 있는 '센타쓰(船辰)'라는 선박대여소로 들어갔다. 그 이후 싸움과 도박으로 일관하여, 열일고여덟 살 때부터는 벌써 쓰쿠다의 산노스케라는 별명이 붙어 있었다.

"형 센키치는 어부가 됐어."라고 사내는 말을 이었다. "지금도 쓰쿠다지마에서 성실하게 어부로 살고 있어. 오요네도 어부의 아내가 되었어. 막내인 이자부로는 통 만드는 집의 장색으로 지내면서 그도 가정을 꾸렸어. 비뚤어진 건 너 하나뿐이야. 선박대여소의 사공으로는 솜씨가 좋았지만 싸움과 도박에서 손을 떼지 못했고 여자문제도 늘 끊이질 않다가 이번에는 결국 사람까지 죽이고 말았어."

"네 말대로야. 잘도 알고 있군. 용케도 알아냈어." 산노스케가 말했다. "하지만 넌 몰라. 넌 아무것도 몰라."

"뭘 모른다는 거지, 대체?"

"너하고는 상관없는 일이야." 산노스케는 머리를 벽에 기댔다. "한가롭게 그런 진술을 받아내기보다는, 여기서 빠져나갈 궁리를 하는 게 낫지 않겠어? 토대의 구멍도 점점 커져만 가고, 조금 있으면 물이 2층까지 찰 거 같은데, 형씨."

"내가 뭘 모른다는 거지? 말해봐, 내가 뭘 모른다는 거야?"

산노스케는 입을 다물었다. 눈을 감고 폭풍우 소리를 가만히 듣고 있는 듯한 모습이었다. 기대고 있는 벽을 따라서 뒷머리 쪽으로 여러 가지 소리가 직접 전해졌다. 아래층의 토대 부근에서 콸콸 들려오던 소리도 지금은 전혀 다른, 훨씬 더 커다란 울림이 되어 있었다. 집의 기둥은 쉴 새 없이 부들부들 떨었으며, 떠내려온 물건이 부딪칠 때마다 집 전체가 처참할 정도로 흔들렸다.

"우리 엄마는 도둑이라는 소리를 들었어." 산노스케가 혼잣말처럼 중얼거렸다. "언제나 쓰쿠다니를 팔러 가던 단골집에서 주먹밥 5개를 훔쳤기 때문이야. 뎃포즈(鉄砲洲)에 있는 전당포가 불에 탔는데, 뒷정리를 도와주러 온 사람들에게 음식을 내주었어. 술과 안주, 주먹밥과 조림반찬이 잔뜩 펼쳐져 있었어. 누구든 가져다 마음껏 먹을 수 있었지. ……어머니는 물론 일을 도와주러 간 건 아니었어. 쓰쿠다니를 팔러 갔다가 얼떨결에 손을 댄 거야."

그때 식구들은 굶주려 있었다. 모자 5명(오요네도 아기를 봐주던 집에서 나와 함께 살고 있었다.)이 사오일쯤 아무것도 먹지 못한 상태였다. 특별히 이렇다 할 이유가 있었던 것은 아니었다. 굶주리는 것은 늘상 있는 일이었다. 조건이 아주 조금만 변해도 일가는 당장 밥을 먹을 수 없게 되었으며, 먹지 못하는 것에는 익숙해져 있었다. 그래도 그때는 정말 지독했다. 한 모금 죽조차도 없었다. ……전당포의 하녀가 그것을 보았다. 오이치가 주먹밥을 5개, 댓잎에 싸는 것을 지켜보았으며, 역시 쓰쿠다지마에서 잡어를 팔러 오는 어부에게 그 이야기를 했다.

　―오이치 씨가 도둑질을 했어요.

　좁다란 섬 안에 소문은 삽시간에 퍼졌다. 아이들은 도둑의 자식이라고 불렸다.

4

　"그 주먹밥이 일을 도와주러 온 사람들에게 나온 것이라면," 하고 사내가 말했다. "너희 어머니가 한 행동은 도둑질이야. 설령 식구들이 굶주리고 있었다 할지라도 너희 어머니는 거기에 손을 대서는 안 됐었어."

　"형씨, 식구들과 함께 굶주려본 적 있어?"

　"난 착실한 사람이야." 사헤이라는 사내가 흥분했다. "착실한 사람은 식구들을 굶주리게 하는 짓은 하지 않아. 식구들을 굶주리게 하는 놈은 쓰레기 같은 인간이야."

　"맞아, 나도 그렇게 생각해."

　산노스케가 이를 보이며 웃었다.

　"그런 녀석들은,"하고 사내가 증오스럽다는 듯 말했다. "자신의 무능함은 생각지도 않고 세상만 원망해. 착실하게 살아가는 사람이나 부자들을 탓하며, 자신들에게 먹을 것이 없는 것은 그런 사람들 때문이라고 지껄여대. 그리고 결국에는 나쁜 짓을 하기에 이르지."

"맞는 말이야. 형씨가 말한 대로야."

"너, 나를 비웃는 거야?" 모욕이라도 당한 사람처럼 사내가 벌컥 화를 냈다. "세상을 한껏 어지럽게 하고, 여자를 몇 명이나 울리고, 심지어는 사람까지 죽였으면서 넌 네가 잘못했다고도 생각지 않고 있지?"

"잘했다고도 생각지는 않아."

"자신이 잘못했다고는 눈곱만큼도 생각지 않고 있겠지."

"잘했다고도 생각지 않아. 정말이야, 형씨." 산노스케가 말했다. "내가 진베에를 죽인 걸 잘했다고는 생각지 않아. 나쁜 짓이었을지도 모르지. 그 점에 대해서는 뭐라 말할 수 없지만, 난 죽이지 않을 수 없었어."

"뭐라 말할 수 없다고!"

"맞아. 나는 진베에를 단도로 죽였지만, 그 영감은 내가 단도로 한 것 이상의 짓을 돈과 탐욕으로 하고 있었어." 산노스케의 입술이 일그러졌다. "그 영감은 집주인으로서도 냉혈한 같은 놈이었지만, 거기다 터무니없는 고리로 돈을 빌려주어 가난한 사람들의 피를 짜내는 것과 다를 바 없는 짓을 해왔어. 그 자식 때문에 딸을 판 사람, 부모형제가 뿔뿔이 흩어지거나 알몸으로 길바닥에 나앉은 사람이 얼마나 되는지 형씨는 모르겠지. 그것뿐만이 아니야. 그 자식한테 돈을 갚지 못해서 그 자식의 연립주택에서 목을 매단 할머니도 있었어. 히사마쓰초(久松町)에서는 오카와(大川) 강에 몸을 던진 아줌마도 있었어. 요 얼마 전에는 그 자식의 연립주택에서 아가씨 하나가 몸을 팔려가기 싫어서 우물에 뛰어들어 죽었어. ……내가 알고 있는 것만 해도 그 자식 때문에 세 사람이 죽었어. 칼을 쓰지는 않았지만 그 자식은 세 사람을 죽였어. 그 자식이야말로 살인자야."

"그게 너하고 무슨 관계가 있지?" 사내가 말했다. "아부라야가 만약 그런 무도한 짓을 했다면, 당한 당사자가 관아에 송사를 청하면 될 일이야. 네가 상관할 일이 아니잖아."

"당사자가 송사를 청하면 된다고?"

"그러라고 관아라는 게 있는 거야. 진베에가 정말 나쁜 사람이었다면 관아에서 그냥 내버려두진 않았을 거야."

"하지만 그 영감은 그냥 내버려두었어."

"그건 아부라야가 정해진 법을 어기지 않았기 때문이야. 법을 어기지 않았는데, 그저 탐욕스럽다는 이유만으로 포박을 할 수는 없어."

"그런 것 같더군. 그렇게 된 것 같았어."

산노스케의 입술이 조금 벌어지더니 그것이 눈에 띌 정도로 떨리기 시작했다. 얼굴에는 슬픔의 빛처럼도 보이고 고통이라고도 여겨지는, 일종의 절망적인 표정이 떠올랐으며, 눈에는 눈물이 고여 있었다. 한층 더 크게, 휘청하고 집이 흔들렸다. 또 목재라도 흘러와서 부딪친 것이리라. 사헤이라는 사내는 깜짝 놀랐다.

"가난한 사람들은 가난하다는 이유만으로 스스로 위축이 돼서 살고 있어." 산노스케가 말했다. "세상에서도 가난한 사람 따위는 상대하려 하지 않고 상대하지도 않는다는 사실은 자신들이 가장 잘 알고 있어. 피를 짜내는 것 같은 무도한 일을 당해도 관아에 송사를 청하기보다는 스스로 죽음을 택해버려. 어디에 청해봐도 가난한 사람의 말 따위는 통하지 않는다, 돈이 있어서 번듯하게 살아가는 사람은 당해낼 수가 없다는 사실을 알고 있기 때문이야. 나도 잘 알고 있어. 어머니가 주먹밥 5개를 집었다가 도둑이라 불리게 된 건 굶주리고 있기 때문이었어. 우리 일가가 굶주리지도 않고, 그렇게 가난하지도 않았다면 겨우 주먹밥 5개 정도는 그냥 웃음거리에 지나지 않았을 거야. 난……, 진베에를 죽였어. 살려둘 수가 없었어. 그런 나약하고 가난한 사람들의 피를 빨아먹고, 딸을 팔게 하고, 알몸으로 내쫓고, 견딜 수 없게 만들어서 3명이나 죽게 했어. 그냥 살려두면 앞으로도 그런 짓을 할 자식이야. 나는 죽이지 않고는 그냥 내버려둘 수가 없어서 죽인 거야. 그래도 잘했다고 생각하지는 않아. 그런 생각은 조금도 해보지 않았어. 그렇기에 이렇게 이 집과 함께 스스로를 처분하려 했던 거고, 여기에 온 너한테도 얌전히 붙잡힌 거야. 분하기는 하지만 나 역시도 가난한 사람의 아들이니까."

"평범한 사람처럼 얘기하지 마. 너는 어떤 사람이지?" 사내가 맞받아쳤다. "잘난 척하지만 너는 아부라야를 나쁘게 말할 자격이 없어."

"네게는 너 나름대로의 논리가 있겠지."

"잘난 척 지껄이지만 그럼 오긴과 오타이, 오사치와 오마사는 어떻게 된 거지? 네 놈 말에 넘어가서 몸을 맡겼다가 버림을 받아 눈물을 흘리고 있는 그 여자들은 어떻게 된 거지?"

"그 일에 대해서 넌 이해하지 못할 거야."

"그 여자들은 어떻게 된 거지?"라고 사내가 다그치듯 물었다. "네 명만이 아니야, 그 외에도 더 있을 거야. 그렇게도 나약한 여자들에게 눈물을 흘리게 한, 그런 너는 무도한 사람이 아니란 말이야?"

뒤쪽에서 지붕의 기와 깨지는 소리가 났다. 잦아들던 바람이 다시 거세져 창호지를 흔들고 처마를 스쳐지나며 날카롭게 울부짖었다.

"맞아, 무도할지도 몰라." 산노스케가 낮은 목소리로 말했다. "하지만 어쩔 수 없는 일이었어. 나로서도 어떻게 해볼 수가 없었어."

"그렇게 말하면 끝인 줄 알아?"

"넌 모를 거야."

격렬한 바람의 울부짖음이 그의 말을 끊었다. 그리고 그 날카로운 울림에 섞여 한 아가씨가 이 2층으로 솜씨 좋게 숨어들었다. 사헤이와 마찬가지로 집의 뒤쪽에서 지붕을 돌아들어온 듯했다. 그 아가씨는 사헤이가 들어왔던 그 마루의 끝으로 사헤이

보다 더 날렵하고 더 솜씨 좋게 숨어들었다. 머리부터 흠뻑 젖어 있었으며 손에 노를 들고 있었다. 그 아가씨는 발소리를 죽여가며 서쪽 끝에 있는 6첩짜리 방으로 들어갔는데 걸을 때마다 다다미가 젖었다.

"난 속일 생각은 없었어. 한 사람도 속이지는 않았어. 모두 진심이었어." 산노스케는 다시 눈을 감았다. "누구와도 진심으로 하나가 되었던 거였어. 하지만 전부 틀어졌지. 같이 살기 시작하고 얼마 지나지 않으면 꼭 헤어질 수밖에 없이 되어버렸어."

"권태감이 오기 때문이야. 여자에게서 바로 권태감을 느낀 거야. 그리고 헌 짚신짝처럼 버린 거지."

"그게 아니야. 그렇지 않아."

"다 알고 있어." 사내가 외쳤다. "그 아가씨도 후릴 생각이었던 거지? 네가 조금 전에 말했던 후나시치의 아가씨, 오시게라는 그 아가씨도 말이야."

산노스케는 머리를 흔들었다. 옆방에서 덜그럭덜그럭 소리가 들려왔다. 쌓아둔 가구 중 무엇인가가 집의 흔들림 때문에 무너져내린 듯한 소리였다.

5

"그래, 조금은 알 것 같군." 산노스케가 문득 눈을 떴다. "오시게의 이름을 들으니, 나도 잘 몰랐던 사실을 깨닫게 됐어."

"변명을 해봐야 속은 빤히 들여다보여."

"오시게와는 오래 전부터 친하게 지내던 사이였어." 산노스케의 목소리는 역시 낮았다. "나는 강가의 문란한 뱃사공, 상대는 커다란 선박대여소의 딸이야. 내가 이런 사람이라는 사실을 잘 알고 있으면서도, 그렇게 알고 있으면서도 내게 마음을 주었어. 말로는 다할 수 없을 만큼, 또 어떻게 표현해야 좋을지 모를 정도로 마음을 다해주었어. 아내로 삼아달라고 말한 적도 있었어. 하지만 난……, 난 언제나 외면했어. 눈물이 날 정도로 고맙다는 생각이 들 때도 난 매정하게 외면했어."

"상대를 더욱 달아오르게 만들 생각이었나?"

"누구보다 좋아했기 때문이야." 산노스케는 조용히 머리를 흔들었다. "다른 여자와는 달라. 완전히 달라. 그 아이에게만은 손을 대서는 안 된다, 난 늘 스스로에게 이렇게 말했어. 무슨 일이 있어도 손을 대서는 안 돼, 라고……. 맞아, 나는 세상 누구보다도 오시게를 좋아했기에 오시게에게는 손을 대지 않았던 거야."

마루로 철썩 물결이 밀려왔다. 거세진 물살 때문에 집은 끊임없이 휘청휘청 흔들렸으며, 집 주위와 아래층에서 물결 부딪치는 소리가 높게, 음산하게 들려오기 시작했다.

"맞아."라고 산노스케는 말했다. "그 여자들은 어딘가 오시게를 닮은 구석이 있었어. 성격은 각자 달랐지만 모두 어딘가 오시게를 닮은 듯한 면이 있었어. 하지만 그게 아니었어. 함께 살기 시작한 지 얼마 지나지 않아서 그렇지 않다는 사실을 깨닫게 됐어. 오타이도, 오사치도, 마사코도……, 닮은 구석이라고는 조금도 없었어. 전혀 달랐어. 완전히 달랐어."

"그게 그 여자들의 잘못이란 말이야?"

"그리고 또 깨닫게 돼." 산노스케가 혼잣말처럼 중얼거렸다. "그 여자들은 나랑 같이 있으면 망가져버려. 마치 내가 가진 문란함의 불꽃이 옮겨붙기라도 한 것처럼, 점점 좋지 않은 여자가 되어가는 것을 알 수 있었어. 그걸 견딜 수가 없었어. 누구의 잘못인지는 모르겠어. 나는 그걸 보고 있을 수 없게 돼. 헤어지지 않고는 잠시도 견딜 수가 없게 되어버려."

"웃기지도 않는군." 사내가 외쳤다. "얌전히 들어주고 있었더니 아주 신이 나서 우습지도 않은 소리를 지껄여대는군, 이 녀석."

사내가 손바닥으로 산노스케의 뺨을 올려붙였다. 그때 옆방에서 아가씨가 살금살금 이쪽으로 나왔다. 사헤이라는 사내에게는 보이지 않았다. 산노스케에게는 보였다. 사헤이는 그쪽으로 등을 향하고 있었다. 그는 한손으로 산노스케의 멱살을 잡고 다시 3대쯤 따귀를 때렸다.

"핑계 없는 무덤은 없다지만 네게는 한 마디도 할 자격이 없어. 자기 혼자서만 잘난 척하는 그런 성격이니까."

산노스케가 앗, 하고 외쳤다.

아가씨가 사내 뒤쪽으로 살금살금 다가와 가지고 있던 노를 치켜든 것이었다. 사내의 등 뒤에 서서 두 손으로 한껏 치켜들었 다가 있는 힘껏 그 노로 내리쳤다. 산노스케는 예상조차 하지 못했다. 아가씨가 그런 짓을 하리라고는 꿈에도 생각지 못했다.

"안 돼, 오시게."

깜짝 놀라서 외쳤지만 이미 노로 내리치고 난 뒤였다. 산노스 케의 앗, 하는 소리에 뒤를 돌아보려던 사내의 머리를……. 둔탁 하고 섬뜩한 소리와 함께 사내가 윽 하며 옆으로 쓰러졌다. 아가 씨는 다시 때렸다. 2번, 3번, 뒷머리와 등을. 있는 힘껏 때렸다. 사내는 엎드린 채로 쓰러져 움직이지 않게 되었다.

"무슨 짓을 한 거야, 오시게."

"날붙이는 없나요?" 아가씨는 숨을 헐떡였다. "당신 단도를 가지고 있었죠?"

아가씨는 방 안을 둘러보았다. 완전히 흥분해서 광기라도 어 린 듯한 눈빛이었다. 오뚝한 코에 갸름하고 하얀 얼굴의 짙은 눈썹이 곤추서 있는 것처럼 보였다. 다갈색의 미끈한 피부에 용모도 상당히 눈에 띄었다. 기가 센 듯했으나 용모는 뛰어났다. 아가씨가 단도를 찾아냈다. 산노스케의 것이리라. 그것은 방 한쪽 구석에 내던져져 있었다. 아가씨는 칼집을 벗겨 산노스케 가 있는 곳으로 돌아왔다.

"용서해줘요, 산쨩8). 용서해줘요." 아가씨가 산노스케의 오 랏줄을 자르며 말했다. "당신이 여기에 있다고 이 사람한테 내가 가르쳐줬어요. 내가 이 사람한테 가르쳐준 거예요."

아가씨의 눈에서 눈물이 넘쳐흘렀다. 마루를 덮치는 물결이 전보다 더 거세져 물보라가 두 사람이 있는 곳까지 날아왔다. 아가씨는 극도로 흥분해서 생각한 대로 손을 놀리지 못했기에 안 그래도 튼튼한 포승줄은 좀처럼 끊어지지 않았다.

"나, 오사치 씨와의 일 때문에 화가 났었어요. 당신이 오사치 씨를 데리고 달아날 거라 생각했어요." 아가씨가 떨리는 목소리로 말했다. "여기서 오사치 씨와 만나 둘이서 함께 달아날 거라 생각했기에 화가 나서 가르쳐줬어요. 용서해주세요, 산짱. 나를 용서해주세요."

"됐어. 그걸로 됐어, 오시게."

"아니요. 내가 바보 같았어요. 바보에 장님에 귀머거리였어요. 지금 저기서 당신의 말을 듣고 내가 얼마나 멍청했는지를 알았어요. 그렇게 오래 함께 지냈으면서 난 진실을 조금도 알지 못했어요. 마치 귀머거리나 장님처럼 아무것도 모른 채 울기만 했어요."

오랏줄이 풀렸다. 아가씨는 오랏줄을 집어던지고 산노스케에게 달려들었다.

"용서해주세요, 산짱." 아가씨가 산노스케의 목에 두 팔을 감아 안겼다. "나, 기뻐요. ……당신의 진짜 마음을 알게 돼서

---

8) ちゃん. 짱은 이름이나 별명 등의 뒤에 붙여 친근함을 나타내는 말. 여기서 산짱은 산노스케의 산 뒤에 짱을 붙인 것

기뻐요. 이젠 이대로 죽어도 여한이 없어요. 같이 죽게 해주세요, 산짱."

"안 돼. 그럴 수 없어, 오시게."

산노스케가 아가씨를 밀쳐냈다. 아가씨의 두 팔을 풀고 자리에서 일어났다. 아가씨는 비명과도 같은 소리를 질렀다. 다시 매달리려 했으나 산노스케는 쓰러져 있는 남자 옆으로 갔다.

"이래서는 안 됐어. 이 사내에게는 죄가 없어. 이 사내는 임무를 띠고 온 거였어. 난 처음부터 죽을 생각이었고, 지금도 죽을 생각이야. 하지만 그건 나 혼자만의 일이야."

"난 곁에 있을 거예요. 산짱 곁에서 떨어지지 않을 거예요."

"안 돼, 그것만은 안 돼." 산노스케가 기절한 사내를 안아 일으켰다. "무슨 일이 있어도 너를 죽게 할 수는 없어. 이 사내도 살려내지 않으면 안 돼. 무슨 짓을 해서라도, 오시게."

산노스케는 사내를 안은 채 마루로 나갔다. 아가씨가 달려들며 외쳤다. 울며 매달렸다. 산노스케는 아가씨가 하는 대로 내버려둔 채 사내의 몸을 일단은 난간에 기대놓고, 자신은 지붕(그곳은 이미 물에 거의 잠겨 있었다.)으로 나가 이번에는 어깨에 짊어지고 발로 더듬어가며 집의 뒤편으로 돌아들어갔다. 아가씨도 그 뒤를 따라가려 하다 문득 생각을 바꾸었는지 방으로 되돌아가 내던져진 채로 있던 단도를 주워들었다. 그리고 빠른 몸놀림으로 지금 산노스케가 나간 쪽과는 반대편에 있는 동쪽 끝에서 지붕으로 나가 뒤편으로 돌아들었다.

"오시게." 산노스케의 외치는 소리가 들려왔다. "좀 와줘. 와주지 않으면 안 되겠어, 오시게."

그리고 뒤편의 지붕 쪽에서 기왓장을 밟아 깨지는 소리가 들리더니 산노스케의 외침이 들렸다. 아가씨의 비명도 들렸다. 그것은 비바람 소리에 묻혀 분명히는 들리지 않았으나, 참으로 필사적이고 절박한 목소리였다.

"부탁이에요." 아가씨가 절규했다. "평생의 소원이에요 ……산짱."

그 목소리는 훨씬 멀어져 있었다. 강한 힘으로 끌어 떼어놓기라도 한 것처럼 더욱 먼 곳에서 다시 한 번 들려왔다.

"—산짱."

산노스케가 혼자서 돌아왔다. 비에 젖은 생쥐 같은 모습으로 방에 돌아오자마자 그대로 거기에 쓰러졌다.

"이걸로 됐어." 그가 중얼거렸다. "이걸로 된 거야, 오시게……. 포기해서는 안 돼."

그는 거칠게 숨을 내쉬며 왼팔로 얼굴을 감쌌다. 그러자 그 상박 안쪽으로 커다랗게 할퀸 자국이 2줄기 생겨나서 피가 배어나오는 것이 보였다. 그는 힘껏 머리를 흔들었다. 마루 밖에서 물 텀벙거리는 소리가 들리더니 푸아 하는 소리가 들려왔다. 연달아 다시 물이 텀벙거리더니 괴롭다는 듯 헐떡이는 소리가 들렸다. ……산노스케는 머리를 치켜들었다. 그러자 다시 물이 튀었다. 그는 벌떡 일어나 마루로 나갔다. 들여다보니 마루의 서쪽 끝으로 사람의 손이 보였다. 그 손은 간신히 두껍닫이에 걸쳐져 있었으나 몸은 물속에 있었다. 산노스케가 달려가 그 손을 쥐었다. 그것은 오시게라는 바로 그 아가씨였다.

"어떻게 된 거야, 오시게. 어째서……."

그는 말문이 막혀버렸다. 물속에 있는 아가씨는 알몸이었다. 하얗게 표백한 면직물로 지은 속속곳 외에는 아무것도 입고 있지 않았다. 헤엄쳐 오기 위해 알몸이 되어버린 것이리라. 하얀 속속곳만이 물속에서 하늘거리고 있었다.

"그 사람은 정신을 차렸어요."

아가씨가 거칠게 숨을 몰아쉬며 말했다. 산노스케의 도움을 받아 두 손으로 산노스케에게 매달렸고, 괴롭다는 듯 2차례쯤 물을 토해냈다.

"정신을 차렸어요, 그 사람." 말하며 오시게는 울음을 터뜨렸다. "그 사람, 이젠 괜찮아요. 걱정할 것 없어요. 살아났어요, 산짱."

산노스케는 아가씨를 안아 원래 있던 6첩 방으로 가서 안은 채로 털썩 앉았다. 그 진동으로 동쪽 벽이 무너졌다. 젖어서 약해진 벽이 위에서부터 허물어지더니, 더욱 크게 무너져내렸다.

"같이 죽게 해줘요, 같이." 아가씨가 울며 외쳤고, 알몸의 두 팔로 산노스케의 목을 끌어안았다. 알몸의 가슴을 산노스케의 가슴에 밀착시키고 몸부림치며 외쳤다. "당신 없이는 살아갈 수 없어요. 당신이 죽으면 나 혼자서라도 죽을 생각이에요. 산짱, 제발 부탁이니 같이 죽게 해주세요."

"알았어, 오시게." 산노스케가 헛소리처럼 말했다. "용서해 줘, 미안해."

산노스케는 한 손으로 아가씨의 등을 쓰다듬으며 아가씨의 뺨에 자신의 뺨을 거칠게 문질렀다. 집이 휘청 크게 흔들리자 두 사람은 한층 더 강하게 서로를 끌어안았다. 둥글고 윤기 흐르는 아가씨의 옆구리가 물결치듯 경련을 일으켰으며, 하얗게 표백한 면직물이 젖어 엉겨붙은 다리가 마치 죽음의 경련처럼 수축되었다.

"기뻐요, 산짱."

우연히 두 사람의 입술이 맞닿았다. 그때 집 전체가 허공으로 떠올랐다. 둥실, 마치 공중으로 떠오른 듯 느껴졌으며, 기둥과 들보가 섬뜩하게 삐걱거리는 소리를 냈고, 크게 흔들리는가 싶더니 집이 서쪽으로 3자 정도 삐거덕 기울었다. 그쪽의 토대가 무너진 것이리라. 쌓아두었던 가구와 상자들이 소리를 내며 나뒹굴기 시작했고, 서로를 끌어안고 있던 두 사람도 쓰러질 것 같았다.

"난 생각을 바꿨어, 오시게." 산노스케가 얼굴을 떼며 말했다. "이대로 죽게 된다면 같이 죽자. 하지만 죽겠다는 생각은 버리기로 하자. 죽을지도 모르지만 살아남을지도 몰라. 알겠지? 만약 살아남는다면 둘이서 살아갈 길을 생각해보기로 하자. 알았지?"

아가씨는 숨을 헐떡이며 고개를 끄덕였다. 집이 기울었기에 물이 옆방까지 쏴아 밀려들었다. 물에 떠오른 가구가 서로 부딪쳤으며 장지문 부서지는 소리가 들렸다.

"이대로라면 가망이 없을 거야. 이미 죽은 것이라고 해도 크게 틀리지 않을 거야. 만에 하나, 혹시 목숨을 건진다면 새롭게 태어난 것이나 다를 바 없어. 그렇게 생각하지 않아, 오시게?"

"그렇게 생각해요." 아가씨는 산노스케의 가슴에 얼굴을 묻었다. "난 당신이 하자는 대로 할 거예요. 죽든 살든, 당신과 함께라면 더는 바랄 게 없어요."

"아아, 혹시 목숨을 건진다면," 산노스케는 아가씨를 힘껏 껴안았다. "혹시 목숨을 건진다면, 앞으로는,"

집이 다시 한 번 흔들리더니 서쪽으로 1자 정도 휙 기울었다. 경사가 커졌기에 물이 이 방까지 들어왔다. 산노스케는 아가씨를 일으켜세운 뒤 마루로 나가 난간을 쥐었다. 아가씨는 두 손으로 안겨 있었으나, 그 손가락에는 기운이 빠진 것처럼 힘이 없었다.

"조금만 더 참도록 해, 오시게." 산노스케가 아가씨의 몸을 끌어당겼다. "죽든, 살든……, 어느 쪽이든 그리 오래 걸리지는 않을 거야. 아주 잠깐만 참으면 돼, 오시게."

"산짱."

아가씨가 뚫어져라 남자를 올려다보았다. 산노스케는 그녀를 힘껏 끌어당겼다. 그들 위로 빗줄기가 세차게 내리쳤으며 밀려오는 물결이 두 사람의 발을 때렸다. 집 근처에서 소용돌이 치는 물의 무시무시한 소리가 들려왔으며, 하늘로는 어지럽게 흩어진 비구름이 낮고 빠르게 북쪽으로 흘러가고 있었다.

아다코

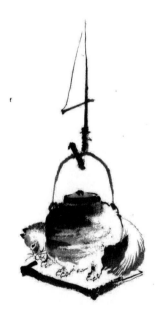

1

소가 주베에(曾我十兵衛)는 느닷없이 고바야시 한자부로(林半三郎)를 힘껏 때렸다.

그때 한자부로는 술을 마시고 있었는데 주베에가 현관에서 안내를 청하는 소리가 들려왔다. 아무도 없으니 나갈 사람은 없었다. 주베에는 커다란 목소리로 3번 부르고, 그런 다음 현관 옆의 쪽문을 열고 정원으로 들어왔다.

―쓰가루(津軽)에서 돌아온 모양이군.

한자부로는 이렇게 생각하며 책상다리를 하고 앉은 채 마시고 있었다. 정원으로 들어온 주베에는 툇마루 앞에 서서 이쪽을 노려보았다. 오랜 여행 끝이었기에 보기 좋게 살이 붙은 각진 얼굴이 건강하게 햇빛에 그을어 있었으며, 그 커다란 눈에는 분노가 드러나 있었다.

"그래."라고 한자부로가 말을 걸었다. "왔는가?"

그러나 주베에는 디딤돌에서 툇마루로 올라서더니 칼을 오른손에 들고 방으로 들어왔다. 성큼성큼 다가오는 발걸음으로, 그가 생각했던 것보다 더 심하게 화가 났다는 사실을 한자부로는 알 수 있었다. 주베에는 술상 앞에 서서 위에서부터 한자부로를 내려다보았다.

"보기 좋군."하고 주베에가 말했다. "아주 보기 좋아."

그리고 칼을 왼손에 바꿔 들더니 오른손을 들어 한자부로를 때렸다. 따귀를 때린 것이었는데 소리가 컸으며 한자부로의 얼굴이 휙 흔들렸다.

"이런다고 뭐가 달라지겠는가."라고 한자부로가 들고 있던 술잔을 덮으며 말했다. "술이 넘칠 뿐이야."

주베에의 거친 숨소리가 들려왔다. 상당히 센 따귀였으나 한자부로는 조금도 아프다고는 느껴지지 않았다. 주베에의 거친 호흡은 그대로 분노의 크기를 드러내는 것인 듯했으나, 이것 역시 한자부로에게는 조금의 감동도 주지 못했다.

주베에는 자리에 앉아 칼을 놓았다. 한자부로가 술잔을 들이켠 뒤 내밀었으나 주베에는 눈길조차 주지 않고 말했다.

"어쩔 생각인가?"

한자부로는 대답하지 않았다.

"나는 어제 돌아왔어. 아키타(秋田)와 사에구사(三枝)와 아베(安倍)가 와서 그 세 사람과 저녁을 먹었네."라고 주베에가 말했다. "그때 모든 사실을 들었네만, 난 바로는 믿을 수가 없었어."

"내 마음은 말해두었을 텐데."

"그건 2년 전의 일이야. 2년 전, 그 일이 있었을 때 들은 거야."라고 주베에가 맞받아쳤다. "작년에 내가 구니메쓰케(国目付)

를 명받아 쓰가루로 가기 전에 단둘이서 얘기했었네. 이젠 됐네, 이쯤에서 마음을 접도록 하게, 이 이상은 볼썽사나워, 라고 나는 말했네. 그때 자네는 나도 그렇게 생각하네, 라고 말했어. 나도 그렇게 생각한다고 말한 걸 기억하고 있네."

"지금도 마찬가지일세."라고 한자부로가 높은 하늘을 바람이 지나가는 듯한 목소리로 말했다. "내가 볼썽사납지 않다고 생각한 적은 단 한 번도 없었네."

그는 이렇게 대답했다. 화가 난 것도, 자조하는 것도 아니라, 자신의 마음을 솔직하게 이야기한 것이었다.

주베에는 고바야시 가문을 생각해보라고 말했다. 그것도 당연히 나올 법한 말이었다. 고바야시 집안은 할아버지 대까지는 100석 정도를 받는 고부신[1]에 지나지 않았다. 그런데 아버지인 한베에(半兵衛) 대에 220여 석을 받는 쇼인반[2]까지 올라갔다. 아버지는 술도 담배도 하지 않았으며, 근면함과 검약으로 평생을 보냈다. 9년 전 어머니가 병으로 돌아가셨을 때, 아버지는 아직 42세였기에 후처에 대한 이야기가 꽤 있었다. 그러나 아버지는 머리를 흔들었다.

─한자부로가 벌써 17세로 사오년쯤 지나면 며느리를 보아야 하네. 내가 지금 후처를 들이면 집안이 복잡해지기도 하고

---

1) 小普請. 에도 시대에 관직이 없는 가신을 일컫던 말.
2) 書院番. 에도 시대에 성 안을 경비하고 쇼군이 외출할 때 경호 등을 맡았던 관직.

가계에도 그 정도의 여유는 없네.

아버지 한베에는 이렇게 말했다. 그리고 그로부터 1년쯤 지나서 가나모리 미스즈(金森みすず)와 한자부로의 혼담이 마무리 지어졌다. 가나모리 슈젠(金森主膳)은 800석을 받는 쇼인반, 즉 아버지의 상사이자 미스즈는 그때 13세였다. 그 혼담은 고바야시 가의 장래를 굳건히 하는 것으로, 고바야시 집안의 풍격을 그렇게까지 높인 것은 근면함과 검약으로 평생을 보낸 아버지 덕택이었다. 주베에는 그 점을 말한 것이었다.

소가 주베에는 250석을 받는 쓰카이반[3]으로 작년 6월에 구니메쓰케가 되어 쓰가루에 부임했었다. 구니메쓰케란, 쇼군(将軍) 일가나 쇼군의 가신이 아닌 다이묘[4]가 다스리는 지방으로 파견되는 감찰관인데, 정원은 2명, 혹은 3명, 임기는 반년에서 1년이 되면 교대를 했다. 주베에는 출발하기 전에 찾아와서 1각 정도나 한자부로에게 잔소리를 해대고 자신이 돌아올 때까지 예전의 모습으로 되돌아가라고 말하고 갔다. 그런데 돌아와보니 예전의 모습으로 되돌아가기는커녕, 사정은 더욱 악화되어 있었다. 한자부로는 관직에 오르지도 않고 술을 마시거나 유흥을 즐기기만 할 뿐이어서, 살림살이가 궁핍해졌기에 집사도 가신도, 하인과 하녀들까지도 전부 집에서 나가버리고 말았다.

---

3) 使番. 에도 시대에 쇼군이 바뀔 때마다 각지를 순회하며 여러 다이묘를 감독하고 또 요지에 감찰관으로 출장했다.
4) 大名. 넓은 영지를 가진 무사.

빚이 늘어날 대로 늘어나서 이제는 친구들조차 포기를 해버린 상태였다. 주베에는 그 말을 들은 것이었다. 두 사람의 친구인 아키타 겐에몬(秋田源右衛門), 사에구사 고이치로(三枝小市郎), 아베 우쿄(安部右京)에게서 듣고 벌컥 화가 나서 달려온 것이었다.

"아버님께서 여기까지 끌어올리신 수고가 이대로 물거품이 되어버리고 말 걸세."라고 주베에는 화를 냈다. "그런 일이 그렇게도 중요하단 말인가?"

"아버지께서는 3년 전에 돌아가셨네."

"그건 듣지 않아도 알고 있어."

"아버지께서는 고바야시 가문이 높아지기를 원하셨고, 그 뜻을 이루신 뒤 돌아가셨어. 소망을 거의 이루셨고 장래에 대한 희망도 품으신 채 만족스럽게 돌아가셨어. ―설령 내가 고바야시 집안을 망친다 해도 그건 돌아가신 아버지와는 관계없는 일이야."

"그럴 만큼 그 일이 중요하단 말인가?"

한자부로는 얼마 남지 않은 술을 자신이 직접 따라 마셨다. 옆에 1되짜리 술병이 2개 있었으며, 상 위와 그 부근에 술 데우는 데 쓰는 술병이 5개 늘어서 있었다. 뼈만 남아 있는 생선의 접시, 조림이 담긴 사발, 비어버린 국그릇과 쟁반 등, 먹고 마시고 난 뒤의 어질러진 흔적이 참으로 쓸쓸한 느낌으로 보였다. 한자부로는 자신이 따른 술을 마셨으며, 주베에는 그 모습을 노려보고 있었다.

"그건 사람에 따라 다르지."라고 한자부로가 천천히 말했다. "다른 천만의 사람에게는 사소한 일이라도, 어떤 한 사람에게는 일생을 좌우할 만한 일인 경우도 있어."

"겨우 여자 한 사람 때문에?"

"사람들에게 비웃음을 당해도."라고 한자부로가 낮은 목소리로 말했다. "후지이 마타고로(藤井又五郎)는 잠깐 놀림을 당한 것만으로 누마다 나이키(沼田內記)를 베고 할복을 했기에, 집안의 대가 끊기고 말았네. 한심한 녀석이야. 그때 우리는 그를 바보 같은 놈이라고 했어. 하지만 지금은 그렇게 생각하지 않아. 후지이에게 있어서 그 일은 그만큼의 가치가 있었던 거야, 후지이에게는."

"이번 일도 그렇게 생각하라는 말인가?"

한자부로는 천천히 머리를 저었다. "내게 화를 내거나 때리지 말라는 말일세. 같이 한잔하지 않겠는가?"

주베에는 말없이 자리에서 일어났다.

2

한자부로는 누워 있었다.

"11월이라."하고 그는 중얼거렸다. "그날로부터 150일이나 지났다니. 맞아, 그때는 말을 너무 많이 했어. 아직 나를 내보이려는 마음이 있었던 거야. 어째서 주베에가 하고 싶은 말을 다하도록 내버려두지 않았던 걸까? 말하든지 말든지 결국 달라질 건 없잖아. 한심한 일이야."

그가 킥 웃었다. 그러자 위 부근에서 병적인 공복감이 일어나더니 견딜 수 없을 정도의 갈증에 휩싸였다.

"화를 냈었지, 주베에는." 그가 배고픔과 목마름을 잊으려는 듯 중얼거렸다. "녀석의 그런 눈빛은 처음 봤어. 때린 것도 장난은 아니었고. —하지만 그것으로 그도 여한은 없을 거야. 여기까지 뛰어 들어와서 하고 싶은 말은 다했으니까. 맞아, 친구로서의 책임은 이미 다 한 거야. 아무렴 어때, 이제 얼마 있지 않으면 끝장이 날 텐데. 그렇게 오래 걸리지는 않을 거야."

한자부로는 얇은 잠옷을 걸치고 낡은 다다미의 맨바닥에 베개를 베고 누워 있었다.

정원에 면한 그 12첩 방은 황폐해질 대로 황폐해져 있었다. 다다미 갈이도 하지 않았으며, 창문과 방문의 창호지도 새로 바르지 않았다. 청소 따위는 물론 1년 가까이나 하지 않았으며, 쓰던 물건이나 꺼내놓은 물건도 그대로 나뒹굴고 있었다. —방 안에 곰팡이 냄새와 먼지 냄새, 거기에 무엇인가 쉰 듯한 시큼한 냄새가 가득 차 있었기에 11월임에도 정원으로 면한 창문은 열어둘 수밖에 없었다. 정원은 상당히 넓었다. 원래는 조그만 연못이 있고 조그만 석가산(石仮山)이 있고 아직 어린 삼나무의 숲과 정원수가 있었다. 전부 아버지가 당신 손으로 정성을 들인 것이었으나 지금은 손질을 전혀 하지 않기에 도저히 봐줄 수 없이 되어버렸다. 삼나무 숲은 말할 것도 없고 정원수 모두가 제멋대로 가지를 뻗었으며, 연못은 말라붙어 먼지가 쌓여 있었고, 석가산은 작년의 서리와 눈에 일부가 무너져 피부가 벗겨진 상흔처럼 붉은 흙이 그대로 드러나 있었다. 잔디였던 곳은 잡초로 뒤덮였으며, 그 잡초는 2자고 3자고 자란 채 온통 갈색으로 말라 있었다.

"온통 덩굴이야."하고 한자부로가 게으른 목소리로 중얼거렸다. "—덩굴에 뒤덮인 집이라."

그는 조용히 눈을 가느다랗게 떴다.

정원 전체를 덮고 있는 그 크고 마른 풀이 흔들리는 것이, 그 아래서 무엇인가가 움직이고 있는 듯했다. 그는 별 생각도 없이 멍하니 그것을 바라보고 있었는데, 그 움직이고 있던 것이 불쑥 일어서더니 이쪽을 보고 인사를 했다. 한자부로는 가느다랗게 뜬 눈으로 여전히 멍하게 바라보고 있었다.

"풀이 너무 무성해서요."라고 그 사람이 말했다. "보기만 해도 정신이 없어서 지금 잠깐 뽑고 있는 중이에요."

목소리는 여자였다. 한자부로는 상대가 여자라는 사실을 깨닫고 누운 채로 눈의 초점을 맞췄다.

거뭇한 면직물에 솜을 넣은 옷을 입고 빛이 바랜 허리띠를 두르고 있었다. 키는 그렇게 크지 않았다. 머리는 뒤에서 하나로 묶었으며 얼굴은 밤 껍질처럼 거뭇했다. 정말 까만 여자로군,

하고 한자부로는 생각했다. 지금 막 시골에서 올라온 듯한 느낌이었으나, 목소리는 아름다웠으며 그 검은 얼굴은 이쪽을 향해 격의 없는 미소를 보이고 있었다.

"넌 누구지?"라고 한자부로가 물었다.

상대방에게는 들리지 않은 모양이었다. 그도 아니면 들렸으나 대답하고 싶지 않았던 것일까? 더욱 크게 미소를 지으며 손으로 마른 풀을 가리켰다.

"이틀만 있으면 깔끔해질 거예요."라고 그녀가 말했다. "이 정도는, 제가 하면 아무것도 아녀유."

그리고 다시 마른 풀을 뽑기 시작했다.

어디에서 온 누구지, 어쩔 생각인 거야. 한자부로는 이렇게 묻고 싶었으나 귀찮기도 하고 기운이 없기도 했기에 다시 눈을 감아버렸다. 틀림없이 그는 모든 것이 귀찮았으며 일어설 기운조차 없었다. 기억이 정확하다면 그는 벌써 6일 동안이나 식사를 하지 않았다. 가끔 물을 마시기만 했을 뿐, 밤이고 낮이고 누워 있기만 했다.

—굶어죽은 시체는 깨끗할까, 아니면 추악할까.

한자부로는 그런 생각을 하고 있었다. 뼈와 가죽만 남으니 아마 추악하지는 않으리라. 얼마쯤 걸리려나, 라고도 그는 생각했다. 열흘이나 보름, 아마도 30일은 걸리지 않으리라. 30일은 너무 길어, 그렇게 걸리지는 않을 거야. 그런 생각들을 되풀이하고 있는 사이에 한자부로는 잠이 들어버리고 말았다. 그리고 그 낯선 여자가 깨우는 바람에 눈을 떴다.

"저기요, 나리."하고 부르는 목소리가 들렸다. "이제 정오이니 식사준비를 할게요"

한자부로는 꿈을 꾸고 있었다. 먹을 것의 꿈을 꾸고 있다가 그 꿈속에서 억지로 떠밀려나오듯 천천히 눈을 떴다. 그러자 바로 옆에 그 낯선 여자가 무릎을 꿇고 앉아서, 검은 얼굴로 웃으며 이쪽을 보고 있었다.

"점심을 먹기로 해요" 그녀가 말했다. 소녀처럼 천진하고 아름다운 목소리였다. "쌀하고 찬거리는 어디에 있나요?"

한자부로는 혀로 입술을 핥고, 그런 다음 목소리를 한 번 내본 뒤에 천천히 말했다. "그런 건 없어."

"쌀이 없나요?"

한자부로는 고개를 끄덕였다.

"그럼." 그녀가 물었다. "어디서 주문이라도 해서 드시나요?"

한자부로는 머리를 좌우로 흔들었다. 낯선 여자의 검은 얼굴에 깜짝 놀란 듯한 표정이 떠올랐으며, 에효, 하는 커다란 한숨이 새어나왔다.

"지금 부엌을 살펴보고 왔어요"라고 그녀가 말했다. "솥도 냄비도 녹슬었고 밥통은 말라비틀어져 있고, 먼지투성이에 온통 쓰레기뿐이어서 마치 폐가 같았어요. 하인이나 하녀도 없는 건가요?"

한자부로는 고개를 끄덕였다.

"그럼 맘마, ―식사는 어떻게 하시나요? 주문해서 드시는 게 아니라면 지가, 제가 쌀과 찬거리를 사다가 상을 차릴게요."

"필요 없어."라고 한자부로는 말했다. "아무것도 필요 없어. 그냥 내버려둬."

그리고 그는 눈을 감았다가 문득 생각이 났기에, 넌 대체 누구지, 라고 물으려 했으나 거기에 그녀는 이미 없었다. 그는 머리를 들어 방 안을 둘러보고 그녀가 어디에도 없다는 사실을 확인한 뒤, 몸을 뒤척이며 눈을 감았다. 이번에는 꿈도 꾸지 않고 잠을 잤는데, 잠시 후 다시 여자의 목소리가 불러 잠에서 깨어났다.

"일어나세요, 나리."라고 그녀가 귓가에서 말했다. "맘마, ― 상을 차려왔으니 일어나세요, 나리."

한자부로는 눈을 떴다. "뭐야, 너 아직 있었던 거야."

"상을 차려왔어요."라고 말하며 그녀는 미소 지었다. 검은 얼굴 속에서 하얀 이가 아름답게 보였다. "생선자반하고 배춧국 뿐이지만 그만 일어나서 드시도록 하세요."

막 지은 밥의 달달한 냄새와 구운 생선의 기름진 냄새가 그를 사로잡았으며, 저항할 수 없는 힘으로 그를 잡아 일으켰다. 그는 현기증이 날 것 같은 기분으로 다른 생각은 할 틈도 없이 일어나 앉았다.

3

한자부로는 한 그릇만을 먹은 채 밥그릇과 젓가락을 내려놓았다. 6일이나 먹지 못한 뒤였기에 지금은 이 정도로 해두는 편이 좋으리라 생각했기 때문이었다.

"좀 더 드시는 게 어떻겠어유?"라고 여자가 말했다. "입에 맞지 않으신가요?"

"아니, 맛있었어."라고 그가 말했다. "나머지는 저녁에 또 먹을게. 이걸 치우고 너도 밥을 먹도록 해."

그러다 한자부로는 갑자기 눈을 들어 이상하다는 듯 상대방을 바라보았다. "—좀 이상한 질문 같지만, 대체 이 쌀과 생선은 어디서 난 거지?"

"네."라고 그녀가 생글생글 웃으며 대답했다. "쌀은 쌀집에서 꾸어왔고, 생선은 어물전인 우오긴(魚銀)에서 꾸어왔고, 간장과 된장과 설탕과 소금과 술은 이가야(伊賀屋)라는 가게에서 꾸어왔어요. 야오큐(八百久)라는 가게에서도 채소를 이것저것 꾸어왔으니 저녁상에는 삶은 요리와 채소를 절인 것도 올릴게요."

한자부로는 입을 다물고 있다가, 잠시 뒤 살피듯이 물었다. "그게 정말이야?"

"네."라며 그녀는 고개를 끄덕였다.

"믿을 수 없어."라고 그는 말했다. "어느 가게에나 외상이 쌓여서 벌써 반년도 전부터 거래를 하지 않았어."

"그렇다더군요."하고 그녀가 생글생글 웃으며 말했다. "어디서나 그렇게 말했어요. 외상이 아주 많이 밀린 상태라고 쌀집 주인은 얼굴이 시뻘게져서 화를 냈어요."

한자부로가 떠보듯이 물었다. "그런데— 어떻게 해서 꾸어온 거지?"

"지가 말했어유." 그녀가 눈을 살짝 내리깔았다. "제가 이렇게 말했어요. 고바야시 나리 댁에 이번에 온 아다코라고요. —지는, 저는 이 댁에서 일을 할 생각이니까요."

"네가 어쩌겠다고?"

"부탁드리겠습니다." 아다코라고 이름을 밝힌 여자가 방바닥에 손을 대고 머리를 숙였다. "저, 여기 말고는 갈 데가 없어요. 무슨 일이든 할 테니 제발 이 댁에 있게 해주세요."

"안 돼."라고 그가 말했다. "삯을 줄 수 없을 뿐만 아니라 먹을 것조차 줄 수 없어. 나 혼자 입도 먹을 것이 없어서 6일 동안이나 물만 마셨어."

"삯 같은 건 한 푼도 필요 없어요. 먹을 것은 제가 마련할게요."라고 아다코가 눈을 들고 말했다. "지는, 오늘은 처음이었기에 조금밖에 꾸어오지 못했어요. 그래도 나리와 저 둘뿐이라면 50일에서 60일쯤은 먹을 수 있을 거예요."

"50일, 이라고?"

"네."라며 아다코는 고개를 끄덕였다. "쌀은 정미한 것을 1말, 그 외에 가마니로 1가마니를 꾸어왔어요. 간장도 1통, 소금은 4되, 된장도 겨울이니 상할 염려 없겠다 싶어서 역시 1통, 술은 어떻게 하실지 잘 몰라서 1되만 받아왔지만 드시겠다면 더 꾸어 올게요. 우오긴에서 연어자반 2마리하고 말린 생선 10마리, 말린 생선은 바람이 통하는 곳에 두면 열흘은 문제없다고 해요. 그리고 야오큐에서는 채소 외에도 절인 배추와 단무지를 한 통씩."

한자부로가 손을 들어 말을 가로막았다. "잠깐, 잠깐만. 그, 그러니까 너 정말 그렇게나 꾸어왔다는 말이야?"

"네."라며 아다코는 고개를 끄덕였다.

"쌀집과 이가야에서 정말 그렇게나 외상을 줬다고?"

"네."라고 아다코는 대답했다. "나리께서 주무시는 동안 전부 가져다주었어요. 지는, 아니 저는 그 사이에 솥과 냄비의 녹을 닦아내기도 하고 부엌 청소를 하기도 했어요."

한자부로는 정원을 보다가 아다코를 보았고, 그런 다음 다시 정원 쪽으로 시선을 돌렸다.

"절 여기에 있게 해주시면 안 되나요?"라고 아다코가 말했다. "가마니에 담긴 쌀은 제가 찧을게요. 헛간에 쌀 찧는 절구가 있으니 쌀을 찧는 정도는 아무것도 아니에요. 바느질이고 빨래고 청소고, 무슨 일이든 할 테니."

한자부로가 한동안 입을 다물고 있다가 마침내 말했다. "그렇게 있고 싶다면 있어도 상관은 없지만, 난 아무것도 해줄 수가 없어."

"있게 해주실 건가요?"

"오래 버티지 못할 거야."

"아아, 다행이다."라고 아다코가 생글생글 웃으며 말했다. "기뻐요. 이제 안심이에요. 열심히 일할 테니 잘 부탁드리겠습니다."

한자부로가 시선을 돌리며 말했다. "가서 밥을 먹도록 해."

그는 앉은 채 오래도록 정원을 바라보았다. 담 너머는 마쓰다이라 사가미노카미(松平相模守)의 별저(別邸)로 커다란 팽나무가 5그루 서 있었는데, 그 드러난 가지에 참새가 무리지어 앉아 있다가 때때로 휙 날아올랐다가는 다시 다른 가지에 앉았으며 그럴 때마다 듬성듬성 남아 있던 마른 잎들이 하늘하늘 떨어졌다.

"맞아."라고 그가 마침내 중얼거렸다. "주베에가 꾸민 짓이야. 소가 주베에가 보낸 게 틀림없어. 그렇지 않고서야 이런 일이 있을 수 없지."

그의 입술에 일그러진 미소가 떠올랐다.

"그 정도의 일이라고만 생각하고 있단 말이지?"라고 그가 대들 듯이 말했다. "그래 좋아. 누구 고집이 더 센지 어디 한번 해보자고."

아다코는 부지런히 일했다.

닷새가 지나자 집 안이 깔끔해졌으며, 욕조에도 들어갈 수 있게 되었다. 한자부로의 시중도 잘 들어서 머리도 매일 다듬어주었으며 머리카락도 묶어주고, 수염까지 깎아주었다. 목욕물도 매일 끓여주었으며 손톱까지 신경을 써주었다. 뒹굴뒹굴하고 있으면 일으켜세워서 몸에 좋지 않으니 바깥을 좀 걷다 오라고까지 말했다. —그녀는 이러한 일들을 빠릿빠릿하게, 또 극히 자연스럽게 했다. 한자부로의 시중을 드는 일도 결코 강요하는 듯한 구석은 없어서, 한자부로가 싫다고 하면 억지로 권하거나 하지는 않았다. 음식의 맛에는 기복이 있어서 너무 짜기도 하고 너무 달기도 했으나, 스무날쯤 지나자 그도 손에 익은 것인지, 아니면 한자부로의 입맛을 알게 된 것인지 그런 기복도 느낄 수 없게 되었다.

아다코는 바느질도 잘했다. 더러워진 채로 쑤셔박았던 그의 옷가지를 끄집어내 척척 뜯어다 빨아 말려서는 솜씨 좋게 다시 바느질을 했다. 홑옷을 겹옷으로 만들기도 하고 겹옷을 외투로 만들기도 하고 해어진 곳을 감쪽같이 꿰매거나 잇대기도 했다. 한자부로가 심심해하는 것 같으면 그런 바느질감을 들고 곁으로 와서 바늘을 움직이며 이야기를 했다. 그는 무관심하게 듣고 있었으나, 사투리의 묘한 억양과 이야기의 우스움에 자신도 모르게 웃음을 터뜨리는 경우도 있었다.

"아다코는 묘한 말을 쓰는군."이라고 어느 날 그가 말했다. "그, 그쥬, 라는 건 무슨 뜻이지?"

"어머, 창피해라." 아다코는 두 손으로 얼굴을 감췄다가, 그래도 곧 바른 자세로 대답했다. "그건, 그렇지요, 라는 말이에요"

"그 외에도 여러 가지를 쓰는 듯한데, 그건 어디 사투리지?"

"네."라고 아다코가 대답했다. "쓰가루에요."

한자부로는 조용히 시선을 돌렸다.

4

생각한 대로야, 라고 한자부로는 마음속에서 말했다. 주베에는 쓰가루에 메쓰케로 있다가 왔어. 그때 데려온 거겠지. 그리고 우리 집으로 들여보낸 거야.

―쌀집에도 술집에도 주베에가 돈을 준 거야. 아다코가 주베에에게서 돈을 받아다가 그걸로 값을 치르고 있는 게 틀림없어.

한자부로는 그렇게 추측했다. 그게 아니라면 외상이 그렇게 밀렸는데 상인들이 물건을 내어줄 리 없잖아, 이제 알겠군, 빤히 들여다보여, 라고 그는 생각했다. 주베에가 얼마나 버티는지 지켜보겠어, 라고 비아냥거리는 듯한 생각에 사로잡혔으나, 아다코에 대해서는 이상할 정도로 반감이 들지 않았으며 한번 애를 먹여야겠다는 마음도 일어나지 않았다.

12월 중순의 어느 날 밤―, 아다코는 그의 옆에 앉아서 바느질을 하며 이야기를 하고 있었다. 그곳은 한자부로의 6첩짜리 거실로, 그는 책상에 팔꿈치를 대고 때때로 화롯불에 손을 녹여가며 그녀의 이야기를 듣고 있었다. 저물녘부터 내리기 시작한 비가 조금 전까지 차양을 조용히 두드리고 있었다. 언제부턴가 그 소리도 들려오지 않았으며, 문 밖은 쥐 죽은 듯이 고요했다.

"그 정원 안쪽에 족제비 부부가 살고 있었어요."라고 아다코가 말을 이었다. "벌써 30년도 더 지났는데, 평생을 부부 둘이서만 살았다고 해요."

"누구네 정원이라고 했지?"라고 그가 물었다.

"가라나이자카(唐内坂) 나리의 정원이요."

"가라나이자카, ―."라고 말하며 그는 아다코를 보았다. "처음 듣는데, 어디에 있지?"

"어머, 제 얘기 안 듣고 계셨군요."라며 아다코는 노려보았다. "쓰가루의 히로마에(広前)에요. 히로마에 나리의 별장이 가라나이자카에 있어요. 말로는 다할 수 없을 만큼 풍경이 좋은 곳으로 중국에도 없을 것이라고 해서 가라나이자카라고 부른대요."

"알았어."라며 그는 고개를 끄덕였다. "하지만 그 별장의 정원이 아니어도 족제비라면 에도에도 있어."

"부부 족제비인가요?"

"그건 모르겠지만 새끼도 낳으니 부부도 있겠지."

"하지만 그 족제비는 30년도 넘게 부부가 사이좋게 살고 있었어요."

"흠." 그는 화로 쪽으로 손을 가져갔다. "그런 걸 어떻게 알았지?"

"그건 아부지가, 아버지가 오래 전부터 보아왔기 때문이에요."라며 아다코가 바늘을 멈추고 말했다. "어렸을 때부터 보아왔는데 30년 이상 지났고, 그래서 부부 모두 완전히 노인네가 되어버리고 말았대요."

"족제비도 노인네가 되는군."

"그럼요." 아다코가 말을 이었다. "완전히 노인네가 되어서 수컷 족제비는 머리가 벗겨졌고 암컷 족제비는 머리가 하얗게 세어버렸대요."

한자부로는 아다코를 보았다. "아다코의 아버지가 그 별장에 있었다고?"

"네."라고 그녀는 대답했다. "할아버지 때부터 정원을 지켰어요."

"그럼 사무라이였었나?"

"아녀유, 아니요. 사무라이가 아니라 나무들을 가꿨어요."

한자부로는 거기서 갑자기 눈을 들었다. "지금 너, 족제비가 노인네가 돼서 어떻게 됐다고 했지?"

"또 안 듣고 계셨나요?"

"노인네가 돼서 어떻게 됐다고?"

"그러니까 말이죠."라고 아다코가 말했다. "수컷 족제비는 머리가 벗겨졌고, 암컷 족제비는 백발이 되었다고요."

"그렇군."하고 그는 말했다.

한자부로는 가만히 앉아 있다가 자리에서 일어나 침실로 들어가더니 손을 뒤로 돌려 장지문을 닫았다. 아다코가 주무시게요? 라고 물었다. 대답 대신 이상한 웃음소리가 들려왔다. 쿠쿠 하고 닭이나 병아리를 부르는 것 같은 소리가 들려왔는데 점점 커지더니 웃고 있다는 사실을 알았을 때는, 목구멍에서 터져나오는 듯한 소리가 되어 있었다. 놀라 방 쪽으로 다가간 아다코가, 무슨 일이냐고 물으며 장지문을 열었다. 한자부로는 깔아놓은 이부자리 위에 책상다리를 하고 앉아 배를 움켜쥔 채 웃고 있었다.

"왜 그러세요?"라고 아다코가 마음 상한 듯이 물었다. "제가 뭐 이상한 말이라도 썼나요?"

"그만 물러나줘."라고 그가 웃으며 손을 흔들었다. "아무것도 아니야. 걱정할 것 없어. 물러나서 문을 닫아줘."

아다코는 그의 말대로 했다. 침실이 조용해졌기에 아다코가 바느질감을 손에 쥔 순간 침실에서 갑자기, 이번에는 소리 높여 웃는 소리가 들려왔다.

"대머리 족제비."라고 웃으며 외치는 소리가 들려왔다. "암컷 족제비는 백발, —아아."

그렇게 웃고 또 웃더니 결국에는 괴롭다는 듯 숨을 헐떡이며 웃었다.

"이상한 분이셔."라고 아다코는 바늘을 움직이며 중얼거렸고, 그런 다음 가만히 미소 지었다. "그래도 처음으로 웃는 소리를 들었어. 늘 심각한 얼굴만 하고 계셨는데 저렇게 웃으시게 됐으니 이젠 됐어."

이제 조금은 변할지도 모르겠다. 아다코는 이렇게 기대하고 있는 듯했으나 한자부로의 모습에는 변화가 없었다. 매일 아침,

아다코는 그를 깨워 일으켜 세수를 시켰다. 식사 후에는 머리를 다듬어주고 머리카락을 다시 묶어주고 옷을 갈아입혔다. 오전 중이나 오후나, 하루에 한 번은 산책을 하고 오라고 내보냈다. 저녁이면 목욕물을 데워 욕조에 들어가게 했으며 등을 밀어주었고, 저녁식사 때는 그가 원하면 술을 내주었다. 마신다 해도 데운 술 2병이 전부로, 아다코에게는 그것이 이상하게 여겨졌다.

"어째서 더 드시지 않으세요?"라고 물은 적이 있었다. "이가야의 얘기로는 매일 꽤 드셨다고 하던데요."

한자부로는 애매하게 머리를 흔들었다. "별로 좋아하지 않아."

대답은 그것뿐이었다.

그렇게 비슷비슷한 날들이 지났고 그해가 저물었다. 정월이 되자 아베 우쿄가 사람을 보내서 친구들끼리 모이기로 했으니 오라는 말을 전했으나, 한자부로는 심부름 온 사람도 만나지 않고 아다코에게 거절하게 했다. 그것은 5일의 일이었는데 오후부터 눈이 내렸고 한자부로는 10첩 방의 창을 열어 눈을 바라보며 아다코에게 술을 따르게 해서 평소와는 달리 한가롭게 술을 마셨다.

"어째서 친구들이 모이는 데 가지 않으신 거죠?" 아다코가 그의 안색을 살피며 물었다. "기껏 사람까지 보내왔고, 혼자서 드셔도 그렇게 맛있지는 않잖아요."

한자부로가 정원을 바라본 채로 말했다. "그건 주베에가 시킨 짓이야. —소가 주베에, 아다코도 알고 있지?"

"제가요?"

"모르는 척할 필요 없어. 도테 3번가의 소가 주베에 말이야. 알고 있지?"

"그런 분은 모르겠는데요."라고 아다코가 말했다. 목소리는 작았으며 조금 떨고 있는 듯했다. "하지만 알고 있는 일도 있기는 있어요."

"뭘 알고 있다는 거지?"

"가나모리 집안과의 일이요."

"주베에한테 들었군."

"그런 분은 몰라요."하고 아다코가 말했다. 그 목소리는 젖어 있었으며 떨림을 더욱 머금기 시작했다. "전 이가야의 주인에게서 들은 거예요. 너는 모르겠지만 가나모리 아씨가 5년이나 허혼한 사이로 있었으면서 나리를 두고 다른 사람과 달아난 거라고요. 그 때문에 나리께서 이렇게 되어버린 거라고요."

"그 얘기는 그만둬."

"한 번만 말하게 해주세요."라고 아다코가 말했다. "전 분해요. 그 음란한 아가씨는 좋아하는 사람과 부부가 되어 지금도 보란 듯이 살고 있는데, 나리는 이렇게 되어버리셨어요. 이대로라면 평생을 망쳐버리고 말 거예요. 나리께 이런 불행을 맛보게 해놓고 그 아가씨는 행복하게 살고 있어요. 어떻게 이런 일이 있을 수 있는 거죠?"

한자부로가 여전히 정원을 바라본 채로 말했다. "아다코는 그 아가씨가 불행했으면 좋겠어?"

"전 그냥 분할 뿐이에요."

"미스즈가 행복하게 산다는 건 좋은 일이야."라고 그가 조용한 목소리로 말했다. "그녀와의 혼약은 부모들끼리 정한 일이야. 미스즈는 그 후에 좋아하는 사람이 생겼는데 평범한 수단으로는 뜻을 이룰 수 없겠다 싶어서 그 상대와 함께 도피한 거야. 이건 음란한 마음만으로 할 수 있는 일이 아니야. 가나모리 집안은 녹봉을 800석 받는 하타모토[5]야. 집안의 명예, 부모님의 노여움, 세상의 평 등을 전부 걸지 않으면 안 돼. 미스즈는 그 전부를 건 거야. 이는 용기가 필요한 일이야."

아다코는 손으로 얼굴을 감쌌다.

"가나모리 나리가 우리 집으로 오셔서 사실을 말하고 머리 숙여 사과를 하셨어."라고 그가 천천히 말을 이었다. "나는 그 아이가 가엾네, 라고 가나모리 나리께서 마음을 털어놓으셨어. 원래대로 하자면 벌을 내려야 마땅하지만 나는 그럴 수가 없네, 참을 수 없겠지만 참아주었으면 하네, 그 대신 어떤 속죄라도 하겠네, 라고 말씀하셨어."

---

5) 旗本. 에도 시대에 쇼군에 직속된 무사로 쇼군을 직접 볼 자격이 있는 자.

5

뒤에서 아다코의 훌쩍이는 듯한 소리가 들렸으며, 한자부로는 정원의 눈을 바라보고 있었다.

"내가 뭘 할 수 있었겠어."라고 그가 속삭이듯 말했다. "가나모리 나리의 간곡하고 솔직한 사죄에 화를 냈어야 했나? 무슨 말인가 했어야 했나? ─나는 정중하게 마주 인사를 하고, 그렇게 마음 쓰실 필요 없다, 그만 잊으셔도 된다고 대답했을 뿐이야."

술을 따르려 했으나 술은 이미 떨어지고 없었다. 한자부로가 빈 술병을 내밀며, "더 가져다줘."라고 말했다. 아다코는 받아들고 자리에서 일어나 나갔다가 곧 되돌아왔다. 한자부로가 손을 흔들어 술은 자기가 따르겠다는 뜻을 내비치자 아다코는 화로 옆으로 물러나 앉았다.

"난 어렸을 때 이런 경험을 했어."라고 그가 자신이 따른 술을 한 모금 마신 뒤 말했다. "─9살이나 10살 때쯤이었을 거야. 장소는 한조몬(半蔵門)의 해자 부근으로 나는 혼자였어. 앞뒤 일은 기억나지 않지만 나는 해자 부근에 있었어. 계절은 여름의 끝자락이었던 것 같아. 바람이 불었는데 나는 바람이 맞은편에서 불어와 나를 스치고 지나는 것을 느끼고 있었어. 그러다 문득, 지금 나를 스치고 지나간 바람은 두 번 다시 맞을 수 없다는 생각이 들었어. 어떤 방법을 써도 나를 한 번 스치고 지나간 바람은 두 번 다시 맞을 수 없다는 생각이 든 순간 나는 가슴을 짓눌린 듯한 숨 막힘, 나만이 깊은 우물 속에 있는 듯한 어두움과 두려움에 사로잡히고 말았어."

한자부로는 조용히 한 모금 마셨다. "나는 미스즈를 좋아했어. 만날 수 있는 날은 1년에 몇 번으로 한정되어 있었고 단둘이서 이야기한 적도 손에 꼽을 수 있을 정도밖에 되지 않았어. 그래도 나는 미스즈가 좋아서 언젠가 아내로 맞아들일 수 있을 거라 믿었고 진심으로 그날을 기대하고 있었어."

무감각한 목소리로 이야기를 계속하며 한자부로는 머릿속에서 미스즈와 자신 사이에 있었던 일을 떠올리고 있었다. 그것은 미스즈의 방으로, 딱 한 번 있었던 일이었다. 미스즈는 입고 있던 옷을 전부 벗어 실오라기 하나 걸치지 않은 자신의 몸을 그에게 보였다. 그는 바보가 된 것처럼 명해지고 말았다. 그녀가 옷을 벗기 시작했을 때부터 무엇을 하려는 것인지 짐작조차 할 수 없었으며, 그녀가 완전히 알몸이 되었을 때도 어떤 의미인지 알지 못해 명하니 있었다. 그녀는 아직 15살이 조금 넘은 나이로 평소에는 어린 소녀로밖에 보이지 않았으나 아무것도 걸치지 않은 몸은 놀라울 정도로 여성스러웠으며 거의 성숙한 것처럼 보였다. 미스즈는 얼굴이 작고 손발도 낭창낭창하게 가늘었으며 몸도 늘씬하게 굴곡져 있었다. 그러나 풍성하게 부풀어오른 가슴과 허리 부분에서 허벅지에 이르는 살집은 그곳만이 다른 존재라도 되는 양 터질 듯한 두께와 곡선과, 그리고 묵직한 긴장감을 보이고 있었다.

　—저, 예쁘지 않나요?

　미스즈가 그의 안색을 살피며 이렇게 말했다. 예쁘다고 그는 대답했다. 외설스럽다는 마음이나 부도덕하다는 감정은 조금도 없었다.

　그런 마음을 느낄 여지도 없을 만큼 그는 압도당해 놀랐던 것이다.

　—당신을 위해서 소중히 간직하고 있었어요. 잘 보세요. 당신을 위해서 예쁘게 가꾸고 소중하게 간직해왔어요.

　그녀는 대담하게 자신의 몸을 보였다. 앞으로 향하고, 뒤를 향하고, 옆을 향하고, 그리고 여러 가지 분방한 자세를 취해 보였다. 그랬다. 그는 뚜렷하게 기억하고 있었다. 미스즈는 그렇게 하며 그의 안색을 끊임없이 살피고 있었다. 그의 얼굴에 나타나는 반응을 탐색이라도 하듯, 또 그에 대한 기대에 스스로 흥분하며. 그랬다. 그런 다음 그녀는 가까이 다가와 두 팔을 펼치고 애교 섞인 목소리로 말했다.

　—안아줘요.

　그는 아무 것도 하지 않았다. 할 수 없었던 것이다. 압도되고 현혹되었을 뿐만 아니라, 그러한 때에 어떻게 해야 하는지를 몰랐기 때문이었다. 미스즈는 그보다 훨씬 더 능동적이었다. 다음에 일어날 일을 마음껏 즐기겠다는 듯 반짝이는 눈으로 바라보며, 자신이 원하는 일을 하도록 그를 인도했다. 물론 이렇다 할 것은 없었다. 그저 조금 조숙한 소녀가, 소녀다운 호기심에 휩싸인 것일 테지만, 그래도 그는 바보처럼 당황해서 어색하게 뒷걸음질을 칠 뿐이었다.

미스즈는 그를 놓아주고 그에게서 떨어져 이상하다는 듯한, 탐색하는 듯한 눈빛으로 그를 바라보았다. 그런 다음 벗었던 옷을 순서대로 천천히 입었다.

그게 전부였다. 미스즈는 15살이 조금 지난 나이로, 자기 몸의 아름다움을 허혼한 상대인 그에게 자랑하고 싶었던 것이리라. 아주 조금 흥분에 휩싸여 호기심이 인 것이리라. 그 이상의 의미는 없었을 테지만, 한자부로에게는 이상한 경험이자 마음 깊은 곳에 지울 수 없는 강렬한 인상을 받았다.

"나는 그 아가씨를 좋아했기에,"라고 그가 말을 이었다. "그 아가씨가 행복하다는 건 기쁜 일이야. 이건 진심이야. 하지만 그와 동시에 그 아가씨가 내 곁에서 떠나버렸다는 사실, 이번 생에서는 결코 나의 아내로 삼을 수 없다는 사실을 생각하면, ―마치 어렸을 때 해자 부근에서 늦여름의 바람을 맞았을 때처럼 이 가슴이 미어지는 듯한, 모든 것이 허무한 듯한 기분에 사로잡혀버리고 말아."

"모든 것이 허무해."하고 그가 조소하듯 말했다. "아마도 내가 14살쯤의 울보 계집아이나 60살 정도의 불평 많은 늙은이처럼 보이겠지. 하지만 어쩔 수가 없어. 이 세상 모든 일이 허무하다는 이 마음은 나 스스로도 어떻게 해볼 수 없는 것이니까."

아다코는 눈물을 닦았다. 그러자 검은 얼굴이 얼룩졌으며 눈가에 하얀 테두리 같은 것이 생겨났다. 아다코는 자신의 손을 보고 손가락이 더러워졌다는 사실을 깨닫자, 깜짝 놀란 듯 자리에서 일어나 얼굴을 돌린 채 안쪽으로 들어갔다.

그런 줄도 모르고 한자부로는 술잔을 든 채 퍼붓는 눈을 바라보고 있었다.

그로부터 오륙일 뒤, 아다코는 바느질을 배우러 가고 싶다고 말했다. 바느질은 잘 하잖아, 라고 한자부로가 말하자, 자신은 시골식이라 에도식 바느질을 배우고 싶다고 말했다. 한자부로는 아다코의 얼굴을 보고 무슨 말인가를 하려다 생각을 바꿨는지 고개를 끄덕이고, 마음대로 하라고 말했다.

—너를 고용한 건 소가야.

한자부로는 이렇게 말하려 했던 것이다.

—나는 주인이 아니야. 삯도 주베에가 주고 있잖아. 주베에게 물어보도록 해.

그러나 입으로는 아무런 말도 하지 않았다.

아다코는 바느질을 배우러 다니기 시작했다. 아침을 먹고 나면 집을 나섰다가 점심을 지으러 돌아왔고, 다시 저녁 전까지 바느질을 배우러 갔다. 집안일을 허술히 하지도 않았으며, 밤이면 밤대로 12시 무렵까지 바느질을 했다. 처음 한자부로는 무관심했으나 열성적인 그녀의 모습에 점점 눈길이 가서, 어느 날 밤 문득 물어보았다.

"꽤나 열심히 하는데."

"바느질은 아무리 잘해도 이젠 됐다고 말할 수 있는 것이 아니래요"라고 아다코는 대답했다. "거기다 지는, —저는 이렇게 못생겼으니 하다못해 바느질이라도 잘하지 못하면 시집을 가지 못할 거예요."

6

한자부로는 아다코를 뚫어져라 바라보았다.

"시집을 갈 때는 쓰가루로 돌아가는 건가?"

"아니요, 쓰가루에는 가지 않을 거예요."

"시골은 싫은가보군."

"쓰가루는 좋은 곳이에요. 산도 들도 강도 아름다워서, 그렇게 아름다운 곳은 어디에도 없어요"라고 아다코가 바늘을 움직이며 말했다. "하지만 제게는 돌아갈 집이 없어요."

한자부로가 잠시 사이를 두었다가 물었다. "부모님이나 형제도 없어?"

"있어요"라고 아다코가 낮은 목소리로 대답했다. "아버지와 어머니도 계시고, 동생이 둘 있어요. 하지만 지금 아버지는 양아버지라 제가 있으면 집이 조용하질 못해요."

"그래서 에도로 나온 거야?"

"동생들은 남자라 걱정 없어요. 큰아이가 17살, 작은아이도

15살이 되었으니까요."라고 아다코는 말했다. "거기다 동생들에게는 아무런 문제도 없어요. 집이 조용하지 못했던 건 오직 저 때문이었어요."

한자부로가 은근슬쩍 물었다. "양아버지와 마음이 맞지 않았군."

"그렇게 말하는 게 제일 무난하겠네요."

아다코의 손이 멈췄다. 한자부로가 바라보니 아다코는 입술을 떨고 있었으며 눈 가득 눈물이 고여 있었다.

"저도 전부 털어놓을게요."라고 아다코가 충동적으로 말했다. "삼촌은, 양아버지는, 돌아가신 아부지의 동생, 아버지의 동생으로 어머니보다 나이가 7살이나 어려요. 삼촌은 온화하고 좋은 사람으로 저와 동생들은 삼촌을 좋아했어요. 정원 가꾸는 일도 잘하고, 정말 조용하고 좋은 사람이었지만 어머니는 7살이나 나이가 많고 기가 센 성격이었어요."

아다코의 눈에서 눈물이 흐르고 딱할 정도로 목소리가 떨렸다. 격렬한 감정, 예를 들자면 증오와 비탄 등과 같은 것이 마음속에서 뒤얽혀 싸워 어느 쪽도 억제할 수 없는 상태인 것 같다고, 한자부로에게는 여겨졌다.

"아니요, 더 이상은 말씀드리지 못하겠어요."라며 아다코는 머리를 흔들었다. "제가 집에 있으면 안 되었어요. 제가 없으니 어머니도 평온을 되찾고 집안도 틀림없이 조용해졌을 거예요."

나이가 7살이나 어린 남편을 가진 어머니, 같은 집에 사는 한창 나이의 딸. 그리고 딸은 집에서 나오지 않을 수 없었다. 한자부로는 대충 어떻게 된 일인지 알 것 같았다. 그 어머니는 부모이기 이전에, 훨씬 더 많은 부분에서 여자였던 것이리라. 그리고 딸도 역시 여자의 민감함으로 그 사실을 깨달았던 것이리라.

"대단하군."하고 그가 말했다. "아주 과감하게 나왔어. 아다코는 대단해."

아다코가 웃으며 흐르는 눈물을 두 손의 손가락으로 닦았다. 그 순간 한자부로의 표정이 갑자기 바뀌더니 입을 반쯤 벌린 채 이상하다는 듯 아다코의 얼굴을 바라보았다.

"모자 사이에도 이런 일이 있을 수 있는 건가, 한심해져서 전 굉장히 슬펐어요."라고 그녀가 눈을 닦으며 말했다. "하지만 지금은 더 이상 슬프지 않아요. 이젠 완전히 편안해졌어요."

"잠깐만."하고 그가 말했다. "너 눈 주위가 어떻게 된 거야? 눈 주위가."

아다코는 워매, 하고 말했다. 이상한 소리를 올리며 두 손으로 얼굴을 가리고, "이를 어쩌지."하며 서둘러 안쪽으로 달아났다. 한자부로는 영문을 알 수 없어서, 왜 이를 어쩌지, 라고 말한 것일까 생각했다. 아다코의 눈 주위에 검은 얼룩이 묻어 있었는데 냄비라도 엎어 냄비의 검댕이가 묻은 건가 싶었다.

2월이 되었고, 그 2월도 거의 끝나갈 무렵의 어느 날, 부엌에서 누군가 부르는 소리가 들려왔다. 아다코는 바느질을 배우러 갔으며 한자부로는 거실에서 뒹굴고 있었다.

"쌀을 가져왔습니다만, 나리 안 계십니까?"라고 부엌에서 외치는 소리가 들려왔다. "나리, 안 계십니까?"

한자부로가 누운 채로 소리 높여 되물었다. "내게 볼일이라도 있는가?"

"쌀집의 이치베에입니다. 잠깐 뵙고 싶습니다만."

"아다코는 없어."라고 그가 외쳤다. "쌀은 거기에 놓고 가게."

"나리께 드릴 말씀이 있습니다. 죄송합니다만 잠깐 나와주시기 바랍니다."라고 이치베에가 커다란 목소리로 말했다. "아니면 제가 그리로 갈까요?"

무례한 말을 하는 녀석이라고 한자부로는 생각했다. 이치베에는 쌀집의 주인으로 지금까지 몇 번인가 만난 적이 있었다. 물론 아버지가 돌아가신 이후 그가 후다사시[6]에게조차 더는 돈을 꿀 수 없게 된 뒤부터 거래를 해왔으니 이치베에의 가게에도 상당한 외상이 쌓여 있을 테지만, 설령 그렇다 할지라도 한자부로는 하타모토이고 상대는 상인에 지나지 않았다. 그런 무례한 말을 할 입장이 아니라고 생각했기에 그는 대답하지 않았다. 그러자 부엌에서 바스락거리는 소리가 들리더니 마침내 이쪽으로 오는 사람의 발소리가 들렸다. 한자부로는 누운 채 가만히 있었으며, 발소리는 장지문 너머에서 멈췄다.

---

6) 札差. 에도 시대에 관리가 받는 녹봉(쌀)을 대리로 수령하여 돈으로 바꾸어주던 사람. 쌀을 담보로 돈을 꾸어주기도 했다.

"실례하겠습니다. 나리 여기에 계십니까?"

한자부로는 아무 말도 하지 않았다. 조용히 장지문 열리는 소리가 들렸고 한자부로는 꼼짝도 하지 않았다. 그러자 장지문이 닫히더니 장지문 너머에서 목소리가 들려왔다. 이치베에는 방으로는 들어오지 않은 것이었다. 장지문을 열어 한자부로가 누워 있는 모습을 보고 바로 장지문을 닫은 것이었다.

"얼굴을 마주보고는 말할 수 없을 듯합니다. 여기서 이대로 말씀드릴 테니 들어보시기 바랍니다."라고 이치베에가 말했다. "이가야나 야오큐는 오래 전부터 거래를 해왔다고 들었습니다만, 저는 단골이 되신 지 몇 년도 되지 않았습니다. 그러니 분명하게 말씀드리겠습니다. 오늘 가져온 쌀을 마지막으로 더 이상은 사양할 테니 그리 알고 계십시오."

"그런 건 아다코에게 말해."

"나리께 말씀드려야겠기에 제가 온 것입니다."라고 이치베에의 대드는 것 같은 목소리가 들려왔다. "나리는 훌륭하신 하타모토이십니다. 남자에, 사무라이에, 하타모토에, 제가 뵙기에는 몸도 건강하신 듯합니다. 낯간지러운 얘기일지 모르겠으나 이른바 사민(四民) 위에 계신 신분으로 누우신 채 약자인 상인의 물건을 마셔버리고 먹어치우고, 심지어는 그 책임을 하녀에게 돌리고 계십니다."

"잠깐."하고 그가 가로막았다. "자네는 공짜로 가져오는 것처럼 말하지만, 대금은 소가가 지불하고 있을 텐데. 나도 다 알고 있어."

"소가 나리라고요?"

"도테 3번가의 소가 주베에를 말하는 거야."라고 누운 채 그
가 말했다. "아다코를 보낸 것도 소가고, 소가가 대금을 지불하
고 있기에 자네들도 쌀이네 된장이네 들고 오는 것 아닌가. 그게
아니라면 지금까지 거래를 끊었던 자네들이 갑자기 물건을 가
지고 올 리 없지 않은가."

이치베에는 입을 다물었다. 한자부로는 그럴 줄 알았다고 생
각하며 천천히 몸을 뒤척였다.

"가져오기 싫다면,"하고 그는 하품을 하는 척했다. "오늘 가
져온 쌀도 가져가도록 해. 그럼 불만은 없겠지."

장지문 너머는 쥐 죽은 듯 조용했다. 팔베개를 하고 있던 한
자부로는 머리를 들었다. 장지문 너머에서는 인기척조차 들려
오지 않았다. 돌아간 건가 생각하고 있자니 잠시 후 코를 훌쩍이
는 소리가 들리고 뒤이어 기침하는 소리가 들려왔다.

"쌀은 가지고 오겠습니다."라고 갈라지는 목소리로 이치베
에가 말했다.

"두 사람이 먹는 정도의 쌀값이라고 해봐야 얼마 되지도 않
습니다. 쌀은 가져오겠지만 오해가 있으셔서는 안 되겠기에,
아니 나리께서 착각을 하고 계신 듯하니, 지금까지의 일들을
대충 말씀드리겠습니다."

7

한자부로는 거실의 책상에 한쪽 팔꿈치를 대고 불이 꺼진 화로 위로 한 손을 가져간 채, 때때로 입 안에서 무언가를 중얼거리기도 하고 의미도 없이 고개를 갸웃거리기도 하다가, 또 갑자기 머리를 흔들기도 했다. ―이치베에가 돌아가고 난 뒤, 2각 이상 지났으리라. 창호지를 비추고 있는 햇살도 옅게 저물어가고 있었다.

이치베에의 이야기에 그는 놀랐다.

그들은 소가 주베에와는 상관없이 아다코 때문에 외상을 줄 마음이 들었다는 것이었다. 첫째 날, 아다코는 쌀집으로 가서 우선 가게 주변을 청소했다. 빈 가마니를 모아다 그것을 정성껏 털어서 남아 있던 쌀을 남김없이 모았다. 가마니 12장에서 2되 이상이나 되는 쌀이 나왔다고 한다. 그런 다음 가마니를 차곡차곡 쌓고 새끼줄은 새끼줄끼리, 덮개는 덮개끼리 나누어 정리하고 비질을 하여 지푸라기를 모으고, 그런 다음 땅바닥에 떨어진 쌀을 주웠다. 그런 쌀만 5되는 되었으며, 그것을 이치베에에게 건네주고 난 뒤 비로소, 고바야시 댁에서 왔는데 쌀을 좀 꾸어달라고 말했다는 것이었다.

이치베에도 그녀를 지켜보고 있었는데 그것은 단순히 환심을 사기 위한 것이 아니라 거기에는 어떤 말 못할 사연이 있는 듯했기에 그 이유를 물어보았다. 그러자 아다코가 대답했다.

한자부로가 들은 이야기와 같은 내용이었는데, —거기에 지금까지 5번 남의 집 일을 하러 들어갔었다는 사실, 5번 모두 좋지 않은 일을 당해 뛰쳐나왔다는 사실, 직업 알선업자의 집에서 신세를 져야 했었다는 사실 등을 이야기하고, 이번에는 무사의 집안인 데다 가난해서 하인도 하녀도 없지만 나리는 나쁜 사람 같지 않으니 그 집이라면 일을 할 수 있을 것 같다, 더 이상은 갈 데도 없다, 자신이 일을 해서라도 반드시 대금을 치를 테니 모쪼록 쌀을 좀 꾸어줬으면 좋겠다고 아다코는 말했다. 쓰가루 사투리가 그녀의 성실함을 한층 더 돋보이게 한 듯, 이치베에는 흔쾌히 승낙했다고 말했다.

아다코는 이가야에서도, 우오긴에서도 똑같이 했다. 가게 주변을 정리하고 빈 통 가운데서 거적을 벗겨낼 것은 벗겨내고 새끼줄과 거적을 분리해서 모았으며 창고 안을 깨끗이 청소하고 빈 통을 다시 쌓고 소금 가마니를 털기도 하고 술병을 씻기도 했다. 우오긴에서도 그랬는데, 버릴 생각으로 치워둔 생선의 머리와 꼬리와 내장 등의 냄새 나고 지저분한 것들 속에서 아라니7)로 만들어 팔 수 있을 만한 부분을 접시에 따로 모아주었기에 주인 긴타도 놀랐다는 것이었다.

아다코는 결코 성실함을 판 것이 아니었다. 단지 자신이 고바야시의 집에 머물기 위해서, 수고를 아끼지 않았을 뿐이었다.

---

7) あら煮. 생선 뼈다귀 등을 채소 따위와 함께 끓인 것.

그녀는 고바야시의 집에서 살게 된 이후에도 가게 세 곳을 번갈아 찾아가서는 첫날과 마찬가지로 청소를 하고 정리를 했다. 몸을 바지런히 움직였으며, 눈치가 빨랐고, 또 게으름을 피우는 경우도 없었다. ―한자부로는 전혀 눈치 채지 못했으나― 아다코는 12월 내내 쉬지 않고 그 일을 계속했다고 한다. 그렇게 새해를 맞이했으며 일주일쯤 지나고 나서 바느질을 배우러 가야 하기에 더는 청소를 하러 올 수 없다고 말했다고 한다. 이치베에 들은 이전부터 그럴 생각으로 이제는 청소하러 오지 않아도 된다고 종종 말했었기에, 물론 그러는 편이 좋을 것이라며 승낙했다.

이치베에는 여기부터 어조를 바꾸어 말했다. 아다코는 바느질을 배우러 다니는 것이 아니라 이치가야(市ヶ谷) 다마치(田町)의 커다란 재봉소로 재봉 일을 하러 다니는 것이라고 했다. 재봉소에서 일해 돈을 벌고 있으며, 집에서도 삯바느질을 하는 것이라고 했다. 그렇게 해서 번 돈으로 쌀집과 우오긴과 이가야에, 조금씩이기는 하나 외상을 갚고 있다는 것이었다.

―나리는 그 삯바느질하는 것을 보고 있다, 매일 밤 12시 무렵까지 바느질하는 것을 나리는 당신의 눈으로 보고 있을 터다, 라고 이치베에는 말했다. 재봉 일을 하러 다니는 것도 못 믿겠다면 직접 가서 물어보기 바란다, 다마치의 소방대 건물 바로 옆으로 커다란 재봉소이니 바로 알 수 있을 것이다, 가서 물어보기 바란다고 이치베에는 말했다.

이치베에는 이가야와 우오긴과도 상의를 했다, 이대로 두어서는 오이소(おいそ)가 가엾다, 차라리 외상은 거절하고 오이소를 셋이서 거두기로 하자. 그렇게 이야기를 마무리 지었기에 이치베에가 대표로 말을 하러 온 것이었다. 그런데 나리의 말을 듣자하니 소가라는 사람이 뒤에 있다, 대금은 그 사람이 주는 것이다, 라고 착각하고 있는 듯하다, 정말로 그렇게 생각하고 있었던 거라면 얘기가 달라진다, 나는 생각을 바꿨다, 나는 앞으로도 쌀을 가져올 생각이며 이가야와 우오긴에도 사정을 설명하겠다, 아마 누구도 반대는 하지 않을 것이다, 지금까지처럼 물건을 가져오게 될 것이다.

─하지만 그건 나리를 위해서가 아닙니다, 라고 이치베에는 분명하게 말했다. 결코 나리를 위해서가 아닙니다. 오이소를 봐서 가져오는 것이니 그 점을 잘 기억해두시기 바랍니다.

장지문 너머에서 이치베에는 이렇게 말하고, 말을 마친 뒤 곧 자리를 떴다. 한자부로는 가만히 누운 채 이치베에가 돌아가는 소리를 듣고 있다가 마침내 자리에서 일어나 세수를 하고 돌아와서는 책상에 기대어 앉아 생각에 잠긴 것이었다.

8

아다코가 돌아왔을 때, 한자부로는 집에 없었다. 그녀는 목욕물을 데웠으며 저녁 준비를 했다. 조그만 목소리로 쓰가루 사투리가 섞인 노래를 무심결에 흥얼거리며 목욕물 데우는 아궁이를 보기도 하고, 냄비 속 음식의 간을 보기 위해 달려가기도 했다. ─식사 준비가 거의 끝나갈 무렵 한자부로가 돌아왔다. 이렇다 할 변화도 없이 목욕을 하고 식사를 했다. 아다코는 바지런히 뒷정리를 하고 목욕을 하고, 그런 다음 평소와 다름없이 바느질감을 펼쳤다.

그곳은 한자부로의 거실이었으나 불을 따로 피우는 건 낭비라며 아다코는 처음부터 그곳으로 바느질감을 들고 왔다. 지금 생각해보면, 그녀도 무서웠을 것이며, 그의 무료함을 달래줄 생각도 있었던 것이리라. 그날 밤도 바늘을 움직이기 시작하더니 부드러운 목소리로 고향에 관한 이야기를 하기 시작했다. 한자부로는 책상 앞에 앉아 한 손으로 화로의 테두리를 문지르며 반각쯤 말없이 듣고 있다가 이야기가 잠깐 끊기자 조용히 눈을 들어 말했다.

"조금 전에 소가를 만나고 왔어."

바늘을 든 아다코의 손이 움직임을 멈췄다.

"소가 주베에, 아다코도 알고 있잖아."

아다코의 머리가 조금씩 수그러들었다.

"지금까지는 모른다고 했지만 아다코도 알고 있어. 그렇지?"

"네."라고 아다코가 우물거리듯 대답했다.

"솔직히 말해봐."라고 그가 말했다. "주베에와는 어떻게 알게 된 거지?"

그녀가 속삭이는 듯한 목소리로 대답했다. "지는, 저는, 제가 이 댁의 아다코가 된 뒤입니다."

"이름도 사실은 아다코가 아니지?"

"이름은 이소에요."라고 그녀가 말했다. "아다코는 고향 사투리로 아기를 돌보는 아이나 하녀를 말하는 거예요."

잠시 입을 다물고 있다가 한자부로가 말했다. "—그럼, 아다코라고 불러서 미안하게 됐군."

"아니, 괜찮습니다. 미안할 거 없습니다." 그녀는 머리를 흔들었다. "앞으로도 아다코라고 부르셔도 좋습니다."

"주베에에 대해서 묻기로 하지."

"12월 초였습니다. 나리께서 산책을 나가신 뒤에 소가 나리께서 찾아오셔서, 툇마루에서 여러 가지로 이야기를 들었습니다. 아무래도 방에는 들어오려 하시지 않았기에 툇마루에서 이야기를 들었습니다."

"그때 가나모리에 관한 얘기를 들은 거로군."

"네."라며 아다코는 가만히 고개를 끄덕였다. "이가야에서 들었다고 했지만 사실은 그때 소가 나리에게서 들었습니다. 저도 저에 대해서 전부 털어놓았고, 소가 나리께서는 돈을 놓고 가시려 했습니다."

"너는 받지 않았다고 하더군."

"돈은 도움이 되지 않으리라 생각했기 때문입니다."

한자부로가 무슨 소리냐는 듯 아다코를 보았다. "어째서 돈은 도움이 되지 않는다는 거지?"

"있으면 있는 대로 써버리고, 돈을 쓰는 버릇만 들기에."라고 아다코는 말했다. "나리께서 일을 해야겠다고 마음먹지 않는 한, 돈은 오히려 방해가 된다고 생각했습니다."

"난 일을 하기로 했어. 오늘 주베에게 부탁해놓고 왔어. 신모쓰반[8] 가운데 빈자리가 있다고 하니 사오일 안으로 일을 나가게 될 것 같아."

아다코가 깜짝 놀란 듯 얼굴을 들었다. "제가 뭐 쓸데없는 짓이라도 했나요?"

"그런 걱정은 하지 않아도 돼."라며 그는 머리를 흔들었다. "그 대신 아다코가 어떻게 해서 에도로 왔는지, 어떻게 해서 우리 집으로 들어오게 된 건지, 그 얘기를 들려줘."

"바느질을 하면서 해도 될까요? 무슨 일인가를 하면서가 아니면 얘기를 잘 못하겠어서."

그는 머리를 끄덕였다. 아다코가 다시 바늘을 움직이며 천천히 이야기를 시작했다.

집을 나오기 전까지의 일은 이미 이야기했다. 어디 한 군데 갈 곳도 의지할 곳도 없었지만 다행히도 나무를 사러 왔다가 센다이(仙台)로 돌아가는 상인을 만나, 그 노인을 따라 센다이 까지 갔다. 노인은 아다코가 에도로 가고 싶다고 하자 알고 지내

---

8) 進物番. 다이묘, 하타모토의 진상품이나 쇼군의 하사품을 관리하던 관직.

선 해산물 상인을 소개해주었고, 그렇게 해서 이시마키(石巻)에서 배를 타고 에도로 와서 그 해산물 상인의 에도바시(江戸橋) 근처에 있는 가게에서 일을 시작하게 되었다. 거기서 90일 정도 지냈는데 가게의 젊은이들이 추근거리기도 하고, 가게에서 어느 정도 권한을 가지고 있는 직원 가운데 한 명이 침실까지 숨어들기도 했기에 지배인의 아내에게 말하고 일을 그만두었다. 그때 지배인 아내의 소개로 직업 알선업자의 신세를 지게 되었는데 1년쯤 되는 기간 동안 4군데서 일을 했으나 어디서도 오래 있지는 못했다. 3곳은 상점, 1곳은 요리점이었는데 어딜 가나 가게의 젊은이들이 추잡한 행동을 했다. 한 곳에서는 주인이, 그것도 쉰 몇 살이나 되어 손자까지 있는 사람이 완력으로 그녀를 범하려 했다. 그 일로 그 집에서 뛰쳐나왔기에 직업 알선업자의 신세는 더 이상 질 수 없게 되었는데, 무사의 집이라면 그런 문란한 일은 없을 것이고, 사정을 잘 설명하면 알선업자가 없어도 고용해줄지도 모른다고 생각했기에 이 고지마치(麴町) 일대를 돌아다녔다.

그날은 히라카와(平河) 신사 신전의 마루 밑에서 잤다. 그날 밤에는 무서움에 잠을 제대로 자지 못했으며, 이런 식으로 돌아다녀봐야 고용해줄 집을 찾을 수 있을 것 같지도 않으니 차라리 직업 알선업자의 집으로 돌아가 사과를 하고 다시 한 번 신세를 질까도 생각해보았다.

"하지만 저는 운이 좋았어요. 다음 날 아침이 되어 그래도 모르는 일이다 싶어 다시 한 바퀴 둘러보다 이 댁에 이르게 된 거예요."

"어째서—."하고 그가 물었다. "어째서 우리 집을 고른 거지?"

"—지나는 사람의 말을 들었어요."라고 아다코가 말하기 어렵다는 듯 대답했다. "어딘가 상점의 어린 종업원인 듯한 아이가, 자기보다 더 어린 종업원을 데리고 제 앞을 걷고 있었어요. 손님들의 집을 가르쳐주고 있었던 거겠죠. 이 댁 앞에 오자 그 아이가, 이 집은 틀렸어, 라고 가르쳐주더군요."

"꽤나 듣기 좋은 얘기를 했겠지."

"여러 가지 얘기를 들었어요. 그리고 일하는 사람이 아무도 없다, 주인 혼자서 살고 있다고 하기에 이 댁밖에 없다고 결정했어요."

한자부로는 말없이 고개를 끄덕였다. 부드럽고 진지한 얼굴로 끄덕이며 조용히 아다코를 보았다.

"그게 전부예요."라고 아다코는 말했다.

한자부로가 그녀를 바라보고 있다가 미소 지으며 말했다. "세수를 하고 와. 눈가에 또 얼룩이 졌어."

아다코는 위매, 라고 소리를 지르더니 두 손으로 얼굴을 감쌌다.

"남자를 피하기 위해서 바른 거군."하고 그가 입 속에서 웃었다. "무엇을 바른 거지?"

"아궁이의 그을음이에요."

"나도 못 믿었던 거야?"

"그건 아니에요."라고 아다코가 힘을 주어 말했다. "세 번째로 일하던 집인 요리점에서 생각해낸 이후로 버릇이 되어 이렇게 하지 않으면 마음이 놓이질 않기에."

"어쨌든 이제는 필요 없잖아. 닦아내고 와."

"네."라며 아다코는 자리에서 일어서려다, 마음에 걸린다는 듯 그를 보았다. "저기, 혹시 내키지 않으신다면 억지로 일을 하러 나가시지 않아도 제가 어떻게든 해볼 테니."

"그 얘긴 됐어."라고 그가 미소 지으며 손을 흔들었다. "세수를 하고 와."

9

다시 관직을 얻게 된 것은 주베에가 힘을 써주었기 때문이었다. 그의 본가인 소가 이요노카미 마사노리(曾我伊予守正順)는 6천 5백석을 받는 쇼인반의 우두머리였으며 가나모리 슈젠도 거든 듯했기에 3월에 들어서자마자 쇼인반이 되었으며, 거기서 신모쓰반으로 일을 하게 되었다.

하지만 일을 하러 나가기까지 주베에를 비롯하여 아키타, 아베, 사에구사 등의 도움을 얻지 않을 수 없었다. 성에 들어갈 때 입을 옷, 상사와 선임자들에게 줄 선물, 그리고 집사야 그렇다 쳐도 데리고 다닐 하인이 2명은 있어야 했기에 상당한 금액이 필요했는데 그 모두를 네 친구에게서 조달하는 것 외에는 달리 방법이 없었기 때문이었다. —네 사람은 흔쾌히 지원을 해주었다. 한자부로가 다시 일어서기만 한다면 아까울 것 없다고 말했으며, 처음 일을 나간 날에는 저녁부터 고바야시의 집으로 와서 축하의 술자리를 마련해주었다.

술과 안주 모두 자신들이 가지고 왔는데, 술잔을 잡자마자 모두가 아다코에게 고맙다는 말을 했다. 한자부로가 다시 일어선 것은 아다코 덕분이라는 것이었다. 부끄러움을 견디지 못해 아다코가 자리를 피하려 하자 모두가 억지로 붙들어 술잔을 쥐게 했다. 주베에는 그제야 깨달았다. 한 번 만났을 뿐이기는 하나 아궁이의 그을음을 바르지 않은 아다코의 얼굴이 몰라볼 정도로 깨끗해졌으며 아름답게까지 보인다는 사실에 놀랐기에 이를 이상히 여겨 한자부로에게 물어보았다.

한자부로가 어떻게 된 일인지를 들려주었는데, 이야기를 하던 중 갑자기 웃음을 터뜨렸고 한번 웃음이 터지자 그치지 못했으며 결국에는 힘이 빠져버린 듯 방바닥에 손을 대고 숨을 헐떡였다.

"아니, 걱정할 것 없어. 아무 일도 아닐세."라고 그가 고개를 숙인 채 네 사람에게 말했다. "아궁이의 그을음하고 무슨 상관이 있는지는 모르겠지만, 족제비 부부 얘기가 갑자기 떠올랐어."

"족제비 부부는 또 뭐야?" 이렇게 물은 것은 아베 우쿄였다.

"그건," 하고 그가 고개를 숙인 채 조심스럽게 말했다. "아다코에게서 들은 얘기로, 쓰가루 영주의 별장에 족제비가 살고 있는데, 그게 부부가 둘이서 30년 넘게 같이 살았고, 큭, 그, 두 마리 모두 나이를 많이 먹어서 수컷 족제비는,"

한자부로는 새빨개진 얼굴로 목이 멘 듯 더는 안 되겠다고 말했다.

"안 되겠어. 나는 못 하겠어."라고 그가 자리에서 일어서며 말했다. "아다코에게 듣도록 해."

그리고 그는 웃음의 발작이 일어났는지 웃으며 자신의 거실로 들어가버렸다.

한자부로는 거실에 누워 웃음이 가라앉기를 기다리며 맞아, 하고 혼자서 고개를 끄덕였다. 아궁이의 그을음을 얼굴에 검게 발랐다는 사실이 암컷 족제비의 머리털이 하얗게 세어버렸다는 이야기를 연상시킨 거야, 틀림없이 그럴 거야, 라고 생각하고 있자니 10첩짜리 객실에서 네 사람의 웃음소리가 들려오기 시작했다. ―처음에는 아키타 겐에몬, 뒤이어 사에구사 고이치로, 그리고 아베 우쿄와 주베에까지 전부 웃기 시작했고 그쳤는가 싶다가도 곧 다시 웃음을 터뜨렸다.

"이봐, 그만해."라고 사에구사의 외치는 목소리가 들려왔다. "더 이상 말하지 마, 아베. 죽겠어."

그리고 웃음소리 가운데 하나는 툇마루로, 하나는 현관으로 뿔뿔이 흩어졌는데, 한쪽이 잠잠해지면 다른 한쪽이 웃음을 터뜨렸고, 이쪽이 가라앉았다 싶으면 다음에는 세 군데서 동시에 웃으며 나뒹구는 소리가 들려왔다.

"맞아."라며 한자부로는 눈을 감고 자신에게 가만히 속삭였다. "설령 내가 눈을 감고 귀를 막는다 할지라도 저기서 네 사람이 웃고 있는 것은 사실이야. 주베에가 있고 고이치로가 있고 우쿄가 있고 겐에몬이 있고, 그리고 아다코가 있어. 그들은 실제로 저기에 있고 모두 나를 위해서 걱정하고 힘을 써주고 도움을 주었어. 앞으로도 필요한 때에는 걱정도 해주고 도움도 주겠지. 이봐, 한자에몬, 이래도 세상 모든 일이 덧없게 느껴지는가?"

그는 눈을 감은 채 미소 지었다.

그날, 정원의 우거진 마른 풀 사이에서 아다코가 이쪽을 향해 미소 지었어.

그것이 일의 시작이었어. 나는 숨이 끊어지기를 기다렸고 아다코는 의지할 곳 없는 몸이었어. 서로 조건이 가장 좋지 않을 때 만났지만 아다코의 살아가려 하는 힘이 이긴 거야.

"네가 이긴 거야, 아다코"라고 그가 속삭이는 듯한 목소리로 말했다. "내가 아니야. 만약 내가 이길 생각이라면, 지금부터야."

장지문이 가만히 열리더니 아다코가 들여다보았다.

"나리."하고 아다코가 당황스럽다는 듯 불렀다. "잠깐 나와보세요. 어떻게 해야 좋을지 전 모르겠어요. 손님들은 그런 말에 어째서 저렇게 크게 웃으시는 걸까요?"

"들어와."라고 그가 몸을 일으키며 말했다. "네게 할 말이
있어."

"하지만 손님들이."

"괜찮아."라며 그가 한 손을 내밀었다. "저 웃음은 좀처럼
그치지 않을 거야. 처음에는 나도 그랬잖아."

아다코는 가만히 웃었다. "거실로 달아나셨었죠."

"저 사람들도 그냥 웃게 내버려둬."라고 그가 한 손을 내민
채 말했다.

"이리 와서 앉아. 단둘이서 할 얘기가 있어, 이리 와."

아다코는 얼굴이 붉어졌으며, 가만히 장지문을 닫고 시선을
내리깐 채 다가왔다. 밖에서는 다시 괴롭다는 듯 웃으며 나뒹구
는 네 사람의 목소리가 한층 더 크게 들려왔다.

이루어진 꿈

1

아가씨는 목욕통에서 나오던 참이었다.

"어때요? 좋은 몸이죠, 나리."

여주인이 쉰 듯한 목소리로 가만히 속삭였다.

"저렇게 예쁜 몸은 천 명 중에 한 명도 없을 거예요. 이런 장사를 하고 있기에 꽤 많은 여자의 몸을 봐왔지만, 저런 몸이 바로 진짜 백옥처럼 매끈한 몸이에요. 얼굴도 저렇게 예쁘고 몸매도 좋고, ……그럼, 자세히 보세요. 저 아이가 마음에 들지 않는다면 천벌을 받을 거예요."

이렇게 말한 뒤 여주인은 밖으로 나갔다. 이곳은 광처럼 어둡고 좁은 4첩짜리 방이었는데 벽 일부에 사방 2치 정도의 구멍이 뚫려 있고, 검은 비단이 두 겹으로 드리워져 있었다. 맞은편은 그곳만 옆으로 검은 흙을 발랐기에 이쪽에서 등불이라도 켜지 않는 한 전혀 알 수 없었다. 와스케(和助)는 그 비단에 얼굴을 찰싹 붙인 듯한 자세로 목욕탕 안을 가만히 바라보았다.

아가씨의 이름은 오케이(おけい), 나이는 17살이라고 했다. 아담하고 다부진 몸이었는데 옷을 입고 있을 때와는 다른 사람으

로 보일 만큼 몸매가 좋았다. 특히 봉긋한 가슴과 허리의 풍만한 선은 나이보다 훨씬 더 성숙해서 사람을 자극하는 듯한 부드러움을 가지고 있었다. 뜨거운 물에 덥혀진 피부는 옅은 복숭아색으로 물들었으며, 그것을 뿌연 빛의 광선이 감싸고 있는 것처럼 보였다.

─좋은 몸이야. 지금까지 본 중에서는 틀림없이 단연 최고야.

그는 이 오바나야(尾花屋)에서 벌써 7명이나 이런 아가씨를 만났다. 이쪽에서 제시한 조건이 좋았기에 매우 신경 써서 고른 것이리라. 그중 3명쯤은 조금 아깝다는 생각이 들기도 했다. 그러나 그는 서두르지 않았다. 모든 점에서 자신의 취향에 맞는 사람, 이 정도면 만족스럽다고 말할 수 있는 사람을 찾기 전까지는 타협을 하지 않을 생각이었다. ……그 여덟 번째 사람이 오케이로 오늘이 두 번째인데 사오일 전, 처음 만났을 때 대체로 마음에 들었기에 오늘 이렇게 몸을 보는 단계로 들어선 것이었다.

아가씨는 겨를 넣은 주머니로 목에서부터 가슴, 배에서 허벅지를 문지르고, 물을 뜨기 위해 다시 일어서기도 하고, 전후좌우 여러 가지 각도와 자세를 이쪽에 보여주었다. 어쩌면 여주인이 언질을 주었을지도 모르겠으나, 그게 아니라면 완전히 방심한 상태에서 몸의 다부진 선과 봉긋함과 탄탄함과 풍만하게 솟아오른 곳이 늘어나기도 하고 부풀어오르기도 하고 부드럽게 휘기도 하는 모습을 남김없이 볼 수 있었다. 그리고 그것은 참으로 아름다웠다. 선 채로 몸을 구부릴 때면 상당히 노골적인 선이 드러났으나 그것이 조금도 불쾌하다거나 음란하다고는 느껴지지 않았다. 17살이라는 나이 때문도 아니고, 남자를 모르기 때문도 아니고, 뭔가 전혀 다른 이유, ―말하자면 마음속에 있는 깨끗함, 선천적으로 타고난 음전함이 드러나 있기 때문인 듯했다. 언제까지고 때 묻지 않는 단순하고 아름다운 성질 때문인 듯했다.

　―천 명 중에 한 명도 없을 거라는 말도 사실일지 모르겠군. 틀림없이 다른 여자들과는 차이가 있어. 다른 여자들에게는 없는 무엇인가가 있어.

　와스케는 이렇게 생각하며 벌써부터 그녀를 길들여 눈뜨게 해나가는 공상에 사로잡혀 자신도 모르게 깊은 한숨을 내쉬었으나, 마침내 아쉽다는 듯 그곳에서 조용히 나왔다. ……그는 여주인의 방으로 가서, 둘이서만 할 얘기가 있으니 술을 가져오게 하라고 말한 뒤 그대로 2층의 원래 있던 방에서 기다렸다.

　잠시 후 오케이가 들어왔다.

　"이쪽으로 와서 앉아."

　그녀가 상을 차리기 시작하자 와스케는 이렇게 말하며 자기 옆으로 불렀다. 그러자 어려워하는 기색도 없이 얼마간 수줍음을 머금은 채 오케이는 얌전히 와서 앉았다.

　"나는 너를 꼭 돌봐주고 싶은데, 너는 어떻게 생각하지? 내 뒷바라지를 해줄 마음이 있어?"

"네. 많이 부족하지만 마음에 드신다면 부탁드리겠습니다."

뜻밖에도 오케이가 분명한 목소리로 대답했다.

"준비에 필요한 돈과 수당은 지난번에 이야기한 대로, 그 외에도 필요한 돈이 있다면 가능한 한 내주겠지만, 단 내게 올 생각이라면 미리 해둘 말이 있어."

술에는 손도 대지 않고 와스케는 이렇게 말했다.

"그건 너희 집과는 연을 끊을 생각으로 있어야 한다는 거야. 매달 약속한 물건은 어김없이 보내줄 테고 어머니께 만약의 일이 벌어진다면 모르겠지만, 그게 아닌 한 왕래가 있어서는 안 돼."

"네, 그 말은 이곳의 아주머니께 들었습니다."

"다시 말해서 난 세상을 등지고 싶어. 언젠가 생활이 안정되면 나에 대해서도 이야기할 테지만, 세상으로부터도 사람들로부터도 떠나고 싶어. 번거로운 교제나 이욕이 얽힌 거래나 모든 귀찮은 일에서 완전히 벗어나 누구의 방해도 받지 않고 조용히 여생을 보내고 싶어."

오케이는 고개를 숙인 채 가만히 머리를 끄덕였다.

"그래서 이번에 같이 살게 될 집말인데, 그곳은 우리 가족들에게도 알리지 않았으니 너희 가족들에게도 알려서는 안 돼. 누군가 한 사람이 알게 되면 차례차례로 알려져 자연스럽게 사람들이 드나들게 되는 법이니까. 이것도 분명히 말해두겠는데, 무슨 말인지 알겠지?"

와스케의 말투가 강요하는 듯한 느낌을 띠기 시작했다. 오케이는 이 말에도 얌전히 고개를 끄덕였으며, 그런 다음 눈을 들어 물었다.

"어머니께 무슨 일이 생기면 바로 알 수 있게 해주실 건가요?"

"그야 물론 그렇게 할 생각이고, 생활이 안정되면 때때로 문안을 갈 수도 있을 거야. 단, 사는 곳만은 절대로 알게 해서는 안 돼. 이것만은 분명히 말해두겠는데, 승낙한다면 돌봐주기로 하지."

"—네, 잘 부탁드리겠습니다."

"그럼 한잔 받기로 할까."

와스케는 잔을 들었다. 그것은 그때까지 술을 마시지 않았던 데에는 어떤 의미가 있기 때문이라고 말하기라도 하듯 매우 의식적인 손짓이었다.

"이 잔으로 너도 한 잔, 어쨌든 이것도 하나의 형식이니까." 그는 오케이에게 잔을 건네주고 자신이 술을 따라주며 말했다. "—그리고 그걸 마시고 나면 이 집의 안주인과 바깥양반을 불러줘. 이야기를 마무리 짓고 건네주어야 할 것은 건네주어야 하니. 아마도 사오일 안에 너를 데려올 가마를 보내게 될 거야."

오케이는 단숨에 마시고, 그런 다음 안주인을 부르러 가기 위해 자리에서 일어서려 했다. 그러다 무엇인가에 발이 걸린 사람처럼 비틀거리더니 한쪽 무릎을 꿇었다. 와스케가 얼른 손

을 뻗어 그녀를 붙들고,

"다리가 저린가? 조심해야지."

라고 말한 뒤 일으켜세우려 했다.

"죄송합니다. 이젠 괜찮습니다."

오케이는 와스케의 손에서 가만히 벗어나 다리를 끌며 밖으로 나갔다. 그 뒷모습을 바라보던 와스케는 지금 잡았던 아가씨의 손의 촉촉하고 부드러운, 함초롬하고 차가운 감촉을 확인하듯 오른손을 힘껏 쥐며 입술 주위에 탐욕스럽게 보이는 미소를 지었다.

2

오바나야에서 나온 오케이와 만베에(万兵衛)는 하마구리초(蛤町)까지 거의 아무런 말도 하지 않고 걸었다. 등이 굽기 시작한 만베에는 마치 무거운 짐이라도 짊어지고 있는 것처럼, 몸을 앞으로 수그린 채 매우 귀찮다는 듯한 발걸음으로 걸으며 몇 번이고 휴우 하고 깊은 한숨을 내쉬었다.

"그럼……, 뭐야……, 틀림없이 받았네."

헤어질 때가 되어서야 만베에가 비로소 이렇게 말했다. 그는 차마 이쪽을 볼 수 없는 모양이었다. 오케이는 말없이 미소를 지었으나, 그대로 연립주택의 골목으로 들어갔다. ……집에 가 보니 의사인 료안(良庵)이 와 있었다. 어머니 오타미(おたみ)가

또 발작을 일으킨 것이리라. 이웃집의 오무라(おむら)가 간병을 해준 모양이었는데, 어머니는 평소의 약이 이미 듣기 시작했는지 지금은 잠이 든 듯했다.

"드디어 돈을 마련했어요."

의사를 배웅하며 오케이가 작은 목소리로 이렇게 말했다.

"밀린 돈도 전부 갚을게요. 앞으로는 결코 폐를 끼치지 않을 테니 잘 부탁드리겠습니다."

의사는 맞은편을 바라본 채 고개를 끄덕였다. 무슨 말인가 하려는 것 같았는데, 그러나 말없이 약상자를 들고 밖으로 나갔다.

"오케이야, 차 좀 마시렴."

오무라가 환자에 신경을 쓰듯 속삭이는 목소리로 이렇게 말했다. 오케이는 어머니의 모습을 보았다. 입술을 살짝 벌리고 편안한 숨소리를 가볍게 올리고 있었다. 오케이는 가만히 이웃 아주머니 옆으로 가서 앉았다.

"늘 고마워요, 아줌마."

"미지근해졌을지도 모르겠구나. 료안 선생님께 내주었던 것이니……."

소리 죽여 차를 따라주고 자신의 것도 따른 뒤 오무라는 살피듯 이쪽을 보았다.

"어떻게 됐니, 얘기는?"

"네, 마무리 짓고 왔어요, 전부."

"상대는 어떠냐? 좋은 사람인 것 같냐?"

"잘은 모르겠지만," 오케이는 찻잔을 집으며 시선을 돌렸다. "—어쨌든 점잖은 사람이었어요. 약간 살이 쪘고 건강해 보이는."

"무슨 장사를 하고 있니?"

"그건 잘 모르겠어요. 가게는 오사카와 여기 2군데에 있다고 하고, 꽤 큰 것 같기는 한데 그 가게가 어디에 있고 무슨 장사를 하는 건지는 오바나야의 아주머니도 모르는 모양이에요."

"그래서 괜찮겠냐, 오케이. 만약 그 사람이 나쁜 짓이라도 하고 있는 사람이라면 큰일 아니냐."

"어쩔 수 없잖아요, 제게는 돈이 필요하니." 오케이는 미소를 지었다.

"설령 상대방이 도둑이든, 범죄자든……. 하지만 걱정할 것 없어요, 아줌마. 그런 사람이 아니라는 것만은 틀림없는 사실 같으니."

오무라는 한숨을 쉬었다. 그리고 목에 걸려 있는 수건의 끝으로 의미도 없이 입가를 가렸다가 어깨를 떨어뜨리며 다시 한 번 한숨을 쉬었다.

"네가 여자로 태어나지 않았다면, 그랬다면 이런 슬픔은 맛보지 않아도 됐을 텐데. 하지만 여자이기에 이만큼이라도 할 수 있는 거다. 오케이야, 네가 남자고 지금의 나이라면 그야말로 어머니께 약 하나 마음대로 사드릴 수 없었을 테니."

"꼭 그렇지만도 않았을 거예요."

"하지만 우노키치(宇之吉)를 보아라. 21살이나 되었고 어엿한 장색인데도 동생인 다케지(竹次)가 그렇게 크게 다쳤을 때, 역시 의사의 치료를 만족스럽게는 못 받지 않았니. 그때 완전히 나을 때까지 의사의 치료를 받았다면 다케지도 죽지는 않았을지도 모르는데⋯⋯. 그걸 생각하면 오타미 씨는 행복한 편이다. 너도 아직 젊은 나이고 용모도 반듯하니, 머지않아 이런 일도 웃으며 이야기할 날이 반드시 올 거다. 살아 있는 동안에는 나쁜 일만 있는 게 아니니. 너무 걱정하지 말고 오케이답게 견뎌내기 바란다."

"걱정 마세요, 아줌마. 저 조금도 걱정하고 있지 않아요. 이렇게 하는 것 외에 달리 어떤 방법도 없잖아요. 창피하네, 슬프네, 괴롭네, 그런 생각을 하면 단 하루도 살아갈 수 없을 거예요."

오케이는 이렇게 말하고 반짝반짝 빛나는 듯한 눈으로 오무라를 보며 밝게 웃었다.

"그보다 저, 아줌마한테 부탁할 게 있어요."

오케이는 와스케와의 약속을 대충 들려주었다.

"그래서 오바나야로 매달 물건을 가지러 가거나, 그 사람과의 번거로운 일은 집주인께서 해주기로 했지만, 어머니를 돌보는 일은 역시 아줌마한테 부탁하고 싶어서요."

"그야 당연한 일 아니냐. 나는 이 얘기가 처음 나왔을 때부터⋯⋯."

"그게 아니에요. 그야 새삼스럽게 부탁할 것도 없는 일이지만, 그게 아니라 지금까지와는 달리 제가 집에 없잖아요. 낮이야 그렇다 해도 밤에까지 돌봐달라고는 할 수 없어요. 그래서 이렇게 생각했어요."

오무라에게는 마쓰노(松乃)라는 언니가 있다. 혼조의 요코아미(橫網)에서 살고 있는데 가끔 놀러 오곤 했다. 오케이도 잘 알고 있는데, 나이는 벌써 50살쯤 되었으리라. 남편은 어선의 선장이었는데 작년 겨울에 19살이 된 아들 헤이키치(平吉)와 함께 바다에 나갔다가 돌풍을 만나 두 사람 모두 목숨을 잃고 말았다. ……그 이후는 삯바느질 등을 하며 생활하고 있었는데, 오케이는 그 사람이 집에 와줄 수 없겠느냐고 말했다.

"아아, 그래. 그런 방법이 있었군. 하지만 오케이야, 너도 알겠지만 그 사람은 좀 둔한 편이라."

"그래도 아줌마가 옆에 계시잖아요." 오케이가 현명하게 보이는 웃음을 지었다. "그리고 분명하게 말할 테니, 화내지 마세요. 다름 아닌 돈 문제에요. 어머니를 돌볼 사람을 들이고 싶다고 했더니 매달 따로 한 돈씩 준다고 했어요. 얼마 되지는 않지만 그걸 요코아미의 아줌마가 받았으면 해요."

"그래, 받기로 하자."

오무라의 눈이 촉촉하게 젖었다.

"오케이한테 돈 같은 건 한 푼도 받고 싶지 않다만, 거절하면 네 마음이 편치 않으리라는 걸 알고 있고, 솔직히 말해서 언니한테도 도움이 될 테니."

"고마워요. 저, 야단맞는 게 아닐까 싶어서 조마조마했어요."

"이런 때가 아니었다면 야단맞는 정도로 끝나지 않았을 거다." 오무라도 웃었다. "—그럼 요코아미에 바로 얘기를 해두마."

이렇게 말한 뒤 오무라는 잠시 후 집으로 돌아갔다.

3

어머니는 저녁을 먹을 때까지 눈을 뜨지 않았다. 상을 차린 뒤 깨워서 먹이고 탕약과 처방약을 한꺼번에 먹였더니 놀라울 정도의 효과를 보여서 바로 다시 잠들었다.

—이런 약이 있어서 이렇게 잘 듣는데, 터무니없이 많은 돈을 내지 않으면 손에 넣을 수 없다니 어떻게 된 일일까?

오케이는 잠든 어머니의 얼굴을 보며 이렇게 생각했다.

오타미가 병으로 누운 지 3년이 지났다. 원래부터 몸이 약한 편인 듯했으나, 오케이를 낳은 이후부터는 기력이 딸리는지 100일 연속으로 건강하게 지낸 적이 없었다고 한다. 오케이의 기억에도 음식 장만이나 빨래 등은 대부분 아버지인 시치조(七造)가 했다. 오타미의 몸이 좋을 때라도 빨래만은 결코 시키지 않았다. 시치조는 야마모토초(山本町)의 '우에요시(植芳)'라는 조경 가게에 장색으로 있었는데 그것은 이 연립주택으로 이사 온 뒤의 일로 같은 골목에 살던 겐지(源次)가 소개를 해준 것이라고 했다. 겐지는 어렸을 때부터 우에요시에서 일하던 장색으로 일하는 솜씨도 꽤 좋았다고 하는데, 우노키치라는 장남 외에 자녀가 5명이나 되고 또 자신이 밑 빠진 독처럼 술을 마셔댔기에 언제나 극심한 가난에 쫓겼다고 한다. 그랬기에 우노키치는 열한두 살 때부터 아버지와 함께 우에요시로 일을 나가 가계를 돕지 않으면 안 되었다.

　―병에 걸리면 어쩔 수가 없지. 사람은 병에 이길 수 없는 법이야.

　매일 밤처럼 취해서 찾아와서는 늘 이렇게 말한 겐지의 모습을 오케이는 지금도 또렷하게 기억하고 있다.

　―내가 술을 마시는 건 병이야. 이것만은 나도 어떻게 할 수가 없어. 이봐 시치조, 너는 오타미 씨의 병 때문에 고생을 하고 있지만, 네게 고생을 시키고 있는 오타미 씨는 훨씬 더 괴로울 거야, 안 그런가? 그게 부부의 정이라는 거야. ……나도 술 때문에 마누라와 자식에게 고생을 시키고 있어. 알고 있어. 우노 놈은 가여워서 봐줄 수가 없어. 마음은 괴롭지만 어쩔 수가 없어. 이 술은 병이니까. 부부나 부자의 정이라고 해봐야, 병에는 이길 수 없는 법이야.

　이런 식으로 횡설수설 떠들어대는 겐지의 입을 통해서 오케이는 그 외에도 여러 가지 일들을 들었다. 아버지 시치조가 전에는 교바시 근처의 전당포에 있었다는 사실, 오타미는 그 가게의 딸이었는데 언제부턴가 시치조와 사랑하는 사이가 되었으나 다른 사람을 사위로 들이겠다는 얘기가 있었기에 두 사람의 사이를 끝까지 숨기지 못하고 결국에는 부모와 연을 끊게 되어 2사람 모두 거의 알몸으로 쫓겨났다는 사실 등……. 물론 단편적이고 절반은 농담처럼 하는 말투였으나 오케이에게는 강한 인상으로 기억에 남아 있었다.

겐지의 이야기가 어디까지 사실인지는 알 수 없지만, 아버지나 어머니는 그런 이야기를 결코 하지 않았다. 또 오케이가 먼저 물어본 적도 없었지만 불평스러운 얼굴 한 번 하지 않고 음식을 장만하고 빨래를 하는 아버지의 모습이나, 그런 남편에게 침상에 누운 채 먹을 것을 주문하기도 하는 어머니의 태도를 보면, 전당포의 딸과 그 가게의 종업원이라는 관계를 증명하고 있는 듯도 하여 오케이는 종종 가엾기도 하고 슬프기도 하다는 느낌을 받곤 했다.

겐지가 4년 전에 세상을 떠난 이후, 우노키치는 시치조와 함께 우에요시에 다녔다. 오케이와 4살 터울로 당시 17살이었던 그의 팔로는 어머니와 다섯 동생을 부양할 수 없었기에 여동생 가운데 한 명은 다른 집으로 아기 돌봐주는 일을 하러 갔으며, 12살이 된 남동생은 니혼바시 고쿠초(石町)의 포목점에서 일을 했으나, 그와 함께 어머니가 일감을 받아다 집에서 하는 일을 더해도 입에 풀칠을 하는 것이 전부였던 듯했다.

—가엾게도 우노는 오늘도 도시락을 가져오지 않았어.

아버지가 이렇게 말하는 것도 드문 일은 아니었으며, 얼마간의 돈이나 쌀을 남몰래 건네준 것 역시 오케이가 알고 있는 것만 해도 5번이나 10번 정도가 아니었다. ……오케이도 그런 처지에 놓이게 된 것이었다. 술도 담배도 입에 대지 않고 아무런 낙도 없이 돈 벌기에만 매달려온 시치조가 작년 초겨울에 장을 앓다가 급사했기에 그날부터 모든 것이 오케이의 어깨에 지워지게 되었다.

어머니는 벌써 3년 넘게 몸져누웠는데 자신이 직접 돌보게 되고 나서야 비로소 병의 성질과 약이 비싼 의미를 알게 되었다. 원래는 부인과의 단순한 질환이었던 것이 악화된 것이라고 하는데, 격렬한 통증을 수반하는 급경련통의 발작이 일어나 그것을 가라앉히려면 돈복약을 쓸 수밖에 없고, 그 약은 수입품에 법적으로는 금지되어 있기에 손에 넣기조차 매우 어렵다는 것이었다. ……오케이가 그 사실을 안 것은 30일쯤 전의 일이었다. 지난 반년 동안에는 집 주인인 만베에에게 돈을 빌렸으며, 그야말로 팔 수 있을 것 같지 않은 물건까지 전부 팔아치웠다.

―아버지는 행복한 사람이야.

어머니는 혼잣말처럼 곧잘 이렇게 말하곤 했다.

―조금도 오래 괴로움을 맛보지 않고 그렇게 빨리 돌아가셨으니……. 내가 대신했다면 좋았을 걸. 이렇게 너에게까지 고생을 시키고, 괴로움을 맛보고 있으면서도 여전히 죽지 못하고 있다니……. 죄업이 깊은 것일 테지만, 아버지가 한없이 부럽구

나.

어려운 가운데서도 우노치키 역시 커다란 힘이 되어주었다. 그러나 그 자신 역시 불행에 휩싸여 있었다. 가장 아래 동생으로 9살이 된 다케지가 지난 정월에 크게 다쳤다. 나무 위에서 놀다가 떨어져 이마가 깨지고 오른쪽 허벅지의 뼈가 부러졌다. 바로 의사를 불러왔으며 접골원에도 보냈기에 일단은 나은 듯 보였으나, 40일쯤 지나자 부러진 허벅지 부분이 곪기 시작했고 그것이 삽시간에 탈저라는 것이 되어 목숨을 잃고 만 것이었다.

—접골이 엉터리였던 거야.

동네 사람들은 이렇게 말했으나, 충분한 치료를 받지 못했기 때문이라는 사실은 누구나 짐작하고 있었다. 가난한 사람은 의사의 치료조차 만족스럽게 받지 못한다. 병에 걸리면 그것으로 끝이라는 점은 스스로가 누구보다 잘 알고 있는 사실이었다. ……오케이는 의사에게서 어머니의 병과 약에 대한 성질을 듣자마자 그 자리에서 바로 마음을 정했다. 치료비도 쌓였고 빚도 쌓였고, 더는 팔 물건도 없었다.

—우노를 위해서도 그러는 게 좋아.

이 상태로는 보고 있는 우노키치도 괴로울 것이라고 생각했다. 그랬기에 이웃의 오무라가 알고 있는 사람 가운데 그런 방면에 관계가 있는 사람에게 부탁하여 오바나야라는 집을 찾아간 것이었다.

"—어머니, 얼른 나으셔야 해요."

오케이는 잠든 어머니의 얼굴을 향해 입 안에서 이렇게 중얼거렸다.

"―나는 떠나지만 이제 약값을 걱정할 필요도 없고 맛있는 것도 먹을 수 있을 거예요. 조만간 그 사람에게 부탁해서 가능하다면 같이 살 수 있도록 하고, 그렇게 되지 않는다 해도 병이 나으면 같이 살 수 있을 거예요. ……그러니까 잘 치료해서 얼른 낫도록 하세요, 어머니."

오타미는 말랐음에도 불구하고 부어오른 듯 파란 얼굴이었는데 입술 사이로 이를 드러낸 채 편안하게 깊은 잠에 빠져 있었다.

설거지를 마치고 짓고 있던 어머니의 속옷을 펼쳤을 때, 주위의 시선을 꺼리듯 하며 우노키치가 찾아왔다. 평소와는 다른 모습으로 눈매가 날카로웠으며 뺨 부근이 굳어 있었다.

"잠깐 저기로 나와줄 수 없겠어? 오시마초(大島町)의 강변에서 기다리고 있을게."

그는 이렇게 말하고 대답도 기다리지 않은 채 돌아섰다. 오케이는 가슴이 두근거렸다. 그도 들은 것이 틀림없었다.

―어쩌지.

바로는 일어설 수가 없었다. 그래도 마침내 용기를 냈다. 어머니는 그 약이 듣는 동안에는 잠을 잘 터였다. 오케이는 초롱불을 밝게 하여 가만히 집을 빠져나왔다.

오시마초의 강변은 후카가와(深川) 강 남쪽의 외진 땅으로 바다에 면해서 거친 땅이 널따랗게 펼쳐져 있었다. 우노키치는 그 거친 땅의 끝자락에서 기다리고 있었는데 오케이가 오는 것을 보자 말없이 풀 속을 바다 쪽으로 걸어갔다. 하늘은 흐려 있는 것이리라. 별도 보이지 않았으며 아직 이른 밤임에도 으스스할 정도로 주위는 어두웠다.

"―화났어, 우노?"

오케이가 먼저 이렇게 말했다.

"―무슨 말인가 들은 거지?"

"응, 들었어." 우노키치가 멈춰 섰다. "어머니가 오무라 씨한테서 들었대. 사실이야?"

"그렇게 할 수밖에 없었어. 그것 외에 달리 방법이 없었어."

"―돈은 벌써 받은 거야?"

오케이가 잠깐 입을 다물었다가 대답했다.

"사오일 안으로 가마가 데리러 올 거야."

우노키치가 갑자기 오케이를 잡아당겼다. 두 손으로 격렬하게 끌어안고 자신의 뺨을 힘껏 오케이의 뺨에 문질렀다. 오케이는 머리가 마비된 듯했으며 자신도 모르게 우노키치를 끌어안고 울기 시작했다.

"나는 헤어지고 싶지 않아. 어디에도 보내고 싶지 않아. 나와 하나가 되어주기를 바랐어. 오케이하고 하나가 될 수 있을 줄 알았어."

"반가운 소리야, 우노. 나도 그렇게 생각하고 있었어. 나도 우노의 아내가 되고 싶었어."

"그럼, 그게 정말 사실이라면."

이렇게 말하며 우노키치는 오케이의 어깨를 잡아 자신의 몸에서 떼어내 얼굴을 바라보았다.

"오케이, 나랑 같이 달아나자."

"—달아나서, 어쩌겠다는 거지?"

"둘이서 사는 거야. 내게는 기술이 있어. 기술이 없다 해도 무슨 일이든 하겠어. 나도 그렇고 오케이도 그렇고 아주 많이 참아왔어. 이젠 지긋지긋해. 우리도 사람 사는 것처럼 살아보자. 달아나자 오케이. 어딘가 멀리로 가서 둘이서 살기로 하자."

"—잠깐만, 우노. 마음을 좀 가라앉혀."

오케이가 그를 올려다보며 조용하고 차분한 투로 말했다.

"나도 그렇게 생각한 적이 있었어. 차라리 우노하고 함께 달아나서 어딘가로 가버릴까, 하고……. 하지만 이렇게도 생각해봤어. 우리가 괴로워하는 것은 가난하기 때문이잖아. 우노의 아버지도 우리 아버지도 그렇게 부지런히 일했지만 그래도 술을 마시기도 하고 환자가 있기도 했기에 그렇게 만족스럽게는 먹을 수도 입을 수도 없었어."

"그러니까 달아나는 거야. 이대로 머물면 우리도 그렇게 되어버릴 거야. 우리 일생도 엉망이 되어버리고 말 거야."

"그렇지 않아. 달아난다고 해도 마찬가지야, 우노. 부모형제나 하마구리초의 연립주택에서는 달아날 수 있을지 몰라도 가난에서는 달아날 수 없어. ……우리 아버지와 어머니도 가난해지고 싶어서 하마구리초로 온 게 아니야. 분명히 둘이서 행복하게 살겠다고 생각했을 거야. 그 연립주택에서 사는 사람 가운데도 에도로 나오면 어떻게든 될 거라 생각해서 어딘가에서부터 달아나 온 사람이 있잖아. 하지만 역시 마찬가지야. 운도 작용할 테지만 단지 여기서 달아나는 것만으로는 결코 행복해질 수 없어."

"그래도 상관없어. 오케이와 함께라면 난 어떤 가난이라도 감수하겠어."

"그렇게 해서 우리의 아이들에게도 우리처럼 비참함과 괴로움을 맛보게 하는 거겠지, 우노……. 아니, 나는 싫어. 난 우리 아이들에게 그런 쓴맛을 보게 하고 싶지 않아. 우노도 그렇게 하고 싶지는 않겠지?"

우노키치는 말없이 고개를 숙였다. 오케이가 그의 손을 가만히 잡고 화를 억누르는 듯한 투로 말했다.

"달아나서는 안 돼. 달아나는 건 지는 거야. 이 세상은 싸움이라고 하잖아. 우노, ……나 50냥이라는 준비금을 받았고 집에도 다달이 물건을 보내주기로 약속했어. 거기에 가서도 가능한 한 절약해서 모을 수 있을 만큼 돈을 모을 생각이야. ……그렇게 해서 이젠 됐다고 여겨질 만큼 모으면 사정을 이야기하고 그 집에서 나올게. 잘난 척 얘기하는 듯싶지만, 난 틀림없이 생각한 만큼 모아 보일 거야. 반드시 모아 보이겠어."

분노의 선언처럼 오케이는 이렇게 말했다. 그러나 그 다음부터는 마음이 흔들려서 안쓰러울 정도로 목소리가 떨렸다.

"우노도 강해졌으면 좋겠어. 울컥하거나 체념하지 말고 끈질기게 조금씩이라도 좋으니 가난에서 벗어날 궁리를 해줘. ……그리고 좋은 아내를 맞이해서, 행복하게."

"나보고 좋은 아내를 맞이하라고?" 우노키치가 마른 목소리로 외치듯 말했다.

"—그럼 오케이는 나에게 기다려달라고 말하지 않을 생각이야?"

"하지만 우노, 나는 몸을 더럽히게 될 거야."

"그게 어쨌다는 거지? 그게 좋지 않은 일이라면 죄의 절반은 내게 있어. 내게 능력이 조금만 있었어도 네게 그런 슬픔을 겪게 하지는 않았을 거야. 너 말고 다른 사람을 아내로 들일 생각은 없어."

"우노."

오케이가 쥐고 있던 그의 손을 자신의 가슴에 대고 누르며 헐떡이듯 외치고 몸을 밀착시켰다. 그 손을 뿌리친 우노키치가 오케이의 어깨를 부서져라 힘껏 안고 말했다.

"기다리고 있을게, 오케이."

오케이는 몸부림을 쳤다.

"그래서는 미안하잖아. 내가 우노한테 미안하잖아."

"울지 마. 아직 울어서는 안 돼." 우노키치가 이를 앙다문 목소리로 말했다. "우는 건 더 뒤에 하기로 하자. 언젠가 그런 날이 와서 두 사람이 행복하게 하나가 되면……. 그때까지 울음은 참기로 하자. 나도 강해질게. 열심히 벌면서 몇 년이고 기다리고 있을게. 알았지, 오케이?"

"그런, 그런 말을 하면."

오케이는 몸부림을 치며 흐느꼈다.

"울지 말아야겠다고 생각해도 울 수밖에 없잖아. 이렇게 저절로 울음이 나와버리니."

흐느끼는 소리 속에 웃음이 섞였다. 우노키치는 그런 오케이의 얼굴을 덮치는 듯한 자세가 되었으며, 흑 하고 목에서 막혀버린 듯한 소리가 들려왔다. ……물가에서는 파도 소리가 쉴 새 없이 들려왔으며 어둠 너머에서 쓰쿠다지마의 등불이 가물가물 반짝이고 있었다.

4

가마를 타고 오바나야에서 나와 에이타이바시(永代橋) 다리를 건넌 곳에서 내렸고, 스이텐구(水天宮) 근처에서 지나던 가마를 잡아탔으나 그것도 교바시 핫초보리(八丁堀)에서 내렸다. 이런 식으로 5번이나 가마를 바꿔 탄 끝에 메구로(目黑)에서 오야마미치(大山道) 도로를 서쪽으로 똑바로 갔고, 가키노키자카(柿の木坂)라는 곳에서 길가 오두막의 찻집으로 들어가 잠시 숨을 돌렸다.

"너무 멀어서 놀랐지?"

찻집에서 나와 이번에는 걷기 시작하며 이렇게 말하고 와스케는 뒤를 돌아보았다. 오케이는 쓸쓸해 보이는 미소를 지으며 가만히 머리를 흔들었다.

"이 부근에 와본 적은 있나?"

"아니요, 처음이에요."

"도회지 사람들은 돌아다니길 좋아하지 않으니."

와스케가 기분 좋다는 듯 웃었다.

오야마미치 도로를 왼쪽으로 꺾어져 언덕으로 올라 솔숲을 2정 남짓 갔다. 부근은 완전히 시골 풍경이었다. 어디를 바라봐도 숲이나 초원이나 밭뿐이고 농가 같은 것도 아주 드물게밖에 보이지 않았다. ……5번이나 가마를 갈아탄 것은 가마꾼 등에게 행적을 숨기기 위해서였으리라. 게다가 한거(閑居)라고 하기에는 지역이 너무 외진 곳이었다.

—뭔가 나쁜 짓이라도 하는 사람이라면.

오무라의 말이 떠올라, 각오를 하고 오기는 했으나 오케이는 점점 불안해지는 마음을 억누를 수가 없었다.

2정쯤 가서 오른쪽으로 언덕을 내려갔다. 좁다란 골짜기 같은, 2개의 언덕에 둘러싸인 곳에 그 집이 있었다. 남서쪽으로 펼쳐진 1,000평 정도의 넓이로, 주위에 높다란 산울타리를 쳤으며, 앞쪽에만 검게 칠한 판자로 담을 둘렀고 양쪽으로 열리는 크지 않은 대문이 달려 있었다.

"저 강의 이름을 알고 있나?"

문 부근에서 와스케가 이렇게 말했다. 지대는 서쪽으로 서서히 내리막이고, 솔숲 너머로 초원이 펼쳐져 있는데 그곳으로 완만한 강물의 흐름이 보였다.

"저게 다마가와(玉川) 강이야. 이름 정도는 알고 있겠지?"

"네, 들어본 적이 있는 것 같아요."

"지금부터는 은어가 잡히는데, 이곳의 은어는 맛이 좋기로 유명해."

민물고기는 싫어요, 라고 말하려다 오케이는 단지 고개를 끄덕였을 뿐이었다.

문 안으로 들어서니 노인 부부가 맞이해주었다. 이름은 고헤이(吾平)와 도미(とみ)이나 할아범, 할멈이라고 부르면 된다고 했다. 그들은 전에부터 들었던 것이리라, 오케이를 새댁이라고 불렀으며, 도미가 앞장서서 집 안을 안내해주었다. ……그다지 넓지는 않았으나 공을 들여 지은 단층집으로 토광이 딸려 있었다. 방은 5개였는데 오케이의 거처에는 서랍장 2개와 경대, 긴 화로, 앉은뱅이책상 등 가구가 전부 갖추어져 있었다.

"나중에 서랍을 열어봐. 허리띠를 만들 천과 여름용, 겨울용 옷감이 얼추 들어 있으니. 난 오늘 나갔다가 사오일쯤 뒤에 돌아올 거야, 그 사이에 당장 입을 옷을 부탁해놓도록 해."

와스케가 긴 화로 앞에 오케이를 앉히고 자신도 맞은편에 앉아서 아주 만족스럽다는 듯한 투로 이렇게 말했다.

"이런 데도 옷 지어주는 집이 있나요?"

"깊은 산골에라도 온 줄 아는 모양이군." 와스케가 놀리는 듯한 웃음을 지었다. "—좀 안정되면 아래에 가봐. 옷 지어주는 집뿐만 아니라 요리점도 있으니. 하지만 내가 없을 때는 밖에 나가지 않도록 해주었으면 해."

"저, 밖을 돌아다니는 건 별로 좋아하지 않아요."

도미가 차를 가져오자 와스케는 식사를 배달시키라고 명령했다. 스즈한(鈴半)에 가서— 라고 말한 것을 보니 거기가 요리점인 듯했다. 차를 마시고 난 와스케는 오케이를 데리고 집 안을 보여주었다.

"여기가 침실, 이쪽이 내 방이야. 좀 정리가 되면 이 건너편에 다실을 지을 생각이야. ……앞으로 다도와 꽃꽂이를 배우도록 해. 글을 가르쳐줄 선생도 불러줄게."

토광을 열고 안으로 들어서자 무엇이 들었는지 긴 나무궤짝과 궤와 상자가 빼곡하게 들어차 있었다. 와스케는 오케이를 작은 서랍장 앞으로 부르더니,

"이 안에 돈과 증서 등이 들어 있어. 이게 이 장의 열쇠야. 너에게 맡길 테니 잘 가지고 있어. 그리고……."

그는 열쇠를 3개 건네주고 가장 안쪽에 있는 긴 궤짝을 가리켰다.

"이 안에는 목돈이 들어 있으니 작은 서랍장은 네게 맡기겠

지만, 여기에는 손을 대지 말았으면 해. ……곧 보여줄 테지만 저 긴 궤짝이나 상자 안에는 돈이 될 만한 물건들이 가득 들어 있어. 내가 10년에 걸쳐서 모든 물건들인데, 네가 나를 잘 보살펴준다면 이 모든 것이 언젠가는 네 것이 될 거야."

와스케의 목소리에는 일종의 감회가 담겨 있었다. 거뭇하고 씩씩하게 보이는 그의 얼굴이 붉어졌으며, 눈은 차분하지 못하게 빛나고 있었다.

—맞아, 이건 내 것들이야. 여기에 있는 것 전부가 나의 것이야.

그는 이렇게 외치고 싶을 정도였다.

배달되어 온 식사는 민물송어의 산적과 잉어의 냉회, 달달한 조림과 삶은 잉어, 계란말이 등이었다. 오케이는 젓가락을 대기는 했지만 민물고기 냄새에 아무래도 비위가 상해서 달달한 조림과 계란말이밖에 먹을 수가 없었다.

"여기에 왔는데 민물고기를 못 먹다니, 난처하게 됐군. 뭐, 조금 지나면 적응하겠지. 은어도 못 먹겠다니, 그야말로 다마가와 강이 울겠어."

이렇게 말하고 와스케는 오케이가 남긴 것까지 전부 먹어치웠다.

"가게는 어디에 있나요?"

나가보겠다며 와스케가 일어섰을 때, 오케이는 배웅을 하며 이렇게 물어보았다. 와스케는 아예 들은 척도 하지 않았다.

"그런 건 몰라도 돼. 이번에 다녀오면 두 번 다시는 오가지 않을 테니까. ……대문까지 바래다줘."

이렇게 말하며 현관을 나섰다.

그는 오케이에게 정원을 구경시켜주었다. 상당히 넓은 잔디밭이 있었으며 솔숲이 있었다. 뒤뜰에는 밭도 조금 있었다. 고헤이가 놀리기 아깝다며 채소를 기르고 있는 것이라고 했다.

"이쪽은 다른 데서 보이지 않고, 그냥 놀리는 것은 낭비니까." 할아범이 따라 걸어오며 오케이에게 말했다. "—이것만 해도 나리와 새댁이 드실 만큼은 가꿀 수 있을 게야. 게다가 나도 한가하고."

오케이는 왔을 때부터 고헤이와 도미의 인품을 살펴보고 있었다. 말투로 봐서 노부부는 이 부근에 사는 사람인 듯했다. 성격도 사심이 없고 우직한 듯하여 경우에 따라서는 힘이 되어 줄 것 같은 듬직함이 느껴졌다.

"그럼 오류일쯤 지나서," 와스케가 문가에서 이렇게 말했다. "—빠르면 이삼일 안에 올지도 몰라. 그럼……."

그리고 그는 언덕길을 서쪽으로 내려갔다.

5

그로부터 사흘 내내, 와스케는 일을 마무리 짓기 위해서 분주하게 돌아다녔다. 계획은 완벽하게 세웠으며 준비도 전부 끝났다.

그날은 3채 정도 손님들의 집을 돌고 저물녘에 긴자(銀座)에 있는 가게로 돌아왔다. 주인 기베에(儀兵衛)는 마을의 모임에 참석하기 위해 나갔다는 것이었다. 와스케는 자신의 책상에서 그날의 장부정리를 하다가, 도중에 그만두고 데다이[1]인 마스키치(增吉)를 불렀다.

"머리가 아파서 아무래도 안 되겠어. 감기에라도 걸린 것 같은데…… 몸이 영 좋질 않으니 네가 이걸 정리해줬으면 하는데."

"네, 그렇게 하겠습니다."

"의사가 겁을 준 뒤부터는 머리가 아프면 바로 신경에 거슬려. 영 기분이 좋지 않아."

와스케는 전부터, ─'의사에게 중풍기가 있다는 말을 들었다.'고 마치 사실인 양 말하고, 머리를 식히기 위해 바다로 낚시를 간다는 이유로 종종 가게를 쉬었다. 낚시에 간다는 것도 완전히 거짓말은 아니었지만, 주요한 목적은 누구도 행적을 알지 못하는 시간을 만들 필요가 있다는 데 있었다. 따라서 이제는 그에게 '중풍기가 있다.'는 말을 집에서고 가게에서고 모르는 사람은 없었다.

"내일은 어쩌면 쉴지도 몰라. 어르신께서 돌아오시면 그렇게

─────────────

1) 手代. 가게에서 반토(番頭) 아래에 있는 중간 직급쯤의 종업원.

말씀드리고, 또……." 와스케는 한쪽 손으로 이마를 문질렀다. "─시마야(島屋)에서는 10일에 갚으신다고 했으니 그것도 어르신께 말씀드리고."

"알겠습니다. 그것만 말씀드리면 되나요?"

그렇다고 말하고 와스케는 가만히 가게 안을 둘러보았다. ……12살 때부터 햇수로 32년이 되었다. 비참하고 어둡고 탁한 나날들. 돌아보면 굴욕과 비애로 가득한 세월이었다. 하지만 그것도 오늘이 마지막이었다. 두 번 다시 이 가게를 볼 일은 없으리라.

─이걸로 끝이야. 이삼일 안에 한바탕 소동이 벌어지겠지. 내가 두고 가는 선물이야. 그럭저럭 봐줄 만할 테니, 천천히들 감상하라고.

비웃듯 마음속으로 중얼거린 뒤, 가마를 불러오게 하여 가게에서 나왔다.

신센자(新錢座)의 집에 온 와스케는 몸이 좋지 않다며 일찍 잠자리에 들었다. 그러나 오늘이 마지막이라는 생각 때문인지 머리가 맑아 아무래도 잠을 잘 수가 없었다. 그러는 사이에 10시를 알리는 종소리가 들려왔고, 초조함이 느껴졌기에 일어나서 아내에게 술을 가져오라고 했다.

"술이라니……, 괜찮으시겠어요?" 아내인 오코우(お幸)가 바늘을 든 채 남편을 바라보았다. "─의사가 마시지 말라고 했잖아요. 뭔가 탕약이라도."

"시끄러워. 가져오라면 가져와."

오코우는 마지못해 자리에서 일어났다. 와스케는 그 뒷모습을 증오의 시선으로 바라보았다. 땅딸막하고 퉁퉁하게 살이 찐 몸, 눈치가 없고 굼뜬 동작, 천박한 말투, 모두가 혐오스러워서 견딜 수 없이 미웠다.

―저런 여자랑 13년이나 살았다니.

그는 혀를 찼다.

―하지만 그것도 오늘밤으로 마지막이야.

이불이 2개 나란히 깔려 있는 옆방에서는 11살이 된 와이치(和市)와 8살이 된 오사키(おさき)가 잠을 자고 있었다. 그는 그 아이들의 자는 모습을 보아도 아무런 감정도 일어나지 않는 듯, 차가운 눈빛을 한 번 던졌다가 곧 시선을 돌렸다.

―너희는 너희들끼리 마음대로 살아가면 돼. 나도 혼자서 살아왔어. 누구의 도움도 받지 않았어. ……7살 때 고아가 된 뒤로 지금까지 스스로 일해서 살아왔어. 너희도 그렇게 살면 돼.

그의 얼굴에 비아냥거리듯 조소하는 표정이 떠올랐다. …… 오코우가 쟁반 위에 술병과 잔을 얹어가지고 들어왔다. 그는 침상 위에 앉은 채, 씁쓸하다는 듯 혼자서 술을 마시기 시작했다.

―그래, 꽤나 괴로운 날들이었어.

7살에 고아가 된 뒤로 친척들의 집을 3군데나 떠돌았으며 12살이 되었을 때 긴자의 환전상에서 고용살이를 시작했다. 친척 집에서는 애물단지 취급을 받으며 혹사당했고, 고용살이는 과로와 굴욕의 연속이었다. —언젠가 이 기분을 되돌려주겠어, 머지않아 모두를 후회하게 만들어주겠어. 자나 깨나 이런 생각만 했다. 함께 고용살이를 하고 있는 다른 아이들은 굴욕을 굴욕이라고도 생각지 않고, 마소처럼 혹사당하면서도 웃기도 하고 장난을 치기도 하고 아무 생각이 없었다. 그러한 가운데 와스케만은 남몰래 마음속에서 칼을 갈았다. ……가게는 '긴쇼(近正)'라고 불렸는데 금괴, 은괴의 매매와 환전을 겸하였으며, 또 한편으로는 고리로 돈을 빌려주기도 했다. 그는 인내심이 강했다. 결코 서두르지 않았다. 남몰래 노리는 것을 위해서 그는 누구보다 근면하게 일했으며 성실하게 가게의 이익을 지켰다. 그것이 그의 복수심을 한층 더 강하게 해주었지만, 주위의 신용을 얻는 효과도 있었다.

그는 지독하게 돈을 모았으며, 교활하게 물건을 빼돌렸다. 21살에 데다이가 되었고, 마침내 반토2)가 되었다. 가게를 내주겠다고 했으나 거절했으며, 아내를 들이라고 했으나 그것도 거절했다. 그리고 30살에는 지배인이 되었고, 금융에 관한 일을 도맡게 되었다. 그러나 그를 위해서는 오코우를 아내로 맞아들이는 대가를 치러야 했다……. 왜냐하면 오코우는 주인인 기베에의 조카인데 25살이 되어서도 아내로 맞아들이겠다는 사람

---

2) 番頭. 우두머리 종업원.

이 없어서 주인 부부도 난처해하고 있었기 때문이었다. 그런 사람을 자신이 먼저 원해서 아내로 맞아들이면 어떤 효과를 나타낼지, 와스케는 아주 잘 알고 있었다.

와스케는 신센자에 신혼집을 꾸렸으며 가게에 다녔고 손님들을 자신이 직접 찾아다녔다. 그는 확실하게 이익을 올렸으며 단골을 늘려갔다. 그러나 그러는 사이에도 '긴쇼'라는 배경을 이용하여 남몰래 자신의 주머니를 채우고 있었다는 사실은 아무도 아는 사람이 없었다. 의심하기에는 너무나도 성실하고 근면했다. 정확한 일처리, 견실한 성격. ······주인이나 가게 사람들은 말할 것도 없고 관계가 있는 사람 모두가 그를 신용했다.

—하지만 이제 곧 알게 될 거야, 이제 곧. 내가 어떤 사람이었는지를.

그는 마음속으로 언제나 이렇게 비웃고 있었다. 그의 상냥한 웃음, 비벼대는 손, 아첨, 구부린 허리, 비굴하게 숙인 머리, 그 하나하나가 복수에 대한 맹세를 군건하게 해주었으며 결심에 집요함을 더해주었다. ······10년 전, 34살 때 에바라고오리(荏原郡) 조후무라(調布村)에 땅을 샀다. 그리고 오늘까지 주도면밀하고 교활하고, 또 매우 조심스럽게 일을 진행했다. 집이 세워지고 토광이 만들어졌다. 서화, 골동품, 다기, 필요한 온갖 도구를 갖추었으며 토광 속에는 8천 냥이 넘는 현금이 쌓였다. 그의 목표는 1만 냥이었다. 바로 코앞까지 왔다. 그러나 그때 문득 위험하다는 예감이 들기 시작했다. ······그럴 이유는 없었다.

만에 하나라도 꼬리를 밟힐 염려는 없었다. 그런 멍청한 짓은 결코 하지 않았다. 그럼에도 불구하고 그 예감은 매우 강했다. ……그래, 차면 기운다는 말도 있어. 와스케는 이렇게 생각했기에 미련 없이 일을 중단하기로 했다.

"—뭐라고 하셨어요?"

오코우가 건너편에서 말했다. 와스케는 튀어오를 만큼 깜짝 놀랐다. 회상에 잠겨 넋을 놓고 있던 모양이었다. 아, 하는 소리까지 올렸다.

"—무슨 일 있으세요?"

게게 풀어진 듯 무신경한 아내의 말투에 그는 격렬한 분노를 느꼈다. 그러나 그것을 억누르고 쌀쌀하게 술병을 가리켰다.

"한 병 더 가져와, 뜨겁게 해서."

오코우가 꾸물꾸물 일어나서 다가왔다.

—이런 여자랑 13년이나 살아왔어.

그는 아내에게 모멸의 눈빛을 던지며 이렇게 생각했다. 그것은 곧 오케이의 모습으로 이어졌다. 그 아름답고 순종적이고 탱탱한 아가씨. 지금까지 본 적도 없고 말로 표현할 수도 없을 만큼 아름답고 젊은 생명으로 넘쳐나는 몸.

—하지만 오코우, 너도 불행하지는 않았을 거야. 내가 맞아들이지 않았다면 평생 남자를 모르고 살았을 거야. 그런데 결혼을 해서 아이도 둘이나 낳았으니……. 그리고 뒷일은 삼촌인 긴쇼의 주인이 어떻게든 해주겠지. 난 네게서 거스름돈을 받고 싶은

심정이야.

부엌에서 아내의 술 데우는 소리가 들려왔다. 와스케는 만족스럽다는 듯 어두컴컴한 집 안을 둘러보았다. 냉혹하게 조소하는 듯한 눈빛이었다.

6

"머리 좀 식히고 올게. 이제는 보리멸이 잡힐지도 모르겠군."

그는 이렇게 말하며 낚시도구를 들고 아직 희붐할 때 집을 나섰다.

가나스기(金杉)의 '우메가와(梅川)'라는 곳이 늘 드나들던 선박 대여소였다. 맡겨두었던 꾸러미를 들고 배를 빌려 강을 내려가 바다로 나갔다. 와스케는 상당히 솜씨 좋게 노를 저을 줄 알았다. 바다에 나서자 서쪽을 향해 노를 저으며 뒤는 결코 돌아보지 않았다.

"─드디어 오늘이 찾아오고 말았군. 꿈과도 같은 소망이었으나 그 꿈은 마침내 내 것이 될 거야."

혼자서 이렇게 중얼거리며 꿈의 실현과 세상에 대한 복수의 완성을 위해 그는 소리 높여 외치고 싶은 충동을 느꼈다.

시나가와(品川) 앞바다에서 해가 떠올랐다. 바다 위에서는 햇볕이 뜨겁다. 곧 땀이 배어나기 시작했다. 와스케는 겉옷을 벗고 뒤이어 상반신은 알몸이 되었다. 강한 햇살과 쉬지 않고

노를 저었기 때문인지 머리가 아팠으며 때때로 눈이 흐려지는 듯했다.

　—이제 거의 다 왔어. 소나무가 보이는 곳까지, 그러면 모든 일이 끝나.

　사메즈(鮫洲)로 접어들자 멀리로 나란히 서 있는 소나무가 보였다. 스즈가모리(鈴ヶ森)이리라. 두통은 시간이 지날수록 심해져 상당히 강한 통증이 느껴졌다. 그리고 땀을 흘리고 있었으나 더운 건지 추운 건지 분명히 알 수 없었다. 몸도 묵지근하고 속이 뒤집어질 것 같았다.

　"잠깐 쉬기로 하자. 이제는 옷을 갈아입어도 될 듯하니."

　와스케는 노를 거두고 쉬었다.

　날이 좋았기에 낚싯배가 꽤 나와 있었다. 하지만 모두 멀리 있었다. 초여름의 잔잔한 바다는 작은 물결도 일지 않아서 숫돌처럼 평평한 옥색에 하늘의 하얀 구름이 선명하게 비치고 있었다. ……낚시도구를 펼치고 유서를 꺼내 미끼 상자 밑에 끼워 배의 바닥에 놓았다. 유서에는 <가게의 돈을 써버렸기에 면목이 없어서 죽는다.>는 사과의 글이 적혀 있었다. ……그리고 우메가와에서 가져온 꾸러미를 풀었다. 자잘한 줄무늬의 명주로 지은 홑옷에, 무늬 없는 밤색 갈포로 만든 허리띠, 인롱(印籠), 담배주머니, 양가죽 지갑, 부싯돌 주머니, 휴대용 휴지, 흰 버선에 셋타[3], 그리고 두건 등을 거기에 늘어놓았다.

　멀리 있는 낚싯배에도 신경을 써가며 조심스럽게 옷을 갈아

입었다. 조류 때문에 배는 자연스럽게 남서쪽으로 흘러갔다. 그는 집에서 입고 온 옷을 하나씩 뱃전에서 바다로 던졌다. 그리고 일어나서 노를 젓기 시작했다. 이젠 서두를 것도 없었다. 그는 천천히, 조용히 노를 저었다.

가나스기를 나선 지 약 4시간, 와스케는 로쿠고가와(六郷川) 강의 하구에서 가까운 해안에 배를 댔다. 그곳은 새로 자란 갈대가 전면에 펼쳐져 있어서 배를 대자 뭍에서도 바다에서도 보이지 않게 되었다. 그는 만조 시의 바닷물 높이를 면밀하게 확인했다. 지금은 물이 한참 빠질 때이니, 차기 시작하는 것은 저녁이리라. 만조가 되면 배가 떠오르도록, 그리고 강의 흐름을 타고 바다로 나갈 수 있도록, 대충 자리를 잡아놓은 뒤 배에서 내렸다.

"될 수 있는 대로 멀리 가도록 해줘. 적어도 내일까지는 발견되지 않게. ……이만 작별이야. 부탁할게."

와스케는 배를 향해 이렇게 말하고 발꿈치에 찰 정도의 물을 건너 해안으로 올라섰다.

젖은 발을 닦고 버선을 신었다. 그때 다시 속이 메스껍고 어질어질 현기증이 났다. 한동안 가만히 있었더니 가라앉았기에 몸을 일으켰다. ……습지와 웅덩이 사이를 디뎌가며 길 쪽으로 걷기 시작했다. 도카이도[4]의 큰길이 보였다. 늘어선 소나무 사

---

3) 雪駄. 대나무 껍질로 지금의 샌들처럼 만든 신 바깥쪽 밑창에 가죽을 댄 것.

이를 말과 사람들이 드문드문 지나고 있었다. 수레 소리도 들려왔다.

"오케이가 기다리고 있을 거야. 오늘 밤에는 목욕물을 데우게 하고 스즈한에서 안주를 가져오게 해서……."

갑자기, 와스케는 눈앞이 캄캄해졌다. 땅바닥이 비스듬히 기울더니 귓속에서 웅 하는 커다란 소리가 들렸다. 그는 무엇인가를 붙잡으려는 듯 두 손을 버둥거리며 어린 갈대 속으로 고꾸라지고 말았다.

와스케는 정신이 들었다.

"그냥 가만히 내버려두는 수밖에 없어. 틀림없이 졸중이야."

바로 옆에서 이런 소리가 들려왔다.

—꿈을 꾸고 있는 모양이군.

와스케는 우스워졌다. 모두가 내게 중풍기가 있다고 믿고 있어, 한심한 녀석들, 그런데 누굴까?

"어처구니없는 것을 주워왔군." 이번에는 다른 목소리가 들려왔다. "—지갑 속에 2냥쯤 들어 있기는 했지만 명함도 주소도 없어서 신원은 전혀 알 수가 없습니다."

"차림새로 봐서는 상당한 가게를 후계자에게 물려주고 한가롭게 지내는 사람 같은데."

"그렇게 보기에는 쓰러진 장소가 조금 이상해요. 로쿠고의

---

4) 東海道. 도쿄에서 교토까지 해안을 따라 난 도로.

강변을 바다 쪽으로 30간 정도 들어간 갈대 속이었으니까요. 뭐 하자고 그런 곳에 들어간 건지 이유를 모르겠어요."

와스케는 아차 싶었다. 로쿠고가와, 갈대 속, 쓰러져 있었다. 이런 말들이 무엇을 의미하는지 그도 비로소 깨달은 것이었다.

—이건 꿈이 아니야.

온몸으로 공포가 느껴졌다. 벌떡 일어나려 했으나 몸이 바위라도 된 것처럼 무겁고 무감각해서 목소리가 들려오는 쪽으로 얼굴조차 돌릴 수 없었다.

—중풍기, ⋯⋯설마.

그는 웃으려 했다. 그러다 곧 조금 전에 들려왔던 목소리가 떠올랐다.

'틀림없이 졸중이야—.' 그러자 그는 숨이 막힐 듯해서 자신도 모르게 절규했다. 절규, 아니 그게 아니었다. 그것은 딱하고 듣기 싫은 신음소리에 지나지 않았다.

"또 신음을 시작했어요. 듣기 싫은 소리야, 이건."

이렇게 말하며 누군가가 들여다보았다. 서른대여섯 살쯤 되는 수염투성이 사내였다. 눈썹이 짙고 입술이 두툼하고 피부가 거뭇하고, 그러나 눈만은 사람 좋게 보였다.

"눈을 떴어요, 선생님. 아이고, 눈물하고 침으로 범벅이 됐네."

"이보시게, 움직이면 안 되네."

다른 한 사람의 얼굴이 보였다. 쉰너덧 살쯤으로 보이는 사내로 머리를 뒤로 묶었으며 매우 마른 몸이었다. 물론 의사이리라. 그가 와스케의 손목을 잡고 맥을 짚으며 말했다.

"졸중으로 쓰러지셨어. 전신이 마비되는 가장 심한 녀석이니 움직이지 말고 가만히 있어야 할 게요. 무리를 하면 그대로 낫지 않는 수도 있으니. 겁을 주려고 하는 말이 아니니 조용히 누워 계시지 않으면 안 될 게요."

"말도 못하게 되는 건가요, 선생님?"

"그렇게 큰 소리로 말해선 안 돼. 귀는 들리니까."

그리고 두 사람은 조금 떨어진 곳으로 갔으나, 이야기하는 소리는 꽤 분명하게 들려왔다.

"그럼 나을 가망은 없는 건가요?"

"힘들어. 바로 죽는 게 환자를 위한 일이지만……. 그러는 편이 좋겠지만, 목숨을 건져도 이대로 누운 채로. 어쨌든……, 내 진단에는 틀림이 없을 거야."

"어떻게 그런. 그럼 어떻게 해야 되죠?"

"2냥이라는 돈이 있으니 이것도 다 인연이라고 생각해서 돌봐주기로 하세. 돈이 다 떨어져도 데려갈 사람이 나타나지 않는다면 그때는 마을의 구제소에라도 보내기로 하세."

"어찌됐든 잘했다고는 못하겠군. 이거 참 어처구니없는 짓을 저질렀어."

와스케는 신음했다. 그는 조후무라의 집을 생각하고 토광 속의 금품을 생각하고, 또 오케이를 생각했다. 다마가와 강의 물줄기가 보이는 한적하고 조용한 땅, 그것은 그의 것이었다. 빼곡하게 쌓여 있는 서화, 골동품, 8천 냥이 넘는 돈, 그것도 그의 것이었다. 그리고 그 오케이……. 목욕탕에서 보았던 그 알몸. 옆에서도 앞에서도 뒤에서도, 일어서기도 하고 웅크리기도 하고, 굴곡도 미끈함도 봉긋함도 남김없이 보았던 그 자극하는 듯한 젊은 몸. 그것도 그의 것이었다. 그리고 이 모든 것이 그를 기다리고 있었다. 거의 손이 닿을 듯한 곳에서……. 딱 한나절, 아니 2시간만 더 빨랐어도 거기에 갈 수 있었다. 가령 쓰러졌다 할지라도 그곳까지 가서 쓰러졌다면 안심할 수 있었을 것이다.

　—안 돼. 여기서 죽어서는 안 돼. 죽을 수 없어. 오케이……, 그 집, 전부 나의 것이야, 나의 것.

7

　그로부터 2년여의 세월이 흘렀다.

　조후무라의 집은 분위기가 완전히 바뀌었다. 오타미가 옮겨져와 누워 있었으며 우노키치와 그의 여동생인 나호(なほ)도 와 있었다. ……오케이의 어머니는 오케이가 여기에 온 지 반년쯤 지나서 데리고 왔으나 우노키치와 나호는 바로 며칠 전에 이곳으로 들어왔다. 우노키치의 어머니는 작년 여름에 세상을 떠났으며 남동생 한 명은 혼조에 있는 전당포에서 고용살이를 하고 있었다.

이 모두는 고헤이 부부가 권한 일이었다. 오류일 안에 오겠다던 주인은 그대로 모습을 감추었으며 사람도 보내지 않았고 소식도 없었다.

—대체 어떻게 된 걸까.

오케이는 물론이고 고헤이 들도 주인에 대해서는 아무것도 몰랐다. 에도와 오사카에 있다는 가게의 주소도, 어떤 업종인지도…… 알고 있는 것이라고는 토지를 매입할 때 증서에 쓴 이름뿐이었으나, 그것도 '기에몬(喜右衛門)'이라는 이름뿐이고 주소는 이곳으로 되어 있었다.

—뭐, 조만간 오시겠지.

이렇게 말하며 기다렸으나 반년이 지나도 소식조차 없었다. 그랬기에 고헤이가 어머니를 모셔오라고 오케이에게 권했다.

—환자를 그냥 내팽개쳐둘 수는 없잖아요. 게다가 반년이나 아무런 연락도 없으니 나리도 설마 화를 내시지는 못할 겁니다.

만약 화를 내면 자신들이 용서를 구하겠다고 말하며 권했기에, 불안하기는 했으나 오케이도 그렇게 하기로 했다. 그때 어머니를 데리고 온 것이 우노키치였다. 반년 만에 서로의 얼굴을 보았기에 오히려 말도 나누지 못했으나, 고헤이의 아내는 둘의 모습에서 무엇인가를 느낀 듯했다. 우노키치가 돌아갈 때 밭에서 채소를 따다 들려주었으며, 시간이 나면 오라고 말했다. …… 그 이후부터 그는 종종 찾아왔다. 1달에 1번쯤이었으나, 또 와서도 오케이와는 그다지 말을 주고받지 않았으나, 그러는 사이에

주인을 기다리는 마음은 점점 줄어들고 있었다.

—역시 나쁜 일을 한 사람으로 그것이 들통나서 감옥에라도 들어간 것 아닐까.

오케이는 이런 불안감에 사로잡혀 우노치키와도 상의를 했다. 그가 오바나야로 가서 확인을 해보았으나 거기서도 신원은 알지 못하며 어떤 소식도 없었다는 것이었다. ……1년이 지나고 마침내 2년이 지나버렸다.

—우노키치 씨도 부르세요.

만 2년이 지난 여름이 되자 고헤이 부부가 자꾸만 이렇게 말했다.

—이 부근에는 공터가 이렇게 많으니, 여기로 와서 조경업을 하면 될 거예요. 토지나 그 외의 문제들은 제가 처리하도록 하지요.

오케이는 마음이 움직였다. 자신의 것은 아니지만 돈은 있었다. 사는 것이 토지이니 돈을 그냥 허비하는 것은 아니었다. 변명거리는 되리라 생각했기에 우노키치를 억지로 설득하다시피 하여 동생과 함께 옮겨오도록 한 것이었다. 지금, —오케이와 우노키치는 집 뒤편에 있는 언덕의 솔숲 속에 앉아 있었다.

"신기해. 마치 꿈을 꾸고 있는 것 같아. 이런 얘기는 들어본 적도 없어."

"—난 이제 걱정되지 않아."

오케이가 다마가와 강의 물줄기를 바라보며 감정이 실린, 자신 있는 목소리로 말했다.

"―그 사람은 이제 오지 않을 거야. 결코 오지 않을 것 같다는 생각이 들어, 결코……. 어째서인지 이유는 모르겠어. 나 자신도 이러이러해서 그렇다고는 말할 수 없지만, 그 사람이 두 번 다시 오지 않으리라는 건 틀림없다는 느낌이 들어."

"그렇게 된다면 더욱 꿈과 같은 얘기지. 하지만 그렇게 큰 꿈이 아니어도 상관없어. 이곳에 땅을 빌려서 오케이 옆에서 살 수만 있다면 나는 그것만으로도 족해."

"―저기, 나 울어도 돼, 우노?"

우노키치의 말과는 상관없이 오케이는 이렇게 말하고 그의 눈을 올려다보며 몸을 기댔다.

"울다니. 갑자기 왜 그러는 거야?"

"―언젠가 오시마초의 강변에서 말했잖아. 다음에 두 사람이 하나가 되면 울고 싶은 만큼 마음껏 울라고."

"그야, 하지만 그건 두 사람이……, 부부가 되었을 때를 말한 거야."

"어젯밤에 말이지." 오케이가 우노키치의 가슴에 몸을 기대며 달콤하게 속삭이듯 말했다. "―어젯밤에 들었어. 할아범하고 할멈이, ……10월이 되면 우리를 하나가 되게 하자고……. 우노."

오케이가 두 손으로 안겨왔다.

"어머니를 데려오게 한 것도, 너를 부르게 한 것도 그 두 사람이야. 싫다고 해도 우리는 분명히 하나가 될 거야. ……우노, 우리 잘도 참아왔어.”

그리고 격렬하게 울기 시작했다. 우노키치는 그 등으로 손을 돌리고 말없이 서로의 뺨을 문질렀다. 오케이가 흐느끼며 더듬더듬 이렇게 속삭였다.

“드디어 여기까지 오게 됐어. 난 기뻐……. 기뻐, 우노.”

그들은 이제 그 무엇도 두려워할 필요가 없었다. 왜냐하면 와스케는 50일이나 전에 로쿠고에 있는 구제소에서 신원불명인 채로 숨을 거두었기 때문이다.

오미쓰의 비녀

1

"소리를 내서는 안 돼. 조용히 와야 돼."

"─걱정 마세요."

"그것 봐! 조심하라니까."

쇼키치(正吉)의 무게 때문에 계단이 삐걱거리자 오미쓰(お美津)가 장난스럽게 눈을 흘겼다. ─열여섯 살 아가씨의 눈동자가 그 순간 아름다운 빛을 띠었다.

창고의 2층은 어두웠다. 번호표가 붙은 기다란 상자와 다리가 달린 궤짝과 잡동사니를 넣어두는 작은 장롱 등이 남쪽에서 스며드는 빛을 한쪽으로 받으며 늘어서 있었다. 오미쓰는 북쪽 구석으로 쇼키치를 데리고 가서 옻칠을 한 커다란 고리짝 뒤를 들여다보았다.

"아아, 아직 있어."

"대체 뭔데요?"

"저길 좀 봐."

가리킨 곳을 보니 고리짝 뒤편에 넝마조각이 둥글게 말려 있고 그 움푹 들어간 한가운데에 분홍색 동물의 작은 새끼가

네다섯 마리 꼬물꼬물 꿈틀거리고 있었다.

"—쥐의 새끼네요."

"맞아, 귀엽지?"

"징그러워요."

"거짓말, 귀엽잖아. 잘 봐, —이쪽 끝에 있는 한 마리만 눈을 떴지?"

"안 보이는데요."

"좀 더 이쪽으로 와서 봐."

오미쓰가 쇼키치의 팔을 잡아끌었다. 두 사람의 몸이 찰싹 달라붙었다. —창고 안은 먼지가 떨어지는 소리까지 들릴 만큼 조용했다. 장마 끝의 눅눅한 공기에는 물건이 삭아가는 냄새가 배어 있었다. 쇼키치는 팔을 타고 전해지는 오미쓰의 온기에 저려오는 듯한 두근거림을 느끼며 꿀꺽 침을 삼켰다.

"—몇 마리가 있는 거지?"

"다섯 마리야."

"모두 아직 알몸인데요."

"……이제 막 태어났는걸. 조금 더 지나면 털이 날 거야, —분명히."

오미쓰의 목소리는 가엾을 정도로 떨리고 있었다. 맞닿아 있는 살갗은 땀으로 축축하게 젖어 조그만 가슴이 헐떡이고 있는 듯한 숨결에 흔들리고 있었다. —재미있는 것을 보여주겠다며 쇼키치를 여기로 데려온 오미쓰의 진짜 속내가 그 거친 숨결

속에서 힘껏 절규하고 있는 것이었다.

쇼키치는 가만히 있기가 어색했기에 갑자기 손을 내밀었다.

"이놈들, 버려야 해요."

"안 돼."

오미쓰가 당황해서 그 손목을 쥐었다.

"불쌍하잖아."

"하지만 —창고 속에 이런……."

"안 돼, 안 돼."

두 사람이 서로를 바라보았다. 두 사람 모두 창백한 얼굴을
하고 있었다. 쇼키치의 손목을 쥔 오미쓰의 손이 부들부들 떨고
있었다. 하지만 그 눈동자는 갑자기 대담하게 빛났으며, 붉고
촉촉한 입술은 무슨 말인가 하고 싶다는 듯 경직되었다. 쇼키치
가 손을 뿌리치려 했다. 오미쓰는 놓치지 않으려 했다. 쭈뼛쭈뼛
어색한 다툼이 일어났다. 오미쓰가 쓰러질 듯했기에 쇼키치가
몸을 붙들었다. 그 순간 두 사람은 누가 먼저인지도 모르게 서로
의 몸을 끌어안았다.

"—싫어! 안 돼."

불꽃같은 오미쓰의 숨결과,

"오미쓰 아가씨."

하는 쇼키치의 거친 헐떡임이 흘러나왔다. 현기증이 일어날 것
같은 자줏빛 구름이 두 사람을 감싼 채 빙글빙글 소용돌이치고
있었다.

"쇼키치, ―쇼키치……."

끊어질 것 같은 오미쓰의 외침이 쇼키치의 귓가로 다가왔다. 쇼키치는 오미쓰의 보드랍고 따뜻한 몸을 미친 듯이 힘껏 끌어안았다. ―그리고 그 손의 감촉이 점점 분명해지기 시작한 순간,

"쇼키치, 괜찮아? 쇼키치!"

어깨를 힘껏 흔들며 깨웠기에 쇼키치는 잠에서 퍼뜩 깨어났다. ―꿈이었다.

"어떻게 된 거야? 이런 데서 잠을 자면 몸에 안 좋잖아. ―다쓰 씨가 왔어, 일어나."

세로 줄무늬 비단 겹옷에 검은 공단 허리띠, 깃이 달린 한텐을 걸친 거친 차림에 옥색 속옷이 보이는 것도 신경 쓰지 않고 문란하게 한쪽 무릎을 세운 채 앉아 있는 여자 옆에서 다쓰지로 (辰次郎)가 추운 얼굴로 웃고 있었다.

"다쓰 씨 왔는가. ―."

"잠깐 할 말이 있어서. 오는 도중에 요 앞에서 목욕을 마치고 돌아오는 오아야(お紋) 씨를 만났어."

"어쨌든 불 옆으로 와."

쇼키치가 나른한 듯 몸을 일으켰다. ―오아야는 목욕용품을 거울 앞에 놓고 손잡이가 달린 작은 대야에 데운 물을 담은 뒤 분갑과 화장용 솔을 늘어놓으며,

"당신 괴로운 듯 신음을 하던데."

"―."

"요즘 잠만 들면 바로 신음을 하잖아. 분명히 병이 안 좋아진 거니 한데서 자면 안 된다고 했잖아."

2

쇼키치는 말없이 품속으로 손을 넣었다. 섬뜩할 정도의 식은 땀이었다.

─이제 목숨도 얼마 남지 않았군.

쇼키치는 이렇게 생각했다.

─요즘 오미쓰의 꿈만 꾸는 것도 그 때문일지 모르겠어. 사람 은 죽을 때가 되면 평생의 일을 꿈에서 본다고 하잖아.

"사실은 일을 하나 가지고 왔어."

다쓰가 오아야를 향해 말을 걸었다.

"일이라니, 또 그건가?"

"아니야. 우리를 비롯해서 하시바(橋場)의 어르신까지 요즘 은 이상할 정도로 불황이야. 이대로 사흘만 더 지나면 인간 육포 가 생겨날 판이야."

"나도 마찬가지야."

"그래서 상의를 하러 온 건데, 한번 들어봐. 얘기는 대충 이래. ─하시바의 어르신이 손님을 데리고 올 거야. 장소는 요코아미 의 하나야(葉名屋)."

"그럼 도박이로군."

"도박은 도박인데 함정이 있어. 어르신이 손님을 데려올 때 짜고 치는 도박이라고 말할 거야. 알겠는가? 시골에서 올라온 좋은 먹잇감이 있으니 서로 한 패가 되어 짜고 도박을 하자고 얘기해서 데려오는 거야."

"시골에서 올라온 좋은 먹잇감이 있는 건가?"

"그게 바로 함정이야. 쇼 씨가 먹잇감인 척하는 거야. —쇼 씨가 먹잇감이 되어 도박을 시작하는 거지. 짜고 치는 도박이라는 건 알고 있잖아. 적당히 따게 해준 뒤, 쇼 씨가 그 짜고 치는 도박의 현장을 제압하여 협박을 하는 거야."

"그렇군."

"조작된 주사위는 도박판에서 금기야. 판돈을 휩쓴 뒤 짜고 친 사람을 멍석에 말아 강물에 던져도 아무 말 못하는 것이 도박꾼들의 규칙이야. —쇼 씨의 얼굴이라면 섬뜩한 기운이 있어서 틀림없이 겁을 먹을 거야."

"재미있네요. 그건 성공할 거예요."

오아야가 돌아보며,

"그런데 —그 손님이라는 사람이 있는 건가요?"

"그게 없으면 상의를 하러 왔겠어? 50냥씩 가지고 있는 나리들이 두 사람 있어."

"접수하기로 할게요, 그 얘기."

"고맙군. 바로 승낙을 해주니 다행이야. 워낙 급한 얘기라서 달리 사람이 없어. 쇼 씨라면 맞춤하겠다 싶어 온 거야. —그럼 미안하지만 나는 하시바로 바로 가서 소식을 전해야 하니 1각쯤 지나서 하나야로 와주기 바라네."

"뭐? 오늘 밤이에요?"

"손님들은 벌써 하시바에 와 있어."

이렇게 말하고 다쓰지로는 자리에서 일어났다.

다쓰를 배웅하고 오아야가 돌아와보니 쇼키치는 벽에 기댄 채 공허한 눈으로 허공을 바라보고 있었다. —초점 없이 탁한 눈이었다. 파르스름한 종이처럼 메마른 피부, 살이 빠져 홀쭉해진 뺨, 윤기를 잃은 머리카락……, 소름이 돋는 듯하여 오아야는 시선을 돌리고 거울을 향해 옷을 벗었다.

"쇼 씨, 지금 이야기 —가담할 거지?"

"……안 해."

차가운 대답이었다.

"안 하다니, 왜?"

"전에도 얘기했잖아. 그런 야비한 짓은 이제 지긋지긋해. 이제는 죽어도 안 하겠다고 말했었잖아."

"야비한 짓이라고? —흥."

목욕을 마치고 돌아온 피부에 자신만만하게 분을 바르며 오아야가 냉소하고 말했다.

"아주 훌륭하신 말씀을 하시는군, 쇼 씨. 노해[1]의 약값에서

---

1) 폐결핵.

부터 그날그날의 밥, 대체 누구 덕분에 입에 들어가고 있는지 당신 알기나 해?"

"—알고 있으면, 어쨌다는 거야."

"그런 성인군자 같은 말은 하지 못할 거야. 고양이도 사흘을 기르면 그 은혜는 잊지 않는 법이야."

"오아야! 너…….'"

쇼키치는 자신도 모르게 화로의 나무틀 위에 있던 물잔을 집어들었다.

"너, 그걸 말이라고 하는 거야?"

"오는 말이 고와야 가는 말도 곱지. 서로 마찬가지 아니겠어?"

"—제길!"

쇼키치가 몸을 떨며 외쳤다.

"그런 말을 잘도 지껄이는군. 나를 이런 꼴로 만든 게 누군데? 누구보다 성실하던 점원, 세상의 때가 조금도 묻지 않았던 사람을 끝도 없이 속이고 또 속여서 커다란 은혜를 베푼 주인의 돈까지 훔쳐 달아나게 하고, 평생 헤어나올 수 없는 늪에 빠뜨린 게 누구야? 이렇게 노해를 앓는 몸으로 만든 게 누구냐고?"

"이제 와서 어쩌자는 거야, 미련스럽기는. 그게 누구 탓이겠어? 자기가 좋아서 뛰어든 구덩이잖아. 싫다는 사람의 목에 새끼줄을 걸어서 끌고 온 게 아니잖아."

"제길!! 화냥년!!"

물잔을 쥔 쇼키치의 손이 부들부들 떨려왔다. 쇼키치는 그것을 기름진 여자의 등에 집어던지려 했다. ─그 순간 갑자기 격렬한 기침이 시작되었다. 쇼키치는 물잔을 내던지고 두 손으로 목을 쥐며 쿨럭쿨럭 기침과 함께 그 자리에 쓰러졌다. ……고통스러움에 질끈 감은 눈꺼풀 안쪽으로 조금 전 꿈에서 보았던 오미쓰의 그리운 얼굴이 생생하게 보이기 시작했다.

3

처음 에도로 왔을 때의 일이 떠올랐다. 12살 때였다. 고향인 나가사키(長崎)에서 아버지를 따라왔고, 같은 고향 사람인 지쿠시야 모헤에(筑紫屋茂兵衛)의 가게로 들어가 일을 하게 되었다. 지쿠시야는 에도에서도 손에 꼽히는 무역상으로 니혼바시 혼초에 정면의 폭이 12칸인 가게와 5개의 창고를 가지고 있는 커다란 상점이었다. ─모헤에에게 아들은 없었으며 오쓰나(お綱)와 오미쓰라는 두 딸이 있었다. 아버지들이 고향에서 친구였기에 주인은 쇼키치를 다른 점원들보다 더 정성껏 돌봐주었으며, 두 딸들과는 친구처럼 지냈다.

쇼키치는 성격도 좋고 인품도 뛰어났으며 남들 이상으로 영민했기에 모헤에는 조만간 언니인 오쓰나의 남편으로 삼아 지쿠시야를 물려줄 생각으로 있었다. ─그런데 그 무렵, 쇼키치는 동생인 오미쓰와 은밀하게 사랑을 속삭이는 사이가 되었다. 그러던 어느 날……, 안쪽 창고 안에서 두 사람이 천진한 장난을 치는 모습을 점원 가운데 한 사람에게 들키고 말았다.

오쓰나의 남편으로 생각하여 준비를 하고 있던 모헤에는 크게 화를 냈다. 오미쓰는 곧 네기시(根岸)에 있는 별장으로 보내졌고, 쇼키치는 징계를 받아 1년 동안 어린 점원들처럼 잔심부름을 하게 되었다. ―이 조그만 엇갈림이 쇼키치의 운명을 틀어지게 한 원인이었다. 그리고 완전히 절망하고 있을 때 오아야가 나타났다. 오아야는 지쿠시야의 뒤편에 소노하치부시[2]의 사범이라는 간판을 걸어놓고 사실은 저속한 장사를 하던 여자였는데, 쇼키치의 미모에 일찌감치 눈길을 주고 있었으며 절망 상태에 빠진 그를 솜씨 좋게 자신의 것으로 만들었다. 쇼키치는 마침내 50냥이나 되는 가게의 돈을 훔쳐 오아야와 달아났다. ……그로부터 5년, 어둠에서 어둠으로 건너다니는 밑바닥 생활에 강탈, 협박, 꽃뱀 등 온갖 망나니짓을 해왔다. 그리고 그칠 줄 모르는 여자의 정욕 때문에 지금은 나을 가망조차 없는 노해를 앓는 몸이 되어버렸다.

―벌을 받은 거야, 벌을. 나리와 오미쓰에게 한 짓 때문에 벌을 받은 거야.

쇼키치는 몸부림을 치며 신음했다.

'꼴좋다, 꼴좋아. 천벌을 받을 놈. 이렇게 되는 것이 내게는

---

2) 薗八節. 음곡에 맞추어 낭창하는 이야기 가운데 하나.

어울리는 일이야.'

"쇼키치, —쇼키치."

그 모습을 차가운 시선으로 보고 있던 오아야가, 잠시 후 달래는 듯한 목소리로 부르며 다가왔다.

"왜 그래? 그렇게 화를 낼 필요는 없잖아. —나도 말이 조금 지나치기는 했지만, 너도 좀 심했어. 내가 아무리 닳고 단 여자라 해도 좋아서 이런 일을 하는 건 아니잖아. 전부 쇼키치와 행복하게 살아가기 위해서야. 그야……, 쇼키치를 이렇게 만든 건 나의 죄일지도 몰라. 하지만 내가 쇼키치에게 목숨까지 바치겠다고 한 건 거짓말이 아니었어."

"—."

"쇼키치도 얼마간은 나를 좋아했기에 여기까지 함께 온 거 아니야? —떳떳하지 못한 일밖에 할 줄 모르는 나하고 세상물정 모르는 너가 하나가 되었으니 결국은 이런 구덩이 외에 살아갈 길은 어디에도 없어. 나는 말이지 쇼키치, 너와 함께라면 지옥의 밑바닥까지 갈 각오야."

오아야는 자신의 말에 취해서 쇼키치의 어깨에 가만히 손을 얹었다. —쇼키치는 죽은 사람처럼 꼼짝도 하지 않았다.

"내 마음 알았지?"

"—."

"알았으면 이제 마음 풀어. 그리고 오늘 밤 일이 계획대로 되면 정월에는 둘이 온천으로 가서 천천히 요양하기로 하자.

그렇게 하면 병도 틀림없이 좋아질 테니까."

오아야는 설득했다고 생각했는지 쇼키치의 어깨를 가만히 쓰다듬은 뒤 자리에서 일어났다.

"그만 마음 풀고 슬슬 나가보기로 하자. 응, 쇼키치."

"—."

"나, 옷 갈아입고 올게."

오아야는 옆방으로 갔다. —그 발소리를 듣고 난 쇼키치는 갑자기 무슨 생각을 한 것인지 그대로 일어나 현관문 밖으로 나가버리고 말았다.

"어머, 무슨 일이야, 쇼키치?"

여자의 부르는 목소리가 들려왔다. "쇼키치, 무슨 일이냐니까? ……쇼키치!!" 쇼키치는 문 밖으로 뛰쳐나갔다.

—달아나는 거야. 오늘 밤이야말로 이 진흙탕 속에서 달아나는 거야!

밖은 삭풍이 부는 달밤이었다. 1정쯤은 정신없이 달렸다. 하지만 차가운 바람 속을 갑자기 달렸기에 오카와 부근까지 왔을 때 다시 격렬한 기침이 시작되었으며, 강가에 쌓아놓은 목재 위에 거의 쓰러지듯 하여 숨이 멎을 것처럼 기침을 해댔다. —그리고 그것이 마침내 가라앉았을 때는 온몸이 식은땀으로 축축하게 젖어서 한동안은 꼼짝도 할 수 없었다.

강물이 찰싹찰싹 소리를 내고 있었다. 하늘 높은 곳에서 새소리가 들리기에 올려다보니 기러기 떼가 서쪽으로 서쪽으로 날

아가고 있었다.

"―저 기러기들이 가는 곳에 나가사키가 있어."

쇼키치가 애달픈 목소리로 중얼거렸다.

"나가사키……, 나가사키. ―어머니!!"

갑자기, 그야말로 갑자기 쇼키치의 가슴에 열병처럼 고향을 그리워하는 마음이 치밀어올랐다. ―고야키시마(香燒島) 섬으로 밀려드는 파도 소리가 들려왔다. 데지마(出島)에 있는 서양관의 깃발이 보였다. 스와(諏訪) 신사의 산도, 중국풍의 메가네바시(眼鏡橋) 다리도……, 마치 요지경을 들여다보듯 보였다.

"그래, 나가사키로 돌아가자. 어차피 반년 앞도 알 수 없는 몸이야. 죽기 전에 고향의 흙을 밟아보자. 어머니를 한번 만나 불효를 사죄한 뒤 죽기로 하자."

이런 생각이 들자 한시도 지체할 수 없었다. 쇼키치는 숨을 헐떡이며 몸을 일으켰다.

4

"미안하게 됐군. 2냥은커녕 1푼도 가진 게 없어."

"―그런가."

"단속 이후부터는 어딜 가나 극심한 기근이야. 창피한 얘기지만 마누라를 홀딱 벗겨서 죽을 간신히 먹고 있는 형편이야. ―급한 일인가보지?"

"아니, 없으면 됐네. 괜히 마음 쓰게 해서 미안하네. 이해해주게."

"무슨 소린가. 헛걸음을 하게 해서 나야말로 미안하네."

"그럼 또 보세."

쇼키치는 추위에 떨며 골목을 나왔다.

—역시 틀린 건가?

무슨 짓을 해서라도 나가사키로 돌아가자! 이렇게 마음을 정했다. 그러나 지금의 몸으로는 도저히 걸어갈 수 없었기에 해상운송 중개업자를 찾아가 물어보았더니, 다행히도 내일 아침 7시에 나가사키로 가는 배가 에도바시에서 출발한다는 것이었다. 게다가 그것은 올해의 마지막 배로 그 배를 놓치면 정월 15일이 지나야 한다는 것이었다. —그 말을 듣자 고향으로 돌아가고 싶은 마음이 기름을 부은 불길처럼 번졌다. 뱃삯을 포함해서 2냥, 얼마 되지도 않는 여비를 마련하기 위해서 삭풍 속을 이리저리 돌아다녔다.

그러나 지난 가을부터 단행된 관아의 방화, 도적에 대한 엄중한 단속이 그들 친구에게도 커다란 영향을 주어 2냥이라는 돈을 마련해줄 만한 사람은 아무도 없었다.

"좋은 수가 없을까? —내일 배를 타지 못하면 이후 정월 15일 지나서까지는 배가 없어. 이 몸으로는 그때까지 버틸 수 있을지 없을지도 몰라. 무슨 짓을 해서라도 돌아가고 싶어. —아아, 무슨 좋은 방법이 없을까?"

헛되이 돌아다닌 피로와 추위로 몸이 얼어붙은 쇼키치는 문득 지나치려던 술집 안으로 들어갈 마음이 들었다. ―가게는 텅 비어서 인기척조차 없었으며, 주인인 듯 살이 찐 사내가 쇼키치를 날카로운 눈빛으로 바라보았다.

"술을 내줘."

"―어떤 술을 드릴까요?"

"그⋯⋯."

쇼키치는 품속의 돈을 머릿속에서 헤아려보았다.

"그냥 매화주를 줘."

"안주는?"

"―필요 없어. 몸을 녹이기 위한 거니까."

주인은 무뚝뚝하게 술을 데워가지고 왔다. ―쇼키치는 자리에 내어준 기본안주에도 손을 대지 않고 들이붓듯 벌컥벌컥 마셨다. 그리고 2병째를 마시려 할 때 아까부터 쇼키치의 모습을 가만히 바라보고 있던 주인이 몸을 내밀듯이 하며 말했다.

"잘못 본 거라면 미안합니다. ―손님은 규슈(九州) 쪽 출신 아닙니까?"

"오호― 잘도 아는군. 난 나가사키야."

"이거 참 반갑네요. 저도 나가사키입니다."

"주인장도?"

쇼키치는 눈을 반짝이며,

"이거 인연이구먼. 난 이치노세(一ノ瀬)의 아래쪽인데, 주인장은 어디지?"

"—그런 걸 물을 필요는 없지 않수?"

주인의 낯빛이 갑자기 바뀌더니 야수와 같은 잔인한 표정이
나타났다. — 쇼키치는 눈길을 돌리며 입을 다물었다.

"드슈, 이건 내가 내는 거요."

따로 1병, 고급술을 데워 주인이 들고 왔다. —그리고 부드러
운 목소리로,

"어쩐지 말꼬리에 사투리가 묻어 있다 싶었어. 몇 십 년 동안
떠나 있어도 고향의 사투리만은 버릴 수 없는 법이지, 안 그런
가, 젊은이? —그런데."

"—."

"자네도 견실한 사람은 아닌 듯 보이는군. 쓸데없는 문초는
그만두고 기분 좋게 마신 뒤 조용히 돌아가주게."

"쓸데없는 걸 물어서 미안하게 됐수."

쇼키치가 고분고분 말했다. "—고향사람이라기에 나도 모르
게 쓸데없는 것까지 묻고 말았소. 기분 나빠하지 마시오."

"알면 됐어."

"잘 마시겠수."

쇼키치는 주인이 내준 술을 깨끗이 마셨다. —그리고 서둘러
계산을 마친 뒤,

"연이 닿으면 또 봅시다."

라며 밖으로 나왔다.

술집의 주인이 나가사키 출신이라는 말을 듣자 쇼키치는 돌아가고 싶은 마음이 한층 더 깊어진 것이었다. 그리고 조금 전에 족제비라는 별명의 다쓰지로가 와서 얘기한 '짜고 치는 도박'을 떠올린 것이었다.

"마지막 한 번이야. 오늘 밤을 끝으로 손을 떼겠어. 딱 이번 한 번만 하기로 하자."

쇼키치는 이렇게 결심했다. ─장소는 요코아미의 하나야라고 들었다. 그곳은 동료들이 지금까지도 종종 써오던 요릿집으로 물론 쇼키치도 잘 알고 있었다.

5

요코아미의 강가를 대여섯 간 정도 들어가면 크지는 않지만 2층 건물 앞쪽 처마에 '하나야'라고 적힌 행등이 걸려 있다. ─이제 겨우 10시쯤 되었으리라. 너무 늦지 않았기를 바라며 구조를 알고 있는 정원의 문으로 들어섰다.

그 순간이었다. 오른쪽 어둠에서 한 사내가 불쑥 나오더니,

"무슨 일로 오셨습니까?"

라며 이쪽을 살펴보았다.

"난⋯⋯."

이라고 말하려던 쇼키치가 문득 발걸음을 멈추었다. 이쪽의 정체를 꿰뚫어보고 대비를 하는 듯한 상대방의 몸짓, 오른손을

품속에 넣은 채 엉거주춤 일어서려는 모습, ―한눈에 포리라는 사실을 알 수 있었다.

　―아뿔싸, 들통 나고 말았군.

　이렇게 생각한 것과,

　"꼼짝 마라!"

라며 상대방이 뛰어든 것은 거의 동시의 일이었다.

　쇼키치는 몸을 비틀어 짓테를 피하면서 상대방을 향해 있는 힘껏 몸을 부딪친 뒤, 그대로 방향을 틀어 담장 밖으로 뛰쳐나갔다.

　"이놈, 게 섰거라."

　포리가 뒤쫓아오며 호각을 불었다. 맑고 차가운 공기를 찢으며 호각소리가 날카롭게 울렸다.

　―잡혀서는 안 돼. 무슨 일이 있어도 나가사키에 한 번은 돌아갈 거야. 어머니를 한 번은 봬야 해. 무슨 짓을 해서라도.

　쇼키치는 정신없이 도망쳤다. 그러나 호각소리는 왼쪽과 오른쪽, 앞과 뒤에서도 서로 호응하며 그물을 걷어올리듯 좁혀들고 있었다. 매우 치밀하게 배치를 한 모양이었다. ―쇼키치는 혼조 오쿠라의 수로 쪽으로 빠져나가 고이즈미초(小泉町) 쪽으로 되돌아와서 료고쿠로 나가려 했다. 그러나 큰길로 나서기 전에 앞길을 포리들의 등불에 가로막히고 말았다.

　―틀린 건가.

　순간적으로 발걸음을 돌렸으나 그쪽에도 일고여덟 명의 사람들, 절체절명의 순간이었다.

　―제길!

　내뱉고 순간적으로 오른쪽에 있는 검은 담장으로 뛰어올라 빠르게 안으로 넘어들었다. ―허리를 세게 부딪쳐 그대로 웅크리고 있자니 담장 밖을 우르르 사람들이 달려가는 소리가 멀어져갔다. 쇼키치는 얼어붙은 땅 위에서 한동안은 움직이지도 못한 채 숨을 헐떡이고 있었다.

　―살았다.

　호각소리가 들리지 않게 되었을 때, 쇼키치는 되살아난 것처럼 중얼거렸다.

　"오늘 밤의 모습은 어딘가 좀 이상해. 우리들을 노린 거라고 보기엔 너무 엄중해. ―틀림없이 다른 커다란 먹잇감이 있었던 거야. 우린 그 소용돌이에 말려든 거고……. 지금의 모습으로 봐선 오아야도, 하시바도 다쓰도 틀림없이 엮이고 말았을 거야. ―모두 죗값을 치를 때가 온 거야."

　쇼키치는 조용히 몸을 일으켰다.

　"그래도 나는 도망치겠어. 바위를 물고 늘어지는 한이 있어도 도망치겠어. 그리고 나가사키로……."

이렇게 중얼거린 순간, 문득 어떤 생각이 떠올랐다. ―그것은 무시무시한 생각이었다. 쇼키치는 부르르 몸서리를 치고, …… 아니, 안 돼! 라며 스스로를 꾸짖었다. 하지만 그 외에 무슨 수가 있지?

'배는 내일 아침 7시에 출발해.'

쇼키치는 가만히 주위를 둘러보았다. 돈을 쏟아 부은 듯한 정원의 모습, 나무의 향도 새로운 별장풍의 2층 건물이었다. 게다가 —행인지 불행인지는 모르겠으나 마치 이리로 들어오라고 말하기라도 하듯 툇마루 쪽의 문이 하나 열려 있었다.

쇼키치는 무엇인가에 홀리기라도 한 사람처럼 거의 무의식 중에 그곳을 통해 안으로 숨어들었다.

—결국은 이렇게 되었군. 아무리 타락했어도 도둑질만은 하지 않았었는데, 오늘 밤이야말로 끝장이로군. 에잇! 될 대로 되라지.

마음을 정한 쇼키치는 품속에 있던 단도를 뽑아들고 마루에서 방 쪽으로 다가갔다. 집 안은 조용해서 아무런 소리도 들리지 않았다. 가슴이 터질 것처럼 두근댔으며, 무릎은 부들부들 떨려왔다. 아직 새로 지은 건물이었기에 아무리 발소리를 죽여도 삐걱이는 소리가 났다.

—빌어먹을, 혹시 들켜도 단도로 겁을 주면 그만이야.

스스로를 부추겨가며 집주인의 방이라 여겨지는 곳 앞까지 가서 마루에 웅크린 채 조용히 장지문을 열었다. —그리고 한 걸음 안으로 들어섰다. 그 순간! 쇼키치는 어둠 속에서 정강이를 힘껏 얻어맞아,

"앗, 아—!!"

외치며 쓰러졌다. 바로 몸을 일으키려 했으나 한시의 틈도

주지 않고 뒤쪽에서 털썩 몸에 올라탄 사람이 있었다.

　—이젠 끝장이군!

이라고 직감한 순간, 맹렬한 기침이 찾아와 바닥에 깔린 채 몸을
출렁이며 기침을 해댔다.

　"누군가 등불을 좀 가져와라, 도둑이다."

　위에 올라앉은 사내가 외쳤다.

　두 번, 세 번 외친 것을 듣고 젊은 하녀 둘이 초를 들고 달려왔
다. 주인이라 여겨지는 사내는 쇼키치의 손에서 단도를 빼앗고,
—심하게 기침을 하느라 달아나지도 못하리라 생각한 것인지
쇼키치의 몸 위에서 내려오며,

　"불로 여기를 비춰보아라."

라고 떨고 있는 하녀에게 말했다.

6

　"앗, 너는……."

　엎어져 있는 쇼키치의 얼굴을 촛불로 들여다보자마자 주인
의 낯빛이 슥 바뀌었다. —그리고 돌아보더니 무섭다는 듯 떨고
있는 하녀들에게,

　"이젠 됐다. 내게 약간 생각이 있으니 너희는 물러나 있거라."

　"저, 저기—, 파수꾼들에게 알려야."

　"알려야 할 때가 되면 내가 알리라고 하겠다. 조용히 저리로

가 있어라."

하녀들은 발걸음도 허공에 뜬 듯한 기분으로 서둘러 마루를 달려갔다. ―주인은 그 발소리가 그치기를 기다렸다가 잠시 쇼키치의 모습을 지켜본 뒤, 마침내 뚝심이 담긴 목소리로,

"쇼키치, ―그만 얼굴을 들어라."

라고 말했다. 쇼키치는 흠칫 몸이 경직되었다. 출렁이고 있던 등이 멈췄다. ―쇼키치는 가만히 얼굴을 들었다. 그리고 촛불에 비춰진 주인의 얼굴을 백치 같은 눈으로 한동안 바라보는가 싶더니 갑자기,

"앗, 어, 어르신!"

절규하며 벌떡 일어났다. 순간 주인이 그의 어깨를 잡아 밀쳐 쓰러뜨리고 등을 발로 밟으며,

"알아보겠느냐? 내 얼굴을 알아보겠느냐? 이 염치도 모르는 짐승 같은 놈. ―지쿠시야 모헤에의 뒤통수를 그렇게 쳐놓고도 아직 모자라서 강도짓까지 하려 들다니, 짐승만도 못한 인간 같지도 않은 놈."

"오, 오해십니다, 어, 어르신."

쇼키치가 창자를 쥐어짜내는 듯한 목소리로 외쳤다. ―이 무슨 운명의 장난이란 말인가. 나아갈 수도 물러날 수도 없는 긴박한 상황에 몰려 처음으로 저지르는 범죄, ―들어선 집은 지쿠시야 모헤에의 별장이었던 것이다.

"나가라, 꺼져버려."

모헤에는 쇼키치의 등을 걷어찼다.

"내 손으로 잡아넣기도 불결하다. 얼른 여기서 사라져버려라. —이 모헤에는 오늘까지도 네 녀석을, 혹시 새사람이 되어서 돌아올 날도 있지 않을까 하며 친아들 하나를 잃은 것보다 더 괴로운 마음으로 기다리고 있었다."

"—."

"모헤에는 그래도 상관없다. 하지만……, 가엾은 것은 오미쓰다. 네 녀석은 기억도 못하겠지만 오미쓰는 네놈을 잊지 못해서, —지금은 거의 환자처럼 되어 이 별장에서 생활하고 있다. ……오미쓰는 아직도 네 녀석이 자신에게로 반드시 돌아올 것이라 믿고 있다. 그런데— 네놈은, 네놈은……."

쇼키치는 다다미에 엎드린 채 몸을 활처럼 구부렸다. 쿨럭쿨럭 섬뜩한 소리가 들리더니 쇼키치의 입에서 핏덩이가 불쑥 튀어나왔다. —모헤에는 놀라지 않을 수 없었다. 그리고 촛불로 쇼키치의 모습을 다시 한 번 살펴보았다. 너무나도 변해버린 용모, 너무나도 변해버린 모습이었다.

"—쇼키치!"

"어르신, ……."

"너 병이 그렇게 깊은 게냐?"

"벌을 받은 겁니다. 하늘의 벌을 받은 겁니다. 어르신, 쇼키치는 이런 꼴이 되어버리고 말았습니다."

"그런 몸으로 어째서 또"

"—나가사키로, 돌아가고 싶었습니다."

쇼키치가 소매로 입을 닦으며 말했다.

"어머니를 마지막으로 뵙고 죽자, —2냥의 여비가 필요해서 처음으로 숨어든 이 집……. 쇼키치는 오늘 밤에야 비로소 천벌의 무서움을 깨달았습니다. —용서해달라고는 입이 열 개라도 말할 수 없습니다. 어르신, 모쪼록 쇼키치를 이대로 못 본 척해주시기 바랍니다."

"—."

"아무 말씀도 마시고, 못 본 척해주시기 바랍니다."

모헤에는 말없이 쇼키치의 옆얼굴을 보고 있었다. —그리고 잠시 후, 작은 장롱 쪽으로 가서 돈주머니를 만들어 가지고 돌아왔다.

"이걸 가지고 가라."

툭 던져주었다.

"네? —."

"네놈에게 주는 것이 아니다. 나가사키에서 기다리고 계실 어머님께 드리는 게다. ……오미쓰는 오늘 밤 고우메(小梅)에 있는 에치고야(越後屋)의 별장으로 가요의 총연습을 위해 갔다만, 곧 돌아올 시간이다. 그 아이에게만은 네놈의 그 꼴을 보이고 싶지 않다. —그걸 가지고 얼른 돌아가도록 해라."

쇼키치는 말없이 돈주머니를 공손하게 쥐었다.

"나가사키는 따뜻한 땅이다. 새롭게 태어난 마음으로 양생을 해보아라. 그리고 딱 한 번만이라도 좋으니 인간다운 모습을 보여주기 바란다."

누구에게 보이라고는 말하지 않았다. ─쇼키치는 이를 앙다 물고 오열을 참았다.

모헤에는 뒷문까지 배웅을 나와 가문이 찍힌 등롱을 들려주 었다. ─쫓기는 몸에게는 무엇보다 귀중한 선물이었다. 쇼키치 는 말없이 받아들고 천만 마디의 말이 담긴 인사를⋯⋯, 딱 한 번. 흔들리는 발걸음을 옮겨 삭풍 속을 료고쿠 쪽으로─.

7

"웅? 자네 또 왔는가?"

조금 전의 술집이었다.

"이번에는 좋은 놈으로 줘."

쇼키치가 애처로운 미소를 지으며 말했다.

"이대로 다시 볼 수 있을지 없을지도 모를 주인장에게 파는 술을 얻어먹어서는 마음이 편치 않을 거야. ─거기다 축하를 해주었으면 하는 일도 있고."

"뭔가 좋은 일이라도 생겼는가?"

"난 내일 아침에 나가사키로 돌아갈 거야."

주인이 술을 데우기 위해 술병을 불에 올리며 힐끗 보았다. ─음흉한 눈빛이었다.

"아까는 주머니사정이 그렇지 않았던 것 같던데."

"그래서 축하해달라는 거야."

"그거 참 호기롭군. ─뭍길로 갈 건가?"

"배로. 드디어 나왔군."

주인이 데운 술병과 술잔을 2개 가지고 오자, 기다리고 있었다는 듯 쇼키치가 술을 따라주었다.

"아까 술에 대한 보답이야."

"그런 말을 들으니 쑥스럽군, 받기로 하지."

"바닷길이 무사하기를 빌어줘. ─내일 아침이면 이젠 에도와도 작별이야. 12년 만에 돌아가는 나가사키, 변했겠지. 눈을 감으면 보이는 듯해."

"자, 잔을 받게─."

"난 됐어. 조금 전에 막 끊었으니까. 난 지금부터 새롭게 태어날 거야. 고향으로 돌아가서 처음부터 다시 시작할 거야. 모든 것이 지금부터야."

"그거 잘 생각했군. 하지만 쉽지는 않을 거야."

"맞아, 인간 한 마리가 새롭게 태어나는 건 쉬운 일이 아니야. 그래도 난 해낼 거야. 설령 거짓이라 할지라도 새사람이 된 모습을 딱 한 번만이라도 보여주고 싶은 사람이 있어."

"짐작이 가는군, 애인이겠지?"

"그건 아니야. 옛날이라면 모르겠지만 지금은 그렇게 말하기 미안한 사람이야. ─아아, 오늘 밤에는 너무 많은 일들이 있었어. 오늘까지의 스물넷 인생을 하나로 묶은 것보다 훨씬 더 진기한 일들만 일어났어."

하지만 쇼키치는 그렇게 말하는 것을 조금 더 뒤로 미뤘어야만 했다. ―운명이 조종하는 실은 눈에 보이지 않지만, 인과율은 신기할 정도로 긴밀하게 인간을 찾아오는 법이다. 그날 밤의 마지막 사건은 그로부터 10분도 지나지 않아서 시작되었다.

주인에게 죽을 끓여달라고 부탁한 뒤 기다리고 있는데 토방 옆쪽의 기름종이를 바른 장지문이 요란스럽게 열리더니 사람들이 우르르 들어오는 소리.

"―안쪽 방을 좀 빌리세."

라고 말하는 것을 본 주인이,

"아! 안 돼, 뒷문으로……."

당황해서 손을 내젓는 태도에 쇼키치가 휙 돌아보니 무뢰한 모습의 사내가 셋, ―한 아가씨의 손과 발을 잡아 안으로 끌고 들어가려 하고 있었다. ―쇼키치는 순간적으로 이 술집의 정체를 깨달았다. 주인의 모습이 심상치 않다고 느낀 것도 당연한 일, 한 꺼풀 벗겨보면 이런 난폭한 일이 벌어지고 있는 지옥의 숙소였던 것이다.

"살려주세요, 살려주세요."

여닫이에서 안으로 사라져갈 때, 가게에 있던 쇼키치를 보았는지 아가씨가 비단 찢어지는 듯한 소리로 외쳤다. ―쇼키치는 주인 쪽을 돌아보았다. 주인은 아무 일도 없었다는 듯한 얼굴로 냄비 아래에 부채질을 하고 있었다. 쇼키치가 벌떡 일어나서 안으로 갔다.

"어디 가는 거야?"

외치는 소리에 돌아보니 주인이 오른손에 회칼을 들고 서 있었다. ─쇼키치는 빙그레 웃으며 흙바닥에 떨어진 꽃비녀를 슥 집어들고,

"가엾게도, 예쁜 비녀에 흙이 묻었잖아, ─주인장."

조용히 말하고 은장식이 흔들리고 있는 비녀를 신기한 물건이라도 보는 양 빙글빙글 돌려가며 자리로 돌아왔다.

"흠. 하룻밤에 비녀 두어 개쯤 흙투성이가 되는 건, 이 에도에서는 드문 일도 아니야."

"맞아, 드문 일도 아니지."

"그러니 못 본 척하고 있어, 젊은이."

라고 주인이 압박을 가하듯이 말했다. 순간, 쇼키치의 발이 획 주인의 사타구니를 걸어찼다.

"윽! 이, 이 새끼."

신음하며 고꾸라진 녀석의 손에서 회칼을 빼앗아든 쇼키치, 펄쩍 위로 뛰어오르더니 여닫이를 걸어차 열고 안으로 들어갔다. 첫 번째 방 안에서 소리가 들리더니,

"누구야? 곤 형님이슈?"

라며 장지문을 열고 밖을 내다보았다. 쇼키치는 그 목에 다짜고짜 회칼을 들이밀었다.

"뭐야!"

비명과 함께 고꾸라지려는 녀석을 밀쳐내고 뛰어들자 방 안에서 아가씨를 끼고 있던 두 사람이 앗 하며 일어났다. 물러나! 회칼을 든 채 쇼키치는 온몸으로 부딪치듯 달려들었다.

온몸으로 밀고든 회칼에 가슴을 세게 찔려, 한 사람이 우당탕 장지문과 함께 쓰러졌다. 그 옆에서 나머지 한 사람이 단도를 뽑자마자 쇼키치의 옆구리에 한 칼,

"—이 새끼!"

"앗."

하며 쇼키치, 돌아서자마자 그 녀석의 겨드랑이 아래에 뼈가 으스러져라 회칼을 찔러넣었다.

"누, 누가 좀 와줘. 윽."

섬뜩한 고함을 지르며 동료 위로 쓰러졌다. —쇼키치도 옆구리의 상처를 견디기 힘들었는지 자신도 모르게 비틀거렸으나,

"살려주세요, 살려주세요."

라고 말하는 아가씨의 목소리에 퍼뜩 정신을 차리고 달려가서는 서둘러 아가씨를 묶고 있던 밧줄을 끊어버렸다. —그 순간 아가씨가,

"아, 당신은 쇼 씨."

라고 까무러칠 듯 놀라며 외쳤다.

"응—?!"

흠칫 놀라 눈을 둥그렇게 뜬 쇼키치,

"나를 잊은 거야, 쇼키치."

"─앗."

"오미쓰야. 보고 싶었어."

외침처럼 말하고 미친 듯이 매달리는 아가씨의 얼굴, 쇼키치
는 숨이 멎을 만큼 놀랐다. 이 무슨 신기한 운명이란 말인가.
그녀는 틀림없이 지쿠시야의 딸 오미쓰였다.

"─보고 싶었어. 보고 싶었어."

"오미쓰 아씨!"

쇼키치도 무의식적으로 힘껏 끌어안았다.

8

기쁨과 슬픔, 회한과 사죄가 뒤섞인 애착의 정이 마치 열화와
같이 쇼키치의 몸을 마비시키는 듯했다. ─그러나 그러고 있을
때가 아니었다.

"여긴 위험하니, 얼른 밖으로!"

이렇게 말하고 오미쓰를 안아 일으킨 쇼키치는 부상을 참아
가며 뒷문을 통해 밖으로 나왔다.

삭풍이 부는 어두운 거리를 5, 6정 정신없이 달렸다. ─오미
쓰는 그날 밤, 에치고야에서 돌아오는 길에 습격을 당해 따르던
하인은 그들에게 맞아 쓰러졌으며 그녀는 그 지옥으로 끌려온
것이라고 했다.

"난 그만 죽을 각오였어."

"여기까지 왔으니 이제 걱정할 것 없습니다."

쇼키치가 어두운 길모퉁이에서 숨을 헐떡이며 발걸음을 멈췄다. 옆구리의 상처를 깨닫지 못하게 하려는 괴로움, 옷 속을 타고내리는 피는 계속해서 흘러나오고 있었다.

"여기서부터는 별장도 가깝습니다. 오미쓰 아씨, 아씨는 얼른 돌아가세요."

"내가 혼자서 돌아갈 것 같아?"

오미쓰가 바싹 다가서며,

"난 싫어. 너와 함께가 아니면 오미쓰는 살아가는 보람도 없어. 쇼키치, ―내가 얼마나 기다리고 있었는지 너는 모르지?"

"……."

"너무해, 너무해, 쇼키치."

옆구리의 통증보다 더욱 격렬한 아픔이 쇼키치의 가슴을 후벼파는 듯했다. ―안 돼, 쇼키치는 세차게 머리를 흔들었다. '오미쓰에게만은 그런 모습을 보이고 싶지 않아.' 이렇게 말한 모혜에의 말이 날카롭고 날카롭게 떠올랐다.

견딜 수 없다는 듯 흐느끼는 오미쓰에게서 몸을 가만히 떼어내며 쇼키치가 말했다.

"돌아가세요, 오미쓰 아씨."

"―."

"쇼키치도 나가사키로 돌아가겠습니다. 그리고 ―새사람이,

예전의 쇼키치로 다시 태어나서 돌아오겠습니다. 저는 악몽을 꾸었습니다."

"쇼키치!"

"이 세상에 있을 것 같지도 않을 정도의 악몽이었습니다. 하지만 그 꿈에서도 깨어났습니다. 고향으로 돌아가 이 더러워진 몸을 깨끗이 한 뒤에 돌아오겠습니다. 무슨 일이 있어도 반드시 새사람이 되어 돌아오겠습니다."

"싫어. 같이 가자, 쇼키치."

"안녕히 가세요. 쇼키치를 가엾은 놈이라고 동정해주세요. ─안녕히 가세요."

"기다려, 기다려, 쇼키치."

따라오며 매달리는 오미쓰의 손을 뿌리치고 쇼키치는 비틀비틀 달리기 시작했다. ─품속에 넣은 오른손으로, 조금 전 술집의 흙바닥에서 주운 오미쓰의 꽃비녀를 힘껏 쥐며. ─높다랗게 삭풍이 불어가는 하늘을, 기러기 떼가 끼룩끼룩 울며 다시 서쪽으로 날아가고 있었다.

그 이튿날 아침.

이제 막 어둠이 걷힌 에도바시의 선착장에 눈처럼 하얀 서리를 뒤집어쓴 채 한 사내가 죽어 있었다. 그를 발견한 것은 그날 아침에 그곳을 출발하는 나가사키의 배 '야와타마루'의 선장이었다.

사내의 시체는 옆구리에 무참한 상처를 입고 있었는데, 품속에 넣은 손에 예쁜 꽃비녀가 있는 힘껏 굳게 쥐어져 있었다. ―모여든 사람들은 사내의 초라한 차림새와, 가엾은 죽음의 모습과, 예쁜 꽃비녀의 수수께끼 같은 조합에 대해서 각자 이야기를 만들어보고 있었다. 그러나 그 죽은 자의 얼굴에 고통의 그림자는 조금도 없으며, 이름 높은 고승의 왕생처럼 안락한 미소를 짓고 있다는 사실을 깨달은 자는 아무도 없었다.

　1840년 12월 17일 아침 7시를 막 지난 시각, 나가사키의 배 야와타마루는 이 기묘한 시체가 누워 있는 기슭을 떠나 고동 소리도 높다랗게 항해하기 좋은 날씨의 바다를 향해 출발했다.

나비 한 쌍

1

"그냥 싫다니, 그런 어린애 같은 말을 해서 어쩌자는 거니? 너도 올해로 벌써 스물한 살이잖아."

"몇 살이든 상관없잖아요. 싫은 건 싫은 거예요."

이렇게 말하고 후미요(文代)는 새침한 얼굴로 과자를 집었다. 어렸을 때부터, '내 코는 천장을 향해 있어.'라고 자랑하던 코가 그런 식으로 새침한 얼굴을 하면 그야말로 하늘을 향하고 있는 듯 보여 어린아이 같은 애교가 나타나기에 재미있었다. 시노(信乃)가 웃음이 터질 듯한 얼굴로 차를 따라주었다.

"대체 다케이(武井)라는 분의 어디가 그렇게 마음에 들지 않는다는 거니? 가족도 많지 않다고 하고, 서로의 신분도 잘 어울리고, 더할 나위 없이 좋잖아."

"그러니까 말했잖아요. 그분에게 부족한 점은 없어요. 그냥 싫은 거예요. 솔직히 말하자면 저, 결혼 자체가 하기 싫어요."

"또 그런 쓸데없는 소리한다. 애, 하지만 여자는 아무리 싫어도 언젠가는 집을 떠나지 않으면 안 되는 법이란다."

"네, 알고 있어요. 하지만 결혼하지 않아도 집을 떠날 수는 있잖아요. 비구니가 될 수도 있고, 뭔가 기예를 배워서 혼자 살아갈 수도 있고…… 나도 그 정도의 일은 생각하고 있어요."

후미요의 말에는 평소와 달리 어딘가 굳게 결심한 듯한 울림이 있었다. 시노는 살짝 놀라 동생의 얼굴을 보았다.

"너 정말 진지하게 얘기하는 거니, 후미요?"

어린아이처럼 새침하던 후미요의 얼굴이 순간 끈을 조인 것처럼 굳었다.

"후지타(藤田) 씨 댁의 유미에(弓江)는 벌써 자식이 둘이나 있고, 다른 친구들도 대부분 남편을 들이거나 시집을 갔어요. 그 사람들이 사는 모습을 보고 저, 결혼이라는 게 진저리가 나도록 싫어졌어요. ……좀 더 직접적으로 말하자면 언니예요. 언니도 이 가미무라(上村) 댁에 시집온 지 5년이 되었고 고노스케(甲之助)라는 아들도 있어서 남들이 보기에는 평온하고 무탈하게 지내는 것처럼 보일지 모르겠지만, 결코 행복하지는 않다는 걸 이 후미요는 잘 알고 있어요."

"어머, 무슨 소릴 하는 거니?" 시노가 깜짝 놀라 말을 가로막았다. "—그런 말도 안 되는 소리를 하다니, 혹시 남이 듣기라도 하면 어쩌려고."

"그럼, 언니는 행복한가요?" 후미요가 진지한 눈빛으로 바라보았다. "결혼한 지 5년이나 지났는데도 두 사람 사이는 마치타인 같잖아요. 형부는 그 석불처럼 차가운 얼굴로, 무엇 하나마음에 드는 일 없다는 듯한 눈빛으로, 웬만해서는 말도 잘 하지 않아요. 언니는 그저 조심조심 심기를 건드리지 않으려고 눈치만 살피고 있잖아요. 그렇게 살면서 언니는 그래도 행복하다는 건가요?"

"이 얘기는 그만두기로 하자. 아니, 이젠 됐다. 그만두지 않으면 화를 낼 거다."

시노가 강하게 말했다. 실제로 화를 낼 것 같은 얼굴이었으나 그 아름답고 맑은 눈에는 당황하는 빛이 드러나 있었다. 동생이 입을 다물자 시노는 조용히 차를 따르며 차분한 말투로 천천히 말을 이어갔다.

"사람이 행복한지 불행한지는 함부로 판단할 수 있는 게 아니야. 특히 부부 사이는 그렇게 간단한 게 아니야. 옆에서 보기에 사이가 좋네 나쁘네 하는 느낌만으로는 도저히 이해할 수 없는 일들이 많은 법이야. 경험 없는 네가 자신의 눈만을 믿고 그런 식으로 생각하는 건 커다란 착각이다."

후미요는 언니의 말을 그냥 흘려들었다. 네, 네, 고개를 까닥이며 그 이야기는 그것으로 그만두었으나, 뭔가 더 하고 싶은 말이 있는 모양이었다. 어딘가 조급한 듯한 모습을 보이더니 곧 평범함을 가장한 얼굴로 뜻밖의 말을 하기 시작했다.

"언니, 니시하라 도모야(西原知也) 씨가 감옥에 들어간 일, 알고 계세요?"

"—도모야 씨가……, 어떻게 됐다고?"

"가지 씨, 이와미쓰 씨, 오이 씨 등 6명하고 같이 한 달쯤 전에 부름을 받아 성에 들어갔다가 그대로 성의 감옥에 갇히셨다고 해요. 모르셨어요?"

"—응, 전혀⋯⋯."

시노는 떨려오는 몸을 애써 억누르다 갑자기 단호한 마음으로, 얼마간 창백해진 얼굴을 들어 동생을 보았다.

"하지만 후미요, 왜 내게 그런 말을 하는 거지? 니시하라 씨의 일은 나하고 아무런 상관도 없잖아."

"—네, 별로 상관은 없죠."

일그러진 미소를 지으며 후미요가 고개를 끄덕였다.

"—그런 생각으로 말한 게 아니에요. 저희는 옛날부터 친하게 지냈고, 너무나도 뜻밖의 일이었기에⋯⋯, 언니는 알고 있지 않을까 싶어서 물어본 거예요."

"난 아무것도 몰라. 그리고 정치적인 얘기는 알고 싶지도 않고."

후미요가 언니를 가만히 바라보았다. 그러다 얼굴을 획 돌리고 한손으로 눈 위를 가리듯 하며 작은 목소리로 가만히 속삭였다.

"—가엾은 언니."

2

그로부터 육칠일쯤 시노는 초조하고 괴로운 날들을 보냈다.

도모야가 어째서 성 안의 감옥에 갇힌 건지, 그 이유만이라도 알고 싶었다. 친정오빠가 성 안의 관리로 있으니 오빠에게 물어 보면 알 수 있을지도 모르겠다, 이렇게 생각하여,

"동생의 혼담 때문에 스미카와(住川)의 친정에 다녀오고 싶은데요."

이렇게 말해보았으나 남편은 눈길조차 주지 않은 채 평소의 차가운 목소리로 거절했다.

"지금은 바쁜 일이 많소. 집을 비우는 건 곤란하오."

후미요가 돌부처 같다고 말한, 감정이 조금도 섞이지 않아 비빌 구석도 보이지 않는 태도였다. 시노는 그대로 물러날 수밖에 달리 방법이 없었다. —그래, 차라리 모르는 편이 나을지도 몰라, 이유를 안다 한들 내게는 어쩔 도리가 없어. ……게다가 나와는 상관없는 사람이야.

이렇게 스스로를 달래가며 가능한 한 그 일은 잊으려 노력했다. 그러나 사실은 반대여서, 마음이 가라앉지 않았고 머릿속에서는 여러 가지 생각들이 소용돌이처럼 끊임없이 사라졌다가는 피어오르곤 했다. 그 중심에 있는 것은 언제나 도모야였으며 뒤이어 무엇인가를 지적하는 듯한 동생의 속삭임이 들려왔다.

—가엾은 언니.

동생의 그 속삭임은 시노를 서늘하게 만들었다. 그것은 죄에 대한 자각을 재촉하는 듯 여겨졌다. 알고 있었던 걸까, 도모야와 나의 일을? 그럴 리 없었다. 동생이 눈치 챈 듯한 기억은 없었으

며, 한 줄기 바람이 스치고 지나간 듯한 그 한순간의 일은 누구도 결코 알 리가 없었다.

—그렇다면 왜 가엾다고 말한 걸까?

시노는 여기서 생각이 막혔으며, 그럴 때마다 역시 일종의 서늘함을 느끼곤 했다.

"오늘 저녁에는 손님이 올 거요. 술상을 준비해줬으면 하오"

어느 날 아침, 남편이 이렇게 말했다.

"손님은 몇 분 정도 되십니까?"

"서너 명, 그보다 많지는 않을 거요. 어쨌든……, 그건 적당히 준비해주시오."

"축하할 일이 있으신 겁니까, 아니면……."

축하를 위한 자리와 그렇지 않은 자리는, 준비가 달라진다. 그래서 이렇게 물은 것이었으나 료헤이(良平)는 언짢은 눈빛으로 타박하듯 시노를 보다가 아무런 말도 없이 집을 나섰다.

공교롭게도 고노스케가 열이 나기 시작했다. 남편이 출근하고 난 뒤 얼마 지나지 않아서 유모인 스기(すぎ)가 그 사실을 알렸기에 그때부터 의사를 부르기도 하고 간병을 하기도 하는 등, 오후까지 다른 일에는 신경을 쓸 틈이 없었다. 고노스케는 3살이 되었는데 남편의 주장으로 태어나자마자 유모의 손에 맡겨졌으며 시노는 거의 돌본 적이 없었다.

—어머니는 나약하게 키워서 안 돼.

료헤이는 이렇게 말했으나, 그것은 아내를 자신 곁에 두고 싶다는 마음과 자신의 아이를 유모에게 키우게 한다는 허영심 때문인 듯했다. 그는 녹봉 50석도 되지 않는 관리의 집안에서 태어나 매우 가난하게 살았던 모양이었다. 구니가로[1]인 이마키 사이베에(井卷済兵衛)의 눈에 띄어 요코메야쿠쇼[2]에서 오메쓰케[3]까지 출세했으나, 일상의 극히 사소한 일에까지 여자인 시노가 부끄러워질 정도로 세세하게, 검약이라기보다는 오히려 인색함에 가까운 면이 적지 않았다. 그와는 반대로 자신이 오메쓰케라는 의식에서 종종 이상하게 격식을 차리는 면도 있었다. 고노스케를 유모에게 맡긴 것도 그러한 예 가운데 하나인데, 평소의 생활태도와 어울리지 않기에 대부분은 자신의 허영심을 만족시키는 데에만 그치고 말았다.

─남편은 자신밖에 생각하지 않아.

시노는 가미무라에게 시집온 지 얼마 지나지 않아서 이렇게 생각했다. 이마키 구니가로가 오메쓰케로 추천한 것도 그런 성격을 높이 샀기 때문일지 몰랐다. 자로 잰 듯 빈틈이 없고 늘 냉정하고 어떤 일에나 관용이 없었다.

─내게 이 결혼은 잘못이었어.

처음 반년 만에 시노는 이렇게 깨달았다.

고노스케는 건강했기에 지금까지 어머니로서는 아무런 고심

---

1) 国家老. 제후가 성을 비운 동안 영지에 머물며 가신을 통솔하고 정사를 돌보던 중신.
2) 横目役所. 각 무사들의 행동을 감찰하던 관청.
3) 大目付. 막부의 관직명으로 막부의 행정과 제후들을 감찰했다.

도 하지 않았다. 그랬던 아이가 아프자 참을 수 없는 자책감이 들었다. 의사의 진찰에 의하면 그 고열은 장의 질환에서 온 것이기에 열보다 장 쪽이 더 문제라고 했다. 스기가 열흘쯤 전부터 설사가 계속되었다고 대답하자 의사는 화가 난 얼굴로,

"어린아이의 건강은 변만으로도 알아볼 수 있지 않은가? 그래서야 귀한 아이를 돌보는 유모라고 할 수 있겠는가?"

이렇게 야단을 치고 시노에게도 더욱 신경을 쓰라고 주의를 주었다.

이런 어수선한 일도 있었고 남편도 예상보다 일찍 손님을 데리고 왔기에 시노는 저녁의 2시간쯤 동안 숨을 돌릴 틈도 없이 바빴다. 손님은 5명, 10시 전에 돌아갔는데 료헤이는 접대가 마음에 들지 않았는지 손님이 돌아가자마자 시노를 불러 화를 냈다.

"내온 음식도, 대접도 너무 소홀했소. 아침부터 말을 해두었는데 대체 뭘 한 거요."

하인에게라도 호통을 치듯 격앙된 목소리였다. 시노는 사과하지 않았다. 스스로도 데면데면하다 싶을 정도의 목소리로 고개를 숙인 채 말했다.

"─고노스케가 갑자기 아파서."

료헤이는 잠시 숨을 멈추었다.

"아프다니, ……어디가?"

"─의사의 말에 의하면 장이 아주 좋지 않다고 합니다. 이삼

일 조심해야 한다고 합니다."

"그런 일이라면 성으로 사람을 보냈어야지."

이렇게 소리치고 어디에 누워 있냐고 묻더니 료헤이답지 않
게 서둘러 방에서 나갔다.

고노스케는 그날 밤에 경련을 일으켰다. 의사를 불러 치료를
하자 가라앉기는 했으나 새벽까지 간헐적으로 몸을 떠는 발작
이 있었기에 시노는 결국 아침까지 잠을 자지 못하고 간호했다.
……료헤이는 의사가 오자 침소로 들어갔다. 고노스케가 괴로
워하는 모습을 처음 보았을 때는 얼굴이 창백해지고 입술도
하얗게 질려서 자신도 몸을 떨었으나 침소로 들어간 이후부터
는 모습을 드러내지 않았다.

"이럴 때 도모야 씨였다면 어떻게 했을까?"

스기도 물러나게 한 뒤 혼자서 고노스케의 얼굴을 바라보다
시노는 이렇게 중얼거렸는데, 그 목소리에 스스로도 깜짝 놀라
눈을 꼭 감았다. 격렬한 자책감과 괴로운 사모의 정과 같은 감정
때문에 가슴이 서글퍼졌으며 머리가 어질어질했다.

—만약 이 아이가 세상을 떠난다면, 그건 그때 용기가 없었던
나에 대한 벌이야.

시노는 온몸에 침을 맞은 것 같은 느낌으로 오랫동안 눈을
감은 채 앉아 있었다.

료헤이는 고노스케를 보러 오지도 않았으며 용태를 물으려
하지도 않았다. 시노도 이야기할 마음이 들지 않았다. 남편의

냉혹하게 느껴지는 딱딱한 얼굴을 보면 목구멍까지 넘어 왔던 말도 입 밖으로는 나오지 않았다. 설령 고노스케가 죽는다 할지라도 자신의 입으로는 남편에게 말하지 않으리라 생각했다. ……친정인 스미카와에서 어머니와 동생이 문안을 왔는데, 그때 어머니에게 앞으로는 네가 직접 키우라는 말을 들었다.

"가미무라 씨의 가풍도 있을 테지만, 역시 제 배를 앓아서 낳은 어미가 기르지 않으면 안 된다. 유모는 누가 뭐래도 유모일 뿐, 피를 나눈 사람과는 다르니……. 그래서는 정도 들지 않을 게야. 남자는 이런 사정을 잘 모를 테니 네가 그렇게 말하지 않으면 안 된다."

시노도 그렇게 해야겠다고 생각했다. 그랬기에 고노스케가 이젠 다 나았다는 말을 듣자 그것을 기회로 그러한 말을 남편에게 했다.

"지금까지처럼 해주시오."

료헤이의 대답은 매정한 것이었다.

"고노스케는 가미무라 집안의 후계자요. 나의 아들은 내 생각대로 키우겠소."

마치 쓸데없는 참견이라는 듯한 말투였다. 시노는 말없이 고개를 숙인 채 자리에서 일어났다. ……그때까지는 남편을 사랑하지 않는다는 기분이었으나, 그때부터 시노는 그를 미워하기 시작했다. 그리고 동생이 언젠가 했던 말, 언니는 행복하지 않다는 말이 결코 지레짐작이 아니라, 동생은 분명하게 꿰뚫어보고 있었던 것이라는 사실을 깨달았다.

─도모야 씨는 어떻게 되었을까?

시노는 지금의 어둡고 차가운 생활에서 달아나듯 종종 회상 속으로 빠져들어갔다. 니시하라 도모야는 돌아가신 아버지와 친구였던 사람의 아들로 오랜 세월 친족처럼 지내온 사이였다. 성격이 밝고 감정이 풍부하고 약간 거친 면이 있기는 했으나 남을 배려하는 마음이 커서 누구에게나 사랑받을 만한 품성을 가지고 있었다.

얌전하기만 한 시노는 일찍부터 남몰래 그를 사랑했다. 그것 은 사람을 사랑한다는 것이 어떤 것인지 아직 스스로도 알지 못하는 나이이기도 했고, 본능적인 자기보호와 수줍음도 있었 기에 자신도 모르게 그를 피하기 시작했다.

─이거 이상할 정도로 냉담해졌는데. 늘 피하기만 하잖아. 내가 싫어진 거야?

도모야가 이렇게 말했을 때의 숨길 수 없는 혼란과 알 수 없는 기쁨의 감정을 시노는 지금도 생생하게 떠올릴 수 있었다. ……그로부터 약 반년쯤 뒤의 일이었으리라. 아오이가와(青井 川) 강의 갈대 속에서 시노는 느닷없이 도모야의 품에 안겼다. 그때는 도모야의 어머니와, 이쪽에서는 시노와 어머니와 동생 과 오빠인 시게지로(繁二郎), 이렇게 6명이서 반딧불이 구경을 나갔었다. 우선 강가에 묶어둔 지붕 달린 배에서 음식을 담아 온 찬합을 열고, 배를 빌려준 집에서 따라나온 사람 3명이 술을 데우기도 하고, 수조에서 물고기를 꺼내와 요리하기도 하는 등 떠들썩하게 작은 주연이 펼쳐졌다.

그러다 시노는 졸라대는 동생의 등쌀에 못 이겨 반딧불이를 잡기 위해 어쩔 수 없이 혼자 배에서 나왔다. 배를 빌린 집에서 조릿대를 조그맣게 묶어 만들어준 채와 반딧불이를 넣을 통을 들고 좀처럼 잡히지 않는 반딧불이를 따라다니는 동안 어느 틈엔가 널따란 강변의 갈대가 우거진 속으로 들어가게 되었다. 그때 도모야가 시노를 찾으러 왔다.

―시노, 어디에 있어? 시노.

이렇게 부르는 목소리가 들려왔다. 시노는 대답을 하지 않았다. 키득키득 웃으며 말없이 갈대 속에 조용히 서 있었다. 그러나 시노는 하얀 견직물로 지은 홑옷을 입고 있었기에 날아다니는 반딧불이의 빛에 비친 것인지, 곧 갈대를 헤치고 도모야가 다가왔다.

3

어깨를 끌어안은 억센 힘, 정신이 아득해질 정도로 뺨과 입술에 느껴지던 접촉. 그것은 떠올려보려 해도 잘 떠오르지 않았다. 몸 속 어딘가에 감각의 기억으로 틀림없이 남아 있기는 했으나……. 바람이 없는 후텁지근한 밤이었다. 우거진 갈대가 조금도 움직이지 않았다. 아오이가와 강의 물소리가 속삭임처럼 들려왔다.

"맛이 왜 이 모양이오?"

어느 날 저녁, 료헤이가 조림을 젓가락으로 쿡쿡 찌르며 날카로운 눈으로 시노를 노려보았다. 그러다 젓가락을 집어던지더니,

"이런 음식은 먹을 수 없소. 치우시오." 이렇게 말하고 화가나서 벌떡 일어섰다. 눈이 증오로 불타올랐으며, 두 주먹이 떨고있었다.

"나는 지금까지……, 음식투정은 한 적이 없었소." 그가 헐떡이는 듯한 목소리로 말했다. "—어떤 음식이든 대부분 말없이 먹었소. 그런데 요즘 당신이 차려오는 음식은 대체 뭐란 말이오. 이런 것을 먹일 만큼 나를 경멸하고 있단 말이오?"

경멸이라는 말에 시노는 얼굴을 들었다. 료헤이는 그 얼굴을 위에서부터 무시무시할 정도의 눈으로 뚫어져라 노려보며 무슨 말인가 하려는 듯하다가 그대로 자신의 방으로 가버렸다. ……시노는 가만히 앉아 있었다. 신기하게도 속이 후련한 듯한, 복수라도 한 듯한 일종의 아릿한 감정이 솟아올라 자신도 모르게 미소까지 떠올랐다.

—적어도 조금 전의 태도는 진심이었어.

시노는 이렇게 생각했고, 또 도모야는 어떤 경우에라도 진심으로 행동했다는 사실을 떠올렸다. ……그날 늦은 밤의 일이었는데, 침소에서 료헤이는 시노에게 사과했다. 감정적으로 행동

해서 미안하다는 것이었다.

"성 안에서 까다로운 문제가 일어났소. 마음이 조금도 차분해지질 않고 초조한 생각이 들어서 나도 모르게 그런 말을 한 것이오. 하지만……, 아니, 미안했소. 잊어주기 바라오."

료헤이는 시노 쪽으로 손을 내밀었다. 그러나 시노는 말없이 반대쪽으로 돌아누웠다.

가미무라와의 혼담은 구니가로인 이마키의 입에서 나온 것이었다. 그때 시노는 왜 거절하지 못했던 것인지, 아직 살아계시던 아버지도 어머니도 오빠도 강요는 하지 않았다. 그런데도 시노는 승낙을 해버리고 말았다. ……아오이가와 강변에서 있었던 그날 밤의 일이 시노에게는 죄를 지은 것처럼 느껴졌다. 그때 느꼈던 전율과도 같은 한순간의 커다란 기쁨의 감각은 남몰래 숨겨야 할 것, 부도덕한 것, 받아들여서는 안 될 것, 부끄러워해야 할 것인 양 여겨졌다. 아마도 그러한 의식이 가미무라와의 혼담을 승낙하게 만든 것이리라. 승낙을 하고 난 뒤에는, 오랜 세월의 정신적 긴장감에서 해방된 것처럼 고요한 마음의 평안을 분명히 느낄 수 있었다.

동생만은 가미무라와의 결혼을 반대했다. 물론 누구도 신경 쓰지 않았다. 동생은 시노가 가미무라와 결혼한 뒤에도 반대의 뜻을 굽히지 않은 듯, 뻔질나게 찾아오면서도 료헤이와는 조금도 친해지려 하지 않았다.

―형부의 눈은 세상을 선과 악, 2개로밖에 구별할 줄 모르는

눈이야. 기쁨도 슬픔도 모르는, 남을 용서할 줄도 사랑할 줄도
모르는, 차갑고 돌멩이 같은 눈이야.

후미요는 종종 정색을 하며 이렇게 말했다.

—형부를 보면 내가 다 오싹해져. 얼어붙은 돌이라도 만진
것처럼 오싹하게 한기가 돌아.

시노는 웃으며 흘려듣거나 아주 가볍게 타박하는 정도로 대
응했다. 자신의 마음을 들키지 않기 위해서 너는 아무것도 모른
다는 식의 태도를 취해왔다. 그리고 심지어는 결혼의 행복과
불행에 대해서 타이르는 듯한 말까지 해버렸다. 그에 대해서
동생은 단 한마디로 대답했다.

—가엾은 언니.

꽤 많은 날이 지난 뒤에도 그것을 생각하면 시노는 소름이
돋았다. 몸을 움츠리고 눈을 꼭 감고 숨이 막혀 헐떡이곤 했다.

11월이 되자 료헤이는 성 안에서 묵는 날이 많아졌다. 관아의
일이 바쁘기 때문이라고 했는데, —그것은 '까다로운 일이 일어
났소'라고 말한 일과 관계가 있는 것인 듯했다. —때로는 네다
섯 명의 동료를 데리고 와 자신의 방에서 밤을 새우는 경우도
있었다.

손님 3명과 함께 묵고 난 아침의 일이었다. 아직 어둑어둑할
때 아침을 달라고 하더니 그것을 먹고 나자 료헤이도 손님들과
함께 집을 나섰다. 그 후, 남편의 방을 청소하다가 한 묶음의
서류를 발견했다. ……지금까지 그런 일은 결코 없었다. 특히

공무와 관련된 물건은 조심스럽게 다루었기에 책상 위에 꺼내놓은 적조차 없었는데 그것은 책상 너머에 떨어져 있었으며, 서둘러 나가느라 잊은 것인 듯했다. 그대로 책상 위에 올려놓으려 하다 시노는 별 생각 없이 그것을 넘겨보았다.

그것은 종이 대여섯 장을 묶어놓은 서류였는데, 죄목을 적은 것이리라. 사람의 이름에 몇 줄인가의 죄상을 덧붙인 것이 늘어서 있고 그 죄목 위에 '사(死)', '추(追)', '영(永)[4]' 등의 글자가 적혀 있었다. '사'라는 글자는 빨간색이었다.

4

시노는 아아 하고 탄식했다. 그 가운데 도모야의 이름이 있었다. 우마마와리소시하이조야쿠[5] 420석 10인 부치[6] 니시하라 도모야. 그리고 그 위에 '사'라고 빨갛게 적혀 있었는데, 먹으로 2번이나 지운 것은 다른 죄를 추가로 조사한 때문인 듯했다. 죄목은 아주 간단하게—, 이마키 구니가로를 비롯한 중신 수명을 암살하려 한 주모자, 라고 기록되어 있었다.

더없이 끔찍한 것을 보기라도 한 사람처럼 시노는 그것을 책상 위로 던졌다. 그랬다가 곧 그것을 다시 책상 너머로 처음처

---

4) 사는 사형, 추는 추방, 영은 다른 집안(지방)에 신병을 인도하여 영원히 본가로는 돌아오지 못하게 하는 형벌을 말한다.
5) 馬廻総支配助役. 에도 시대의 관직.
6) 扶持. 녹봉의 양.

럼 떨어뜨렸다. 바로 그때, 마루를 달리듯 하여 료헤이가 허겁지겁 돌아왔다. 위험한 한순간이었다. 시노가 빗자루를 든 것과 거의 동시에 료헤이가 들어와 방 안을 둘러보았다.

"여기에 서류가 없었는가?"

그가 날카로운 눈으로 시노를 보았다. 시노는 스스로도 놀랄 만큼 차분하게,

"뭐, 놓고 가신 것이라도 있으신가요?"

이렇게 말하며 조용히 주위를 둘러보았다. 료헤이는 당황한 듯 책상 옆으로 가서 서랍을 열어보기도 하고 서류상자를 뒤지기도 하다가 마침내 책상 뒤에 있는 것을 찾아내 그것을 집더니 마음이 놓인다는 표정으로 품속에 넣었다.

"오늘은 성에서 잘 것이오."

이렇게 말한 료헤이는 무슨 말인가를 더 하려다 머리를 흔들고 서둘러 밖으로 나갔다.

시노는 점심도 목구멍으로 넘어가지 않았다. 도모야가 갇혔다는 소식을 전한 날 이후로도 동생은 평소와 다름없이 사오일에 한 번은 얼굴을 내밀었으나 도모야에 대해서는 한마디도 하지 않았다. 물론 시노가 먼저 물을 수도 없는 일이었다. 아직 감옥에 있는 건지, 아니면 나온 건지. 어떤 죄로 그렇게 된 것인지. 아무것도 알 수 없었다. 어쩌면 동생이 자신의 마음을 시험해보기 위해서 근거 없는 말을 한 건 아닐까 생각하기까지 했었다.

—그런데 중신암살의 주모자, ……게다가 그 죄는 사죄(死罪)라니.

아무런 이유도 없이 암살을 계획하지는 않았으리라. 어떤 이유로 그와 같은 일을 계획한 것일까? 당시의 정치는 말할 필요도 없이 전제였기에 당국자 외에 그것을 비난하는 일은 용납되지 않았다. 특히 여인들은—예외가 없지는 않았지만— 거의 엿보는 일조차 불가능했다. 따라서 시노도 한의 정치정세 따위에는 완전히 어두웠기에, 거기에 어떤 사정이 숨어 있는 것인지, 그것이 있을 수 있는 일인지조차 짐작이 가지 않았다.

"—어떻게든 하지 않으면 안 돼."

그날 밤새도록 침소에서 몸을 뒤척이며 시노는 혼잣말을 했다.

"—도모야 나리에게 사형이 내려질 거야. 도모야 나리가……. 아니, 그럴 수 없어. 그분을 죽게 할 수는 없어. 어떻게 해서든 구해야 해. —어떻게든 방법을 강구해서……. 하지만 어떻게 해야 하는 거지? 어떻게 해야 목숨을 건질 수 있을까?"

시노는 친정오빠와 상의를 해볼까 싶었다. 날이 밝으면 찾아가보리라 결심했으나, 오빠도 요직에 있으니 그러한 커다란 사건을 모를 리 없었다. 도움을 줄 수 있는 일이었다면 벌써 조치를 취했을 것이다. 그렇다면 오빠의 힘으로는 그것이 불가능하거나, 실제로 도모야의 계획이 죽음에 해당하는 것이거나, 틀림없이 둘 중 하나리라.

"─오빠는 안 돼. 오빠는……. 그렇다면 다른 방법은 또 뭐가 있을까?"

구니가로인 이마키 사이베에. 아버지의 숙부로 주로인 구로베 부다유(黒部武太夫), 어머니의 숙부로 구니가로의 비서인 마쓰시마 게키(松島外記). ……부탁할 수 있을 만한 사람은 전부 떠올려보았다. 그러다 결국에는, '나는 가미무라 료헤이의 아내다.'라는 사실과 맞부딪혔다.

"─맞아. 나는 오메쓰케인 가미무라 료헤이의 아내였지. 나는 아무것도 할 수 없어. 설령 방법이 있다 할지라도 가미무라의 아내인 내가 다른 남자를 위해서 무엇인가를 한다는 것은 용납될 수 없는 일이야. 세상도 사람들도 용납하지 않을 거야."

새벽녘의 빛이 희붐하게 비치는 창을 올려다보며 시노는 혼자서 절망의 탄식을 올렸다.

이튿날 오후, 남편이 오늘 밤에도 돌아오지 못할 것이라고 성에서 사람을 보냈다. 이에 시노는 유모에게 고노스케를 안게 해서 아주 오랜만에 친정인 스미카와로 갔다. 뭔가 사정을 알 수 있지 않을까 생각했으나 어머니도, 새언니도, 동생도 그 일에 대해서는 아무것도 몰랐다.

"뭐가 뭔지도 모를 어려운 말만 하고, 어지러운 분쟁만 일으키고, 남자들은 왜 그러는지 모르겠구나, 고노스케."

어머니는 고노스케를 안고 어르며 아주 한가롭게 이런 말을 했다.

"시끄러운 분쟁이나 싸움이 없는 조용한 세상이 언제나 찾아올지. 아주 똑똑한 사람들이 모여서 늘 무엇인가를 하고 있는 것 같기는 한데. 얘, 고노스케야, 네가 어른이 되면 좀 더 조용하고 살기 좋은 세상을 만들어주렴."

시노는 도모야가 사형에 처해질 것이라는 사실을 말해버릴까도 싶었다. 그러나 말한다 한들 그녀들이 어떻게 할 수 있는 것도 아니었다. 게다가 자신이 본 서류가 판결문인지 아닌지도 분명하게 단언할 수 없었다. 그랬기에 결국은 아무 말도 하지 않고 2시간쯤 있다가 집으로 돌아왔다.

성에서 묵겠다고 사람을 보내왔던 남편이 그날 밤 10시 무렵에 갑자기 집으로 왔다.

"용무가 의외로 일찍 끝났소."

료헤이답지 않게 이런 말을 했다. 술을 마신 듯했는데, 그 때문인지, 혹은 다른 이유가 있어서인지 전에 없이 밝은 얼굴로 잠든 고노스케를 보러 가기도 했다.

이튿날에는 오후부터 손님 6명이 와서 밤이 들 때까지 떠들썩하게 술을 마셨다.

—일이 대충 마무리 지어진 모양이군.

술자리에서 들려오는 들뜬 목소리가 그 사실을 분명히 말해주고 있었다. 료헤이가 '까다로운 문제'라고 말했던 일이리라. 동시에 그것은 도모야와 관련된 일일지도 몰랐다. 그 서류에 나란히 적혀 있던 사람들의 죄가 결정된 것일까? 도모야는 역

시 사형에 처해지는 것일까? ……시중을 들며 눈으로 귀로, 온
갖 신경으로 그것을 알아내려 했다. 그러나 그들은 주의 깊게
공무에 관한 이야기는 하지 않았기에 아무것도 알아낼 수가
없었다.

성 안의 집무실로 오가는 료헤이의 모습이 평상시로 되돌아
왔다.

미간의 주름이 펴지고, 자기 전에 술—그는 혼자서는 반주를
하지 않았다—을 마실 때면 웃음조차 보이는 경우도 있었다.
이런 날들이 7일쯤 지난 어느 날 밤, 저물녘부터 비가 내리기
시작했는데 평소와 다름없는 시간에 차를 들고 갔더니,

"요즘 고노스케는 어떻소?"

남편이 평소와는 달리 이렇게 말을 해왔다. 이런 일은 처음이
었다. 시노는 자리에 앉았다.

"역시 고노스케가 곁에 없으면 외롭소?"

"아니요, 이젠 익숙해져서."

"익숙해져서, 흠……, 익숙해졌다."

료헤이는 빗소리에 귀를 기울이듯 입을 다물었다. 그리고 창
쪽에 시선을 둔 채 두 손의 깍지를 껴서 화로 위로 가져가 불을
쬐며 속삭이듯 작은 목소리로 혼잣말처럼 중얼거렸다.

"아이는 나와 당신의 피를 동시에 물려받았소. 처음부터 나
의 아들이자, 당신의 아들이었소 ……하지만 당신과 나는 원래
타인이었소 ……당신이 무엇을 바라고 무엇을 생각하는지, 내

가 그 밑바닥까지 알 수는 없소. ……그래서는 견딜 수가 없었소. 부부인 이상 서로의 마음 깊은 곳까지 알고 싶었소. 그를 위해서는 두 사람만의 밀접한 시간이 필요했소. 특히 나는 이런 성격이기에, 스스로가 납득할 수 있을 때까지는 마음을 놓을 수가 없었소. ……깊고 깊은 속까지 알고 싶었고 몸과 마음 모두를 나의 아내로 삼고 싶었소. 그래서 아이도 당신에게서 떼어놓은 것이오."

시노는 고개를 숙인 채 말이 없었다. 꽤나 이기적이라고 생각했다. 어머니에게서 아이를 떼어놓으면서까지 아내를 자신의 곁에 두어 껍데기만 밀접하게 지내면 마음까지 그처럼 되리라 생각했던 걸까? 그렇게 해서 자신만 납득할 수 있다면 떨어져 지내는 아들과 어머니는 어떻게 돼도 상관없다는 말일까? 부부는 아이를 통해서만 비로소 밀접하게 연결될 수 있는 것 아닐까? 이렇게 생각하며, 그러나 시노는 아무런 말도 하지 않았다.

"당신은 내게 불만을 품고 있을지도 모르겠소. 나는 신분이 낮은 집안에서 태어났소. 꽤나 어렵고 가난하게 자랐소. 평소 생활 속에서도 당신의 눈에는 경멸하고 싶을 만큼 꼴사납게 보인 일도 적지 않았을 것이오. 그건 나도 잘 알고 있소."

"―." 시노는 깜짝 놀라 눈을 들었다.

"하지만 나도 이대로 있지는 않을 것이오. 여기까지 오기 위해서는 모든 것을 버리지 않을 수 없었소, 모든 것을……. 사람답게 보일 만큼 출세하기 위해서는……. 마침내 그 시간이 찾아왔소. 앞으로는 얼마간 안정된 삶을 살 수 있을 것이오. 나도 얼마간 그런 쪽으로 교양을 쌓아서 당신에게도 경멸받지 않을 만한 사람이……."

료헤이는 여기서 말을 끊었다. 서둘러 마루를 달려오는 소리가 들렸다. 그것이 방 문 앞에서 멈추더니 옥리가 사람을 보내왔다고 전했다.

"—옥리가 사람을?"

료헤이는 고개를 갸웃거렸다.

"급한 일이니 현관까지 나와주시길 바란답니다."

그리로 가겠네, 라고 말하며 료헤이는 자리에서 일어났다. 다른 생각이 있는 것은 아니었다. 일종의 직감과도 같은 것에 이끌려 시노는 그의 뒤를 따라가 현관 옆의 장지문 뒤에 몸을 숨겼다.

"—뭐, 파옥(破獄). 옥을 부수었단 말인가?"

깜짝 놀란 듯한 남편의 목소리가 들려왔다.

"—옥을 지키는 자 가운데 내통한 자가 있었던 모양입니다. 다쓰미구치(巽口)에서 3명을 잡았으나 나머지는……. 성의 뒷문으로 빠져나간 듯……. 문에는 사람을 배로 늘렸고……. 마치 부교[7]에 속한 자들도."

이렇게 말하는 사자의 목소리도 차분하지 못했다. 시노는 발

---

7) 町奉行. 영내 도시부의 행정 · 사법을 담당하던 관직.

소리를 죽여 그곳에서 벗어나 남편의 방으로 돌아가 앉았다.

　―파옥, ―도모야 나리일까?

　감옥은 성 밖에도 있었다. 서민을 가두는 곳으로 사격장과 마장의 북쪽, 형장(刑場)의 숲속에 있었다. 성 안에 있는 것은 사무라이만을 가두는 곳인데 어디서 파옥이 있었던 것인지? ……시노는 무엇을 빌겠다는 생각도 없이 기도하는 마음으로 가만히 고개를 숙이며 눈을 감았다. 료헤이는 곧 돌아왔다. 그리고 선 채로 다급하게 말했다.

　"일이 있어서 나가봐야겠소 오늘 밤에는 돌아오지 못할지도 모르겠소"

5

　남편의 채비를 갖춰주고 배웅을 하고 나서 하인들을 방으로 돌려보낸 뒤, 자신도 일단은 침소에 들었다. 그러나 잠이 올 것 같지 않았으며 어쩌면 남편이 돌아올지도 모르겠다는 생각이 들어 다시 거실로 나가 불을 피우고 차를 짙게 타서 바느질감을 가지고 자리에 앉았다.

　―당신은 내게 불만을 품고 있을지도 모르겠소 나는 신분이 낮은 집안에서 태어났소 ……경멸하고 싶을 만큼 꼴사납게 보인 일도 적지 않았을 것이오.

　남편의 말이 떠올랐다. 경멸이라는 말은 전에도 한 적이 있었다. 오늘 밤에는 2번, 마지막에 말이 끊기고 말았지만, 당신에게도 경멸받지 않을 만한 사람이, 라고 말했다. ……시노는 남편을 사랑할 수 없었다. 그것이 심해져 미워하게까지 되었다. 그러나 '경멸'이라는 것은 꿈에서조차 느껴본 적이 없었다.

"—왜 그런 착각을 하게 된 걸까? 나의 어떤 점이 그렇게 보였던 걸까?"

시노는 바느질하던 손을 무릎 위에 올려놓고 지금까지 남편과 함께 했던 날들을 떠올려보려 했다.

그때였다. 바로 옆 툇마루의 바깥쪽 덧문을 손가락으로 가만히 두드리는 소리가 들리더니 자신의 이름을 부르는 듯한 목소리가 들려왔다. ……처음에는 바람이 덧문을 흔들고 눈이 속삭이는 소리라고 생각했다. 그러나 곧 시노 씨, 라고 부르는 낮은 속삭임이 분명하게 들려왔기에 등에 찬물을 끼얹은 것 같은 오싹함을 느끼면서도 시노는 허겁지겁 일어나 마루로 나가고 있었다.

"—시노 씨, 시노 씨."

목소리는 덧문 바로 바깥에서 들려오고 있었다.

"—도모야입니다. 문 좀 열어주세요, 시노 씨."

시노는 부들부들 떨었다. 열어서는 안 된다고 생각하면서도 거의 무의식적으로 손은 덧문을 열고 있었다. 벌써 눈이 쌓이기 시작해서 희미하게 밝아진 정원으로 사람의 그림자가 보였으며, 덧문이 열리자 달라붙듯 다가왔다.

"—숨겨주세요. 저를 위해서가 아닙니다. 한 전체를 위해서 이대로 죽을 수는 없습니다. 당신이 무사의 딸이라면 이해할 수 있을 겁니다. 부탁입니다."

그가 도모야라는 사실을 분명하게 깨닫기도 전부터 시노는 그를 안으로 들이고 덧문을 닫았다.

"정원에 발자국이 남아 있지 않나요?"

"괜찮습니다. 눈이 지워주었습니다."

"그대로 따라오세요."

도모야는 맨발이었다. 대충 닦기만 하고 안으로 들어서자 시노가 자신의 거실로 데리고 갔고, 물건을 쌓아두는 광의 문을 열어 안으로 들어가게 했다.

"여기는 저 외에 다른 사람은 절대로 오지 않아요. 지금 바로 따뜻한 음식을 가져올게요. ……저기 전에 쓰던 이불이 있으니 편히 쉬고 계세요."

시노는 문을 닫고 밖으로 나가, 마루에서부터 방의 다다미까지 세심하게 살펴보았다.

—남편은 찾아내고 말 거야.

더러워진 곳을 세심하게 닦으며, 머리의 어딘가에서 들려오는 경고를 들었다. 남편은 틀림없이 찾아내고 말 거야. 그 냉혹하고 빈틈없는 눈에서 벗어날 수는 없어.

—틀림없이 찾아내고 말 거야.

시노는 목에 딱딱한 것이 걸린 듯한 느낌이었으며, 침을 삼키려다 구역질을 할 뻔했다.

난로가 있는 방에서 야채 등을 넣어 죽을 끓이고 있자니 고노스케가 칭얼대는 소리가 들려왔고, 뒤이어 유모가 아이를 안고 화장실로 가는 소리가 들려왔다. 그 뒤에는 다시 쥐 죽은 듯 고요했다. ……다행인 것은 아이와 떨어져서 생활한다는 점이었다. 고노스케와 유모는 마루를 갈고랑이 모양으로 꺾어져 5개쯤 떨어진 방에 있었다. 남편의 뜻에 따라서 하인들도 훨씬 떨어진 곳에 있었다.

—하지만 남편은 찾아내고 말 거야.

완성된 야채죽을 들고 시노는 방에 딸린 광으로 갔다. 도모야는 누워 있었던 모양이었다. 벌떡 일어서자 때에 전 머리와 몸에서 이상한 냄새가 났다.

"일부러 이 집으로 온 겁니다, 달아날 구멍이 전부 막혀버려서. 오메쓰케의 집이라면 안전하리라 생각하여 역으로 호랑이 굴을 택한 겁니다."

도모야는 어둠 속에서 숟가락을 쥐었다. 거실에서 비춰드는 불빛에 그의 모습이 희미하게 보였다. 머리카락도 헝클어져 있었으며 수염도 자라 있었다. 뺨이 창백하게 부어올라 얼굴이 완전히 바뀌어 있었다. —그는 굶주렸던 것이리라. 뜨거워서 얼굴을 일그러뜨리며 야채죽을 먹었고, 시노는 보지도 않은 채 낮은 목소리로 조급한 듯 말했다.

암살계획이 아니다, 이마키 구니가로와 심복인 중신 몇 명이

아오이가와 강의 개수공사를 둘러싸고 상당히 대대적으로 부정을 저질렀다, 그 외에 연공(年貢)을 거둘 때도 대지주들과 거듭 부정을 저질렀다, 그것을 적발하여 정치적 숙정을 꾀하고 있었는데 어디서 새어나간 것인지 그들이 선수를 쳐서 암살계획을 꾸민 것이라고 호도한 것이다, 라고 말했다.

"이렇게 된 이상 맞서 싸울 수밖에 없습니다. 오히려 잘된 일일지도 모르겠습니다. 여기에 조사한 내용을 적은 문서가 있으니." 도모야가 복대라 여겨지는 부분을 두드리고 빙그레 웃으며 말했다. "─경계가 느슨해지면 탈출하여 에도로 갈 겁니다. 폐를 끼치게 됐습니다만 우리 한을 위한 일이니 부탁하겠습니다."

그리고 처음으로 시노를 향해 눈을 들었다.

6

3일 정도 남편은 집에 돌아오지 않았다.

시노는 필요할 때면 고노스케를 데리고 와 자신의 거실에서 놀게 했다. 그러한 때에 료헤이가 갑자기 돌아오곤 했으나 그는 특별히 이렇다 할 말도 하지 않고 밥을 먹거나 옷을 갈아입은 다음 바로 다시 나갔다. ……동생이 온 것은 닷새째 되는 날이었다. 와서 자리에 앉자마자 후미요는 아주 커다란 사건을 전하기라도 하듯 파옥에 대해서 이야기했다.

"감옥을 부순 건 7명이래요. 3명은 어딘가의 문에서 잡혔고, 다른 1명은 대교 부근에서, 그리고 가도의 입구에서 1명, 그러니까 5명은 잡혔지만 도모야 나리하고 다른 1명은 달아난 듯해요."

"—하지만 그 사람이, 달아난 사람이 도모야 나리라는 걸 어떻게 알았지?"

"니시하라 댁을 관리들이 지키고 있대요. 5명이나 되는 사람들이 밤낮으로 감시를 하고 있다던데요. 하지만 걱정할 것 없어요. 벌써 닷새나 지났으니."

"—어째서 그런 일을 벌이신 걸까? 어떤 나쁜 일을 하신 걸까?"

"뭔가 이유가 있을 거예요. 그분이 나쁜 일을 하실 리가 없잖아요." 후미요는 화난 사람처럼 이렇게 말하고 어깨를 흔들었다. 도모야는 여기에 있다고 말하고 싶은 마음이 굴뚝같았으나 아직 그럴 때가 아니라고 생각했기에 끝까지 모르는 척했다.

일주일쯤 지나자 남편은 다시 평상시처럼 근무하기 시작했다. 틀림없이 수사를 중단한 것이리라. 신경이 날카로워져 초조한 얼굴빛이었으며, 입맛도 없는 모양이었고, 사소한 일에도 놀랄 만큼 화를 내며 소리를 질렀다. ……도모야에게는 하루에 3번 야채죽을 가져다주었고 밤이면 요강을 비워주었다. 별것 아닌 듯하지만 사람들이 드나드는 빈틈을 이용해서 하는 일이었기에 끊임없이 긴장하고 있어야 할 뿐만 아니라 '들키기라도 한다면—'하는 공포가 늘 따라다녔기에 마음 편히 잘 수 없는 날들이 계속되어 시노는 몸도 마음도 지쳐 있었다.

어느 날 밤, 기온이 높고 비가 내리는 1시쯤의 일이었는데 살금살금 침소에서 빠져나와 도모야의 요강을 비우고 방 안의 광 앞까지 돌아온 순간, 잠옷 차림의 남편이 거실로 들어왔다. 발소리도 내지 않고 갑작스럽게 불쑥 남편이 거기로 모습을 드러냈을 때, 시노는 앗 하고 놀라 소리를 올렸으며 종이로 감싼 요강을 든 채 그대로 얼어붙고 말았다.

"—뭘 하는 게요?"

료헤이가 번뜩이는 눈으로 시노를 보았다.

"—손에 들고 있는 건 뭐요?"

"아아, 깜짝 놀랐잖아요."

시노는 크게 숨을 몰아쉬었다. 필요 이상으로 크게 몰아쉬고, 그러나 아주 자연스럽게 미소 지으며,

"남자들은 모르는 일이에요. 저쪽으로 가주세요. 이런 곳으로 불쑥 오시다니……, 아직 이렇게 가슴이 두근거리잖아요."

이렇게 말하고 일부러 방 문을 열어놓은 채 광 안으로 들어갔다. 두 걸음이나 세 걸음만 더, 남편이 이쪽으로 온다면 도모야를 볼 수 있으리라. 기침 한 번만 해도 끝장이다. 시노는 현기증이 일어날 것만 같았다. 심장이 터질 것 같았으며 겨드랑이로 땀이 흘러내렸다.

"—잠이 깬 것 같소. 술을 마셔야겠소."

이렇게 말하고 방에서 남편이 앉는 기척이 느껴졌다. 시노는 "네."라고 대답하고 도모야에게 손을 흔들어 보인 뒤 광에서 나왔다.

　—남편이 눈치를 챘어.

　시노는 이렇게 생각했다. 이런 한밤중에 술을 마시겠다고 한 적은 한 번도 없었다. 무엇인가 눈치를 챘기에 눌러앉은 것이리라. 이렇게 생각했으나 시노는 오히려 침착했다. 어쨌든 오래 걸리지는 않으리라. 들켰을 때는 스스로 목숨을 끊으면 그만이었다. 가능하다면 도모야를 달아나게 한 뒤……. 시노는 술상을 보며 비수를 주머니에서 가만히 꺼내 바로 뽑아들 수 있도록 허리띠 사이에 끼워넣었다.

　"당신도 한 잔 드시오."

　술상을 내려놓고 자리에 앉자 료헤이는 우선 자신이 마시고 시노에게 잔을 내밀었다. 그것을 받아들었을 때, 시노의 손이 떨려왔다.

　"왜 그러시오? 심하게 떨고 있지 않소?"

　"조금 전에 놀랐기 때문이에요. 정말 재미있을 정도로 떨리네요."

　"마치 나쁜 짓이라도 들킨 사람 같군."

　"—네, 그럴지도 모르겠네요."

　시노가 애교 섞인 눈으로 남편을 보았다.

　"—무슨 일이 있어도 당신의 눈에 띄어서는 안 될 것을 보여드리고 말았으니. 하지만 갑자기 들어오신 당신께도 잘못이 있어요."

"그렇게 화를 내며 말할 정도의 일이란 말이오?"

료헤이가 입술에 미소를 지으며 시노를 보았다. 시노는 머릿속이 아득해지기 시작했다. 소리를 지르고 싶어졌다. 광의 문을 열고 한껏 소리 높여, '자, 보세요. 그분은 여기에 있어요. 제가 숨겨주었어요.'라고 절규하고 싶었다. 그것은 충동처럼 격렬했으며, 거의 자리에서 일어설 뻔했으나 그때 료헤이가 머리를 흔들고 따분하다는 듯 술잔을 들며 말했다.

"—여자는 대수롭지 않은 일에 신경을 쓰는 법이로군."

그리고 그 다음부터는 평소와 다름없이 차가운 얼굴로 말없이 마신 뒤 곧 침소로 가버렸다.

—다행이야. 눈치 채지 못했어.

온몸의 근육이 풀어진 듯한 깊은 안도감과 탈진 때문에 시노는 한동안 일어설 수도 없었다. ……그날 밤에는 오랜만에 깊은 잠을 잤다. 그 위험한 순간에도 남편에게 들키지 않았다는 사실 때문에 마음이 놓인 것이리라. 아침에도 상쾌하게 눈을 떴으며 머리가 기분 좋게 맑았고 몸에서도 힘이 넘쳐나는 듯 여겨졌다.

성으로 들어가는 남편을 배웅하고 난 뒤 시노가 광으로 식사를 가져가자, 도모야가 탈출하고 싶다고 말했다. 료헤이가 근무하는 모습을 보니 어느 정도는 경계가 느슨해진 듯하다, 그렇지 않다 할지라도 날을 너무 지체하면 계획이 어그러진다는 것이었다.

"—다쓰미구치의 문에서 잡힌 건 속임수였습니다. 3명이서 일부러 잡혀 추격자들을 붙들어둔 사이에 저희가 도망친 것인데 가지, 오이, 이와미쓰 가운데 2명이 붙잡혔다면 누가 빠져나간 것인지 알 수 없고, 혼자서는 그리 오래 기다릴 수도 없을 겁니다."

"어딘가에서 만나기로 약속을 해두셨군요."

"아오이가와 강의 하류에 있는 마키야마(蒔山) 선착장입니다. 벌써 열흘도 넘게 지났으니."

그래서 생각해낸 것이라며 도모야는 자신의 계획을 이야기했다. 그것은 비나 눈이 내리는 날에 동생에게 하인을 데리고 오게 한다, 하인의 옷과 도롱이를 한 벌 더 가지고 오게 해서 도모야가 그것을 입고 친정에 무엇인가를 가지러 가는 하인인 척하며 빠져나간다, 후미요는 날이 저물 때까지 있다가 저녁 시간이 되어 분주할 때 집으로 돌아간다는 계획이었다.

"—여러 가지로 방법을 생각해보았지만 이렇게 하는 것 외에 다른 방법은 없을 듯합니다. 후미요 씨와 상의하여 이렇게 좀 준비를 해주셨으면 합니다."

"알겠습니다. 그럼 동생을 불러서."

시노는 고개를 끄덕이고 자리에서 일어났다. 이야기를 들으면서 그것이 가장 좋은 방법이라고 생각한 것이었다. 그랬기에 동생에게 바로 사람을 보냈다.

후미요는 이만저만 놀란 것이 아니었다. 손뼉을 치며 소리를 질렀고 예의 천장을 향해 있는 코를 치켜들었으며 너무 흥분한 나머지 빨개진 얼굴로 어떻게 해야 좋을지 모르겠다는 듯 몸을 들썩였다. ……도모야가 시노의 품으로 달아났다는 사실이 무엇보다 가장 마음에 든 모양이었다. 게다가 이곳에서의 탈출을 돕는 데 자신도 한 몫 하게 되었다는 사실이 후미요에게는 자극이 강한 이야기를 읽고 있는 듯한, 가슴 두근거리는 흥미를 맛보는 듯한 느낌을 준 모양이었다.

"역시 도모야 나리는 머리가 좋아. 돌부처님의 집으로 숨어들다니, 머리가 아주 잘 돌아가고 용기를 가지고 있지 않으면 할 수 없는 일이야. 언니도 아주 잘했어요. 그런 용기를 잘도 내셨어요. 굉장해요. 저 이것으로 속이 후련해졌어요."

"조금 더 진지해질 수는 없겠니? 한 번 삐끗하면 도모야 나리도 나도 살아남지 못할 거야."

"언니, 저기……."

후미요가 무릎걸음으로 다가와 시노의 손을 잡고 간절한 눈빛으로 시노를 가만히 바라보았다.

"도모야 나리하고 상의해서 언니도 같이 달아나지 않을래요?"

"어머, 얘 좀 봐. 무슨 소리를 하는 거니?"

"난 그래야 한다고 생각해요. 난 전부터 다 알고 있었어요." 후미요의 눈에서 반짝반짝 눈물이 넘쳐나기 시작했다. "―언니가 도모야 나리를 좋아하고 있다는 사실, 도모야 나리도 언니를 좋아한다는 사실. 아니요, 숨기실 필요 없어요. 난 전부 다 알고 있었으니. 두 사람은 하나가 되지 않으면 안 돼요. 그래야만 두 사람 모두 행복해질 수 있어요. 언니, 다시 한 번 용기를 내세요. 사람은 두 번 태어날 수 없는 법이에요."

시노는 동생에게 손을 잡힌 채 눈을 감았다. 남편의 얼굴이 보였다. 냉혹한 눈이, 감정이 섞이지 않은 목소리가, 그리고 소름이 돋을 것 같은 미소가. 시노는 그 환상을 떠올리며 잠시 후 문득 한기라도 느낀 사람처럼 어깨를 움츠리고,

"고마워, 후미요. 기쁘구나."

이렇게 속삭이는 듯한 목소리로 말했다.

"사람은 두 번 다시 태어날 수 없는 법이다……, 용기를 내보도록 할게. 정말 고마워."

후미요는 눈물을 흘리며 그 젖은 뺨을 언니의 손에 문질렀고, 마치 웃는 듯한 목소리로 어깨를 떨며 흐느꼈다. ……시노는 동공이 열린 듯한 눈으로 하늘을 가만히 올려다보았다.

그로부터 사흘째 되던 날, 정오 전부터 비가 내리기 시작했다.

최근 들어 따뜻한 날이 계속되었기에 올해는 눈이 적을 듯하다는 말이 나왔으나, 그날은 전날 밤부터 기온이 뚝 떨어졌고 아침이 되자 하늘 가득 눈구름으로 뒤덮여 얼어붙은 것이 언제까지고 녹지 않았다. 냉증 때문이리라. 료헤이는 배가 아프다며

일을 쉬기로 하고 관아로 사람을 보냈다.

─오늘은 내릴 것 같은데, 어떻게 하지?

시노는 당혹스러웠으나 예상대로 11시 전부터 비가 내리기 시작했고, 정오를 지나자 상당히 강해졌으며, 그 빗속으로 동생이 찾아왔다.

7

"가미무라가 일을 쉬고 집에 있어. 어떻게 하면 좋지?" 자신의 방에 마주앉자마자 시노가 바로 말했다. "광은 침실에서 그리 멀지 않고, 가미무라는 귀가 밝으니 눈치를 채버리면 모든일이 허사야."

"무슨 일이 있어도 해야 돼요." 후미요가 망설이지 않고 말했다. "─단호히 행하면 귀신도 피한다고 했어요. 운은 하늘에 있는 법이에요."

그리고 목소리를 낮추어 물었다.

"─그 일에 대한 상의, 하셨나요?"

"응, 나중에 얘기할게."

시노는 고개를 끄덕이고 볼일이 있다는 듯 자리에서 일어났다.

마침내 결행하기로 했다. 후미요가 고노스케를 데리고 와 방과 마루에서 함께 놀기 시작한다. 그 사이에 시노는 광에 있는 도모야에게 채비를 시켜서 틈을 보아 뒷문으로 나가게 한다.

　—스미카와에 물건을 가지러 다녀오겠습니다.

이렇게 말하고 문을 빠져나가겠다는 계획이었다. 하인이 대기하는 방은 현관 옆에 있기에 뒤편으로 돌아서 나가면 문지기의 눈에 띌 위험이 컸다. 그래서 비 내리는 날을 고른 것인데 무사히 빠져나갈 수 있을지.

"당신에게는 커다란 폐를 끼쳤습니다."

채비를 마치고 도모야는 이렇게 말하며 참을 수 없다는 듯한 눈으로 시노를 보았다.

"앞으로의 일이 어떻게 될지는 잘 모르겠습니다. 어쩌면 조금 더 폐를 끼치게 될지도 모릅니다. ……하지만 믿어주시기 바랍니다. 저는 무슨 일이 있어도 이번 일을 해야만 합니다. 그리고 저의 힘이 닿는 한 당신을 불행하게는 하지 않을 생각입니다. 시노 씨……, 무슨 일이 있어도 마음 꺾이지 마시고 꿋꿋하게 기다려주시기 바랍니다."

"—일이 잘 풀리기를 기도하고 있겠습니다."

"걱정 마십시오. 틀림없이 해내겠습니다. 그럼……, 다음에는 당당하게 만나러 오도록 하겠습니다."

피할 사이도 없이 시노의 손을 잡아 그것을 힘껏 쥐고 도모야는 조용히 웃었다.

뒷문으로 그를 내보낸 뒤 시노는 시간을 가늠하여 현관으로 가서 장지문을 열고 대문 쪽을 보았다. 옆의 작은 방에서 나이

어린 가신이 무슨 일인가 보러 나왔으나 손을 흔들자 바로 방으로 들어갔다. 그때 앞뜰로 도모야가 모습을 드러냈다. 도롱이를 입고 삿갓을 깊이 눌러쓰고 몸을 웅크린 채 성큼성큼 문 쪽으로 갔다. ……시노는 숨이 막히기 시작했다. 마음속에서 합장을 하고 신께 기도했다.

도모야는 무사히 문을 빠져나갔다.

"―됐어."

방으로 돌아온 시노는 후미요에게 이렇게 말하자마자 맥이 빠져버린 듯 거기에 앉아 허탈하게 한숨을 쉬고, 낮은 목소리로 다시 한 번 망연히 중얼거렸다.

"―전부 끝났어."

후미요는 날이 저물 때까지 있었다. 비가 눈으로 바뀌었으나, 초롱을 빌려 하인에게 들리고 눈을 맞으며 집으로 돌아갔다. 사람들이 드나들었으며 시간도 지났기에 문지기는 눈치를 채지 못한 모양이었다. 특별히 의심하는 듯한 모습도 보이지 않았다.

해가 바뀌자마자 에도에서 사자가 와서 이마키 사이베에는 대기발령이라는 처분을 받았고, 차석인 와타나베 지카라(渡辺主税)가 구니가로를 대행하게 되었다. 그 방면의 사정에 대해서 시노는 물론 잘 알지 못했지만, 적어도 그것이 도모야와 관계가 없지 않다는 점만은 짐작할 수 있었다. 아마도 그는 탈출에 성공하여 에도로 들어간 것이리라. 이마키 구니가로가 대기발령 처분을 받은 것이 그 사실을 증명하는 것이라고 생각해도 좋으리라.

"축하해요, 언니. 마침내 해내고 말았어요."

동생이 찾아와 손뼉을 치며 말했다.

"혹시나 싶었는데 역시 도모야 나리였어요. 대청소가 시작될 거예요, 아주 깔끔하게. 누가 어떻게 되고 누가 어떻게 될지는 모르겠지만 어쨌든 새로운 바람이 불 거예요. 언니, 용기를 내세요 ……저는 무슨 일이든 해서 힘을 보탤 생각이니. 이번에야말로 진짜 언니답게 살 기회예요."

"이젠 걱정하지 않아도 된다. 벌써 용기를 내고 있으니."

"꼭이에요. 약속이에요. 이걸로 나의 꿈도 이루어졌어요."

후미요는 사흘이 멀다 하고 찾아와서 여러 가지 정보를 들려주었다. 에도에서 두 번째, 세 번째 사자가 찾아와 로쇼쿠[8] 가운데 사도 고자에몬과 누마노 마타조가 자택 근신, 힛토토시요리(筆頭年寄)인 고바야시 미치노스케가 근신 처분을 받았다. 그리고 어머니의 숙부인 마쓰시마 게키가 힛토토시요리를 대행했으며, 친정오빠가 구니가로의 비서직을 맡게 되었다고 한다. ……이처럼 어수선한 변동 속에서 료스케는 점점 차분함을 잃어가고 있었다. 처음에는 손님도 많았으며 밤이 깊을 때까지 밀담을 나누기도 하고, 또 료스케가 저녁에 나갔다가 한밤중에

---

8) 老職. 에도 시대에 한슈(藩主, 한의 우두머리)를 도와 한의 정치를 행하던 중신. 구니가로, 주로 등.

돌아오는 일도 종종 있었다. 그러던 것이 뚝 끊겨서 손님도 오지 않고 외출도 하지 않게 되자 눈에 띄게 기력이 쇠했으며 침울한 느낌을 주었다.

"—어두워질 거야. 아득하게 어두워질 거야."

이런 혼잣말을 중얼거리기도 하고 벽을 가만히 바라보며 한숨짓기도 했다.

한슈인 야마토노카미 사다아키(大和守定昭)가 돌아온 것은 2월 하순이었다. 그로부터 며칠 뒤 료헤이는 한슈의 부름을 받고 성으로 들어갔다가 그대로 집에 돌아오지 못했다. 동생의 보고에 의하면 성 안의 감옥에 갇혔다고 하는데, 료헤이 외에도 하라다 이치노조라는 연공징수 담당자, 군의 정무를 담당하던 가와구치 다이스케, 사카모토 가스에몬 등 대여섯 명이 감옥에 갇혔다고 했다.

판결 내용은 알고 싶지도 않았다. 가미무라의 집은 문을 닫아야 했으며 감시자가 붙었고, 유모와 하녀 1명을 남겨두고는 가신도 하인도 전부 내보내야 했다. 뒷문을 통해서 동생이 가끔 올 뿐이었다. 그것도 암암리에 허락받은 일이었기에 오래 머물수는 없었다. 해야 할 이야기를 마치고 나면 바로 돌아갔다.

"—언니, 놀라운 소식이에요."

어느 날, 후미요가 숨을 헐떡이며 찾아와서 말했다.

"—도모야 나리가 오메쓰케에 취임하셨대요. 어제 명령이 떨어졌나봐요."

"그게……, 뭐가 놀랍다는 거니?"

"—어머, 언니는 이 소식이 아무렇지도 않게 들린단 말이에요? 도모야 나리가 오메쓰케가 되셨다고요."

그때 시노의 머릿속에서는 쓸쓸하게 중얼거리는 소리가 들려왔다.

—아득하게 어두워질 거야.

후미요가 돌아간 뒤에도 그 목소리는 무엇인가를 호소하듯 언제까지고 머릿속에서 중얼거렸다. 그 이튿날의 일이었는데, 거의 공공연하게 도모야가 찾아왔다. 시노는 유모를 내보내 몸이 영 좋지 않다며 만나기를 거부했다. 그는 사흘쯤 뒤에 다시 찾아왔으나 그때도 유모를 대신 내보내, —남편의 죄가 정해질 때까지는 아무도 만나지 않겠다는 뜻을 전하게 했다. 도모야는 그것으로 시노의 마음을 짐작한 것이리라.

"그대의 진력으로 한의 개혁을 이룰 수 있었습니다. 그 은혜는 나 한 사람만의 것이 아니라 한 전체를 구한 것이라고 할 수 있습니다. 모자 두 사람은 무슨 일이 있어도 보살펴줄 테니 몸을 소중히 여기고 마음 굳게 먹었으면 합니다."

이런 내용의 말을 남긴 채 돌아갔다.

료헤이에게서 이혼장이 온 것은 3월 중순의 일이었다. 요코메에서 관원이 왔고 료헤이의 먼 친척 3명이 함께 와서 재산 목록을 만들었는데, 시노의 물건은 전부 별개로 취급했다. …… 이혼장은 작년 12월 날짜로 되어 있었는데, 그것은 료헤이에게

중한 죄가 있다고 판단될 경우 시노에게 누가 되지 않도록 하기 위한 고려로, 료헤이 자신의 뜻인지 누군가 그렇게 할 것을 권한 사람이 있었던 것인지, 그것은 알 길이 없었다.

시노는 고노스케와 유모인 스기를 데리고 친정으로 돌아갔다. 고노스케가 따르고 있었기에 스기를 떼어놓을 수 없었던 것이다. 시노가 안아도 바로 유모에게로 가고 싶어 했으며 밤에는 유모가 곁에 없으면 잠을 자지 못했다.

"어머니는 나약하게 키운다고? 이걸 좀 봐라."

어머니가 답답하다는 듯 말했다.

"스기를 내보내고 처음부터 다시 시작하지 않으면 안 된다. 너희들은 어렸을 때부터 혼자서 잤는데, 저렇게 붙어 있어서는 마음 약한 아이가 되고 건강하게 자라지 못할 게다."

"네, 그렇게 생각하기는 하지만."

시노가 외로운 듯 웃으며 대답했다.

"곧 그렇게 하도록 할게요. 제가 조금만 더 기운을 회복하면……."

그러나 적극적으로 어머니의 말에 따를 듯한 모습은 보이지 않았다. 예전에 자신이 쓰던 방은 새언니가 쓰고 있었기에 별채에서 혼자 묵었다. 오빠 부부도 어머니도 동생도 시노의 마음을 달래주기 위해서 신사나 절에 참배를 가기도 하고 들놀이를 나가기도 하고 시간이 있으면 모여서 그림맞추기나 주사위놀이 등을 하기도 했다. 시노는 애써 거부하지는 않았으나 집 밖으로는 나가지 않으려 했으며 놀이도 피곤해졌다며 금방 자리에서 일어서려 했다.

"이제 너하고는 아무런 상관도 없는 사람이니 가미무라에 대해서는 전부 잊고 앞으로 행복해지겠다고 생각하지 않으면 안 된다. 너는 아직 젊으니."

"그렇게 생각하고 있어요. 하지만……, 그렇게 빨리 마음이 변하지는 않는 법이에요."

시노가 역시 조용하게 웃으며 대답했다.

"조금만 더 그냥 내버려두세요. 점점 마음이 가라앉을 테니. 금방 기운을 되찾을 거예요, ……아직 젊으니까."

5월, 6월이 지나는 동안 시노는 점차 밝아지기 시작했으며 화장도 하게 되었다. 하루 종일 본채에 머물며 부엌에서 식칼을 쥐기도 하고 어머니와 새언니와 동생과 함께 웃음소리를 올리며 이야기에 빠져들기도 했다. ……도모야는 한 번도 찾아오지 않았으며 집안사람들 사이에서 도모야의 이야기가 나오는 적도 없었다. 그러나 뒤에서는 두 집안 사이에서 교섭이 진행되고 있는 듯했다. 그런 사실이 후미요의 입을 통해서 종종 드러났다.

"저 승낙해주었어요, 언니."

8월에 접어든 어느 날 밤, 별채에 있는 시노의 방으로 와서 후미요가 예의 코를 치켜들고 말했다.

"몇 번을 거절해도 듣질 않아서요. 열심히 매달리기도 하고, 언니도 행복해질 거고, 지금이 못 이기는 척 넘어가줄 때다 싶었어요."

"상대는 언젠가 이야기가 있었던 분?"

"네, 다케이라는 사람이에요. 이름이 부에몬(武右衛門)이라고 하기에 전 그게 싫었던 거예요." 후미요가 입술을 일그러뜨리고 묘한 목소리로 말했다. "—다케이 부에몬이에요. 네, 부에몬이요."

그리고 혼자서 웃음을 터뜨리더니 배를 움켜쥐고 몸부림치며 자지러지게 웃었다.

이마키 사이베에 등의 죄가 결정된 것은 그해 12월 하순이었다. 이 사건은 의외로 대대적인 것이어서 호농 가운데서도 몇 명인가의 죄인이 나왔으며, 이마키 사이베에는 할복, 중신 가운데 2명은 신분 박탈, 3명은 근신, 그 외에 7명은 추방, 그리고 다른 지방에서의 근신, 감봉, 폐문 등 전부해서 20명이 처분을 받았다. ……중신에 대한 처벌은 막부의 인가를 얻어야만 했다. 야마토노카미는 그를 위해 막부에 요청을 하고, 정해진 날짜보다 한 달 빨리 신년 축하모임을 마친 뒤 곧 에도로 향했다.

8

3월 5일에 판결이 공표되었다.

가미무라 료헤이는 추방이 결정되어 이틀 후인 3월 7일에 관문을 나가야만 했다. 그 전날 밤, 후미요가 별채로 가보니 시노는 남자용과 여자용 여행복을 꺼내놓고, 여러 가지 잡다한 물건들을 싸고 있는 중이었다.

"뭘 하는 거예요, 언니. 도와드릴까요?"

"고마워. 이제 다 끝났어."

"이렇게 여행 채비를 하시다니, 마치 어딘가로 떠나는 사람 같잖아요."

"사실이 그런걸." 시노가 꾸러미를 옆에 놓고 동생을 바라보며 미소 지었다. "—내일 날이 밝기 전에 나서지 않으면 안 되잖니. 오늘 밤에 이렇게 해두지 않으면 늦을 거야."

"언니도 참, 무슨 소리를 하는 거예요?"

후미요는 웃으려다가 갑자기 낯빛을 슥 바꾸었다. 언니의 조용한 표정과 차분한 미소와 마음을 정한 듯한 태도와……. 후미요는 놀라 짧은 외침과 함께 어머니를 부르러 방을 나서려 했다. 시노가 그녀를 제지하며 조그만 목소리로 어머니에게는 말하지 말라고 했다.

"어머니에게도, 그 누구에게도 말하고 싶지 않아. 너만 알아주었으면 하는 것이 있어."

"언니……, 떠날 생각이군요."

"응, 떠날 거야. 가미무라와 함께."

시노가 무릎 위에 두 손을 겹쳐놓고 시선을 내리깐 채 차분한 목소리로 말했다.

"언젠가 네가 말했었지? 나는 행복하지 않다고. —맞는 말이

었어. 가미무라에게로 가자마자 바로 이 결혼은 잘못이라고 생
각하기 시작했고, 고노스케가 태어난 뒤에도 부부다운 애정은
품을 수가 없었어. —그러다 심지어는 미워하게까지 되어버리
고 말았어."

시노는 솔직하게 모든 것을 털어놓았다. 아픈 아이의 간호조
차 마음대로 하지 못하게 했던 료헤이, 언제나 시노를 자신의
곁에 붙들어두려고만 하고 시노에 대한 감정적 · 정신적 위로는
없었던 자기중심주의……. 참을 수 없는 기분이 되어 진심으로
미워하기 시작했던 자신의 마음 등, 숨김없이 전부 털어놓았다.

"그런 마음이 없었다면 도모야 나리를 숨겨주지 않았을지도
몰라. 조금 과장스럽게 말하자면 그때는 앙갚음을 해주고 싶다
는 마음도 있었어. ……하지만 잘못 생각했던 거야. 가미무라에
게 불만만 품었을 뿐, 내 스스로 가미무라의 진심은 조금도 알려
하지 않았던 거야. 가미무라는 고독하고 가엾은 사람이었어."

시노는 어느 날 밤, 가미무라가 자신에게 했던 고백을 거의
그대로 동생에게 들려주었다.

—아이는 나와 당신의 피를 동시에 물려받았소. 하지만 당신
과 나는 원래 타인이었소. 당신이 무엇을 바라고 무엇을 생각하
는지, 내가 그 밑바닥까지 알 수는 없소. 그래서는 견딜 수가
없소.

—특히 나는 이런 성격이기에, 스스로가 납득할 수 있을 때까
지는 마음을 놓을 수가 없소. 둘만의 밀접한 시간을 통해서 깊고

깊은 속까지 당신을 알고 싶었고 몸과 마음 모두를 나의 아내로 삼고 싶었소.

자신은 신분이 낮은 집안 출신이라고 그는 말했다. 시노에게 경멸당할까 두려웠다고 말했다. 어째서였을까? 그는 시노를 사랑하고 있었던 것이다. 지금부터 경멸당하지 않을 만한 사람이 될 테니 나를 경멸하지 말아줘. 5년여나 같이 살았고 아이까지 있는데도 여전히 그런 고백을 하는 것을 단순히 자기중심적 생각 때문이라고만 말할 수 있을까?

"사람들에게는 각자 서로 다른 성격이 있어. 가미무라는 신분이 낮은 집안 출신이라는 열등감 때문에 타고난 성격이 더욱 도드라져서 아내를 사랑하고 있으면서도 그것을 다른 사람처럼 드러낼 줄 몰랐고, 또 알고 있다 할지라도 그렇게 하지 못했던 거야. ……가미무라는 재능도 있고 출세도 했지만, 진정한 친구가 없어. ─누구도 호감을 갖고 있지 않고 사람들 모두 늘 멀리하려고만 했어. ─위안거리도 없고 고독하고, 다른 사람처럼 아내를 사랑할 수도 없었어. 참으로 외롭고 가엾은 사람이었던 거야."

"그래, 잘 알았어요, 언니. 가미무라 나리에 대해서는 잘 알았어요."

이렇게 말하고 후미요는 언니의 손을 쥐었다.

"하지만 그분이 가엾다고 해서, 그것 때문에 언니의 일생을 불행하게 할 수는 없어요. 도모야 나리는 언니를 사랑하셨어요.

지금까지 혼자 지낸 것도 그 때문이라고 생각지 않으세요? ……
언니가 가미무라와 연을 끊고 이번 소동이 가라앉아 1년이나
2년쯤 지나면 언니를 아내로 맞아들이고 싶다고……. 얼마 전부
터 오빠하고 어머니와 상의를 하셨어요. 도모야 나리는 아직도
언니를 사랑하고 있어요. 그리고 언니도 도모야 나리를 좋아하
잖아요. 진짜로 행복해질 때가 왔잖아요. 언니……, 부탁이에요.
이 후미요의 부탁이에요. 자신을 불행하게 만들지 마세요."

"고맙다. 나도 기쁘구나, 후미요." 시노가 한쪽 손의 손가락으
로 눈을 가렸다. 하지만 목소리는 조용하고 차분했다.

"그래도 나는 역시 가미무라와 같이 가겠어. 이혼장을 어떤
마음으로 썼을지 이해가 돼. 가미무라는 나를 사랑해주었어.
지금도 사랑해주고 있어. ……그리고 이 세상에서 가미무라의
마음을 이해해주고 가미무라를 사랑할 수 있는 사람은 나 혼자
밖에 없어. ……이번에야말로, 우리는 이번에야말로 진짜 부부
다운 부부가 될 수 있을 거야."

이튿날인 3월 7일 오전 10시.

감옥의 관원들에게 둘러싸인 가미무라 료헤이가 관문 밖 도
로의 솔숲까지 왔다. 추방자가 많을 때는 각 사람을 따로따로
내보내는 것이 통례였다. 삿갓과 엽전 300푼, 칼 2자루를 건네주
고 추방명령을 다시 들려준 다음, 영지의 경계를 넘을 때까지
확실히 지켜보는 것이 원칙이었다. ……그러나 관원들은 추방

명령을 다 듣고 난 료헤이가 발걸음을 떼자마자 바로 성의 아랫마을 쪽으로 돌아갔다.

료헤이는 질질 끄는 듯한 발걸음으로 솔숲 속을 망연히 걷고 있었다. 야위었고 눈이 움푹해졌으며 입술의 색도 하얗고 뾰족한 어깨를 앞으로 웅크려 참으로 망가진 듯한 모습이었다. 밝고 맑은 하늘 아래, 나뭇가지 사이로 새어나온 빛이 그의 얼굴에 얼룩한 빛의 그림자를 만들었다가는 사라지고, 또 다시 만들곤 했다. ……그렇게 해서 솔숲을 나서려던 순간, 오른쪽 소나무 아래서 여장을 갖춘 시노가 조용히 모습을 드러냈다. 료헤이는 발걸음을 멈추고 눈을 찌푸리며 이상하다는 듯 시노를 보았다.

"기다리고 있었습니다." 시노는 이렇게 말하고 남편을 올려다보았다. 료헤이는 아직도 어떻게 된 일인지 알 수 없는 모양이었다. 고개를 숙이고 머리를 살짝 흔든 뒤 다시 한 번 시노를 보더니 갑자기 얼굴을 한껏 찌푸렸다.

"—시노, 어쩌려고."

"저도 함께 가도록 하겠습니다. 당신의 옷도 채비를 해가지고 왔습니다. 갈아입도록 하세요."

"—이혼장을 받지 못했는가?"

"제가 부족했습니다. 제가 버릇이 없고 모자란 여자였습니다. 그래도 지금부터는 고쳐나가도록 하겠습니다. 틀림없이 좋은 아내가 될 수 있을 것입니다. 제발 부탁드리겠습니다. 부디 시노를 데리고 가주시기 바랍니다." 이렇게 말하고 소매로 얼굴을 가리더니 시노는 어깨를 떨며 오열했다. ……료헤이는 말이 없었다. 그러나 시노가 한 말은 이해를 한 것이리라. 잠시 후, 혼잣말처럼,

"—데리고 가면, 당신을 불행하게 할 거요. 원래대로 하자면 거절을 해야 할 것이오. 거절을 하지 않으면 안 될 것이오. 하지만 나는 거절할 수가 없소 ……나는 당신이 곁에 있어주었으면 하오. 이 세상에서 당신은 유일한 나의 편이니. 시노……, 나와 함께 가주겠소?"

"저도 기뻐요."

시노는 외치듯 말하고 남편의 가슴에 매달렸다. 료헤이는 들고 있던 삿갓을 내던지고 두 손으로 아내의 어깨를 끌어안았다.

"당신이 곁에 있어준다면 나는 살아나갈 수 있소, 다시 한 번……."

그리고 그는 아내를 힘껏 끌어안았다.

그로부터 얼마 지나지 않아서, 여장을 갖춘 료헤이와 시노가 밭 사이의 길을 동쪽으로 함께 걷고 있었다. 봄의 햇살은 반짝반짝 더위가 느껴질 만큼 내리쬤으며, 밭 전체에 피어 있는 노란 유채꽃이 마치 불타오르는 것처럼 끝도 없이 펼쳐져 있었다.

"—고노스케는 걱정 없겠지?"

"네, 스기하고 어머니가 봐줄 겁니다. ……저희가 자리를 잡고 나면 데리러 가기로 해요."

"—화창하군. 안타까울 정도로 화창한 풍경이야."

"처음이네요."

시노는 이렇게 말하고 애교 넘치는 웃음으로 남편을 올려다 보았다.

"당신과 제가 둘이서 이렇게 같이 여행을 떠나는 것은…….
기뻐요."

유채 밭에서 벗어난 나비가 2마리, 료헤이와 시노의 뒤를 따라오기라도 하는 것처럼 즐겁다는 듯 하늘하늘 춤을 추고 있었다.

첫 번째 꽃봉오리

1

"화무십일홍[1]이라는 말을 알고 있겠지?"

"……."

"아름다운 것은 한창 아름다울 때를 지나면 잊히고 마는 법이다. 사람도 언제까지고 젊을 수만은 없는 법이고. 너도 벌써 열여덟 아니냐? 후지무라(ふじむら) 최고의 꽃이라고 불릴 날도 앞으로 반년이나 1년밖에 남지 않았다. 안타까워하기 전에 신변을 정리해두는 것이 좋지 않겠느냐?"

"그건 저도 알고 있지만."

오타미(お民)는 손님의 술잔에 술을 따르며, 문득 생각하는 듯한 눈빛이 되었다.

"신변을 정리할 때도 앞날의 일은 생각해야 하니까요."

"내가 돌봐주는 것으로는 마음이 놓이지 않는다는 말이냐?"

"나리만 두고 하는 말이 아니에요. 지금까지 나리는 누구보다 더 제 말을 잘 들어주셨고, 제 마음도 가장 잘 알아주셨으니,

---

1) 花無十日紅. 열흘 동안 붉은 꽃은 없다는 말로, 한 번 성한 것도 곧 쇠한다는 뜻.

누군가의 보살핌을 받을 생각이라면 나리밖에 없을 거예요. 하지만 그런 사람들을 몇 명이고 알고 있는데 대부분 끝이 좋질 않았기에."

"이번 경우는 그것과 다르지 않느냐."

기에몬(喜右衛門)은 술잔을 놓고 담배를 집었다.

"남녀관계는 차치하고 하는 얘기다. 다가와야(田河屋)를 사 들이는 돈도 내가 대신 내주고, 거기서 얻는 수입으로 매해 조금 씩 갚아도 상관없다. 나로서는 편하게 내 마음대로 지낼 수 있는 집, 손발을 쭉 뻗고 편안하게 쉴 수 있는 장소, 그런 곳이면 충분하다."

"그것도 잘 알고 있지만, 그럼 혹시……."

오타미는 손님의 눈을 가만히 바라보았다.

"혹시 제가 마음에 두는 사람이 생긴다면, 그래도 상관없다 는 말씀이신가요?"

"네가 마음에 두는 사람이라고?"

"만약 그런 사람이 생겨서 가끔 만나러 가면, 아무리 나리라 도, 아아 그러냐, 하고 넘어가지는 않으실 거 아니에요?"

손님은 오타미의 눈을 조용히 마주보았다. 그것은 뭔가 의미 를 담고 있는 듯한 시선이었다. 오타미는 자신도 모르게 고개를 숙였다.

"내가 신변을 정리하라고 말한 게 바로 그런 뜻이다. 사랑하 네 사랑받네 하는 것도 꽃이 지기 전까지의 일로, 평생을 함께

할 인연이라면 상관없지만 그게 아니라면 곧 슬픈 작별을 하게 되거나 사람들로부터 손가락질을 받게 되기 십상이다. 일을 그렇게 만들고 싶지 않기에 상의도 하는 거고, 세상을 모르는 것도 아니지 않느냐? 잘 생각해보고 마음이 정해지면 대답을 들려주기 바란다. 이삼일쯤 뒤에 다시 올 테니."

오타미는 아무 말도 하지 못한 채 시선을 내리깔고 있었다. 이 사람은 알고 있는 걸지도 몰라, 문득 이런 생각이 들었기 때문이었다. 만약 그렇다면 가지이(梶井) 씨의 부모와도 상의를 한 뒤에 이런 말을 하는 것 아닐까, 한노스케(半之助) 씨와 나 사이를 갈라놓기 위해서……. 이런 생각이 들자 그것이 의심의 여지도 없는 사실처럼 여겨져 오타미는 남몰래 냉소하고 싶은 기분이 들었다.

"어차피 슬픔을 위해서 태어났잖아."

오타미가 손님을 배웅하고 뒷정리를 위해 들어왔다가 작은 창에 기댄 채 자조하듯 중얼거렸다.

"꽃도 한때라면 지기 전까지 마음 가는 대로 살면 그만이야. 처음부터 그럴 생각이었으니, 어떻게 되든 후회할 건 없어."

"어차피 슬픔을 위해서."

체념과도 같은 이 말은 결코 한때의 기분에서 나온 말이 아니었다. 아주 어렸을 때, 첫 번째 기억이라고 할 수 있을 만한 것도 이미 슬픈 울음소리에 젖어 있었다. 그것은 크고 넓은 집의 토방이었다. 한 아름이나 될 것 같은 기둥과 반투명 황갈색으로 빛나는 마룻귀틀과 묵직해 보이는 삼나무 문이 어둑하고 정체된 공기 속에서 무시무시할 정도로 단단하고 위압적으로 보였다. 오빠인 다이치(太市)는 어머니의 손을 잡고 있었으며 오타미는 어머니의 등에 업혀 있었다. 어머니는 마루 끝 한 단 낮은 곳에 손을 대고 무엇인가를 부탁하며 자꾸만 머리를 조아렸다. 맞은편 창살 속 계산대 안에는 3명쯤 사람이 있었는데 주판을 튕기기도 하고 장부를 뒤적이기도 할 뿐, 누구도 어머니를 상대해주지 않았다. 어머니는 노래를 부르는 것 같은 투로 무슨 말인가를 한 뒤, 언제까지고 머리를 조아렸다. 그리고 심지어는 5살이 된 다이치에게까지 머리를 조아리게 했다. 함께 부탁을 하게 했다.

……그곳은 도바(鳥羽) 항구의 '야마고에(山越)'라는 해상운송 대리업자의 가게이고, 어머니는 쌀을 살 돈을 빌리기 위해 갔던 것이라는 사실은 그로부터 몇 년이 지난 뒤에 알게 된 일이었다. '야마고에'의 배에 뱃사람으로 있던 아버지가 구마노나다(熊野灘)에서 난파한 배와 함께 죽기까지, 같은 부탁을 하기 위해 모자 3사람이 그 가게를 몇 번이나 찾아갔는지 알 수 없을 정도였다. 오타미도 어머니와 오빠와 함께 머리를 조아리고 노래를 부르는 것 같은 투로 가게 사람들에게 부탁하는 말을 했다. 어린 마음에도 한심하고 부끄러워서, 결국에는 떨리는 소리로 울며.

……아버지가 돌아가시자 어머니는 지인을 의지하여 이 후

타미(二見)로 왔다. 후타미 포구의 해변에 있는 여관 후지야(藤屋)에 하녀로 들어갈 자리가 있었고, 다이치와 오타미 3사람은 헛간보다도 허름한 오두막을 받아 새로운 생활을 시작했다. 그곳에서의 생활도 물론 힘들었다. 어머니의 벌이만으로는 세 사람이 먹을 쌀도 제대로 살 수 없었기에 9살이 된 다이치와 8살이 된 오타미까지 심부름을 하기도 하고 아기를 돌보기도 하고 물을 떠 나르기도 하고 청소를 돕기도 했다. 여관의 안주인은 인색하기로 유명해서, 심부름이나 아이를 돌보는 일에 대한 임금도 일을 한 횟수만큼만 지불했기에 때로는 그 횟수를 늘리기 위해 바다에서 불어오는 차가운 바람을 맞으며 밤늦게까지 심부름이 있지나 않을까 기다린 적도 있었다.

2

오빠인 다이치는 12살에 죽었고, 어머니는 오타미가 13살 때 세상을 떠났다. 다이치는 손님이 남긴 음식을 먹은 것이 탈이 나서 격렬한 구토와 설사가 계속되었으나 의사의 치료도 받지 못한 채 겨우 5일 만에 뼈만 남은 듯한 야윈 모습으로 눈을 감았다. 어머니는 그 전부터 각기(脚気)를 앓아 파랗게 부은 얼굴로 숨을 할딱이며 다리를 질질 끌듯 걸었다. 다이치가 죽고 난 뒤부터 눈에 띄게 약해져서 장작 한 다발 들기도 힘들어하는 듯했으나, 여관 사람들이 눈치를 챌까 두려워 쓰러질 때까지 건강한 척했다. 어머니가 쓰러져 움직일 수 없게 되자 여관의 안주인은 오타미에게 다른 가게로 들어가서 일을 하라고 말하기 시작했다. 후지야 주인의 여동생이 여관촌의 끝자락에서 '후지무라'라는 작은 요정을 운영하고 있었다. 거기서 여자아이를 필요로 하니 가라는 것이었다. —네가 일하는 정도로는 어차피 감당할 수 없을 테지만, 나머지는 내가 메꾸어 어머니를 돌봐줄 테니, 그게 마음에 들지 않는다면 어머니를 데리고 가고 싶은 데로 가거라.

여관의 안주인은 이렇게 분명하게 말했다. 오타미는 어머니 곁에 있고 싶었다. 자신의 손으로 간병을 하고 싶었으며, 무엇보다 곁을 떠나고 싶지 않았다. 하지만 거기서 쫓겨나면 어머니를 끌어안고 구걸이라도 하는 수밖에 없었다. 이제 막 13살이 된 오타미는 그래도 어머니에게 웃어 보였으며, 가까우니 매일이라도 보러 올 수 있다고 위로한 뒤 후지무라로 고용살이를 하러 갔다.

……그때 후지야의 안주인은 오타미를 5년 동안 고용살이하게 한다는 조건으로 후지무라에서 5냥이라는 돈을 받았다. 어머니는 그로부터 90일쯤 뒤에 세상을 떠났는데 의사의 치료는 물론 약도 제대로 먹지 못했으며 장례식은 그저 흉내만 냈을 뿐이라고 말하기도 민망할 정도였으나, 그것이 다시 3냥이라는 빚이 되어 증서에 적히게 되었다.

이러한 사실을 알게 된 것은 오타미가 15살이 되어 손님의 접대를 위해 술자리에 나가게 되면서부터였다. 어렸을 때부터 세상은 무서운 곳, 사람은 믿지 못할 것이라고 생각하고 있었기에, 그런 사실을 알고도 새삼스럽게 후지야를 원망하는 마음은 들지 않았다. 그보다는 자신이 아름답게 태어났다는 사실, 손님들에게 인기가 있어서 가게 사람들이 소중히 여기기 시작했다는 사실을 이미 알고 있었기에 뭐라 표현할 수 없는 자신감이 마음속에 생겨나기 시작했으며, 새로이 시작한 나날들에 점점 마음이 끌려가고 있었다.

……그로부터 3년 동안은 밤이 걷힌 것 같은 생활이었다. 후지무라 최고의 꽃이라 불리며 손님도 많았고, 신이 날 정도로 수입도 좋았다. 단골로 오는 손님 가운데는 마음에 드는 사람도 있었으며, 이세(伊勢) 야마다(山田) 신사에 있는 신관의 아들로 니다유(仁太夫)라는 점잖은 젊은이에게는 상당히 위험한 곳까지 마음을 주었으나 '야마고에' 가게에서 머리를 조아리던 어린 날의 일, 헛간 같은 오두막 구석에서 차갑게 식어버린 어머니 등이 떠올라, 의미 없다는 마음이 들었기에 곧 깨끗이 관계를 끊고 말았다.

─믿을 수 있는 건 나뿐이야. 세상이나 사람들을 믿어서는 눈물을 흘릴 게 뻔해. 좋고 싫고가 어딨어, 모을 수 있을 때까지 모으는 거야.

이런 식으로 자신을 채찍질했다. 8냥 몇 푼이라는 빚을 청산하고 옷도 2벌, 3벌 지을 수 있게 된 것은 18세가 되던 해의 봄부터였다. 그때 가지이 한노스케가 나타난 것이었다. ……처음에는 '시마키(島喜)'라는 이름으로 알려진 시마야 기에몬의 안내로 왔다. '시마키'는 도바에서 해양 운송업을 하고 있는 부호로 영주인 이나가키(稻垣) 집안에 식료품을 공급하는 일도 맡고 있었다. 기에몬은 이미 은퇴생활을 즐기고 있었으나, 영주의 집안과 관계된 일은 자신이 맡고 있었기에 중역들을 데리고 후지무라에 오는 일도 종종 있었다. 한노스케의 아버지는 가지이 료자에몬(梶井良左衛門)이라는 자로, 이나가키 집안의 항구 담당관으로 있었기에, 그러한 관계로 한노스케도 데리고 온 것인 듯했다.

……오타미는 처음부터 그에게 마음이 끌렸다. 결코 미남은 아니었다. 웃으면 실을 붙여놓은 것처럼 눈이 가늘어졌으며, 키도 그렇게 크지 않았고, 목소리는 약간 코맹맹이 소리, 취해서 노래를 부르면 음치, 어디 하나 봐줄 만한 구석이 없는 풍모였다. 하지만 전체적인 인품에 꾸밈이 없었으며, 허세나 잘난 체하는 모습이 전혀 없었고 마주보고 있으면 크고 넉넉하고 따사로운 것에 조용히 감싸여 있는 듯한 기분이 느껴졌다. ……따뜻하고 포근하게 감싸주었다. 오타미는 그런 느낌에 온몸을 사로잡혀 마치 무너지듯 그의 품속으로 달려들어가 버리고 말았다.

"어차피 하나가 될 수 없는 사이야."

애초부터 그는 이렇게 말했다.

"서로 정에 얽매이지 말도록 하자."

네 그렇게 해요, 라고 말한 지 겨우 보름, 다섯 번째 만났을 때 오히려 오타미가 적극적으로 나서서 깊은 약속을 맺고 말았다.

"하나가 되지 못해도 상관없어요. 그냥 당신이 좋을 뿐이에요. 이렇게 만나는 것 외에는 아무것도 바라지 않아요."

"부부가 된다고 해봐야 3년이나 5년. 응어린 진 기분으로 마지못해 같이 살아가기보다는 좋아할 때 이렇게 즐겁게 만나다 싫증이 나면 깨끗하게 헤어지는 게 진짜 사람다운 삶 아닐까?"

"그렇게 약속하기로 해요. 좋아할 때는 만나고, 싫증이 나면 싫증이 났다고 숨김없이 말하기로. 그리고 미련 없이 헤어지기로…… 약속이에요."

이렇게 해서 여름부터 초가을까지 사람들의 눈을 피해서 만나는 밀회가 계속되었다.

3

기에몬이 왔다간 지 이틀이 지났다. 내일쯤이면 대답을 들으러 또 오리라. 그러나 오타미는 아직 어느 쪽으로도 마음을 정하지 못했다. ……기에몬이 뒤를 봐주겠다고 이야기하기 시작한 것은 초여름 무렵부터였다. 이 후타미 포구에서 역시 작은 요리점을 하고 있는 다가와야가 매물로 나왔다, 그곳을 사서 오타미를 안주인으로 앉히겠다는 조건이었다. 한노스케라는 사람이

있고 아직 18살이라는 젊은 나이였기에 그런 노인의 보살핌을
받을 필요는 없었으나, 요즘 들어 오타미는 고민이 되기 시작했
다. 그것은 벌써 3개월이나 몸이 이상했기 때문이었다. 만약
이것이 착각이 아니라면, 그리고 한노스케에게는 폐를 끼칠 수
없다면, 적어도 몸을 풀 때까지는 누군가의 보살핌을 받지 않으
면 안 되었다. 그를 위해서는 13살에 고용살이를 시작했을 때부
터 귀여워해주었고, 철딱서니 없는 행동도 눈감고 봐주었던 기
에몬이 누구보다 믿음직스러웠다.

　─사정 같은 건 묻지 않고 모두를 그대로 받아들여줄 거야.

　이렇게 생각하고 있었다. 남녀관계는 둘째 문제라고 말했고
그것이 거짓이 아니라는 사실도 알고 있었기에 어쩌면 한노스
케와의 관계까지도 묵인해줄지 모르겠다고 제멋대로 상상하고
있었다. 그래서 지난번 밤에 슬쩍 떠본 것이었는데 생각과는
달리 기에몬은 승낙하지 않았다. 뒤를 봐주는 대신 그러한 것들
은 깔끔하게 정리하라고 했다. ……그것은 상대가 한노스케라
는 사실을 알고 있기 때문인 듯했다. 둘 사이를 갈라놓기 위해서
그러한 수단을 강구한 것이라 여겨지기도 했다. 멋대로 펼쳐보
았던 공상은 전부 깨졌으며, 둘 중 하나를 택해야 하는 현실에
부딪치고 말았다. 몸의 안전을 택하느냐, 한노스케를 택하느냐.

　"어차피 슬픔을 위해서 태어난 몸이야."
라고 오타미는 몇 번이고 중얼거렸다.

　"헛간 같은 오두막에서 돌아가신 어머니를 생각하면 불행해

진다고 해봐야 대수로울 것도 없을 거야. 차라리 갈 데까지 가보는 게 나을지도 몰라."

이런 편협한 생각 뒤에, 몸 안에 있는 조그만 생명이 가시로 찌르듯 마음을 괴롭혔기에 기에몬의 보살핌을 받을까 하는 망설임이 일어나기도 했다.

오후에 들어서 뜻밖에도 한노스케가 대여섯 사람과 함께 찾아왔다. 사람들을 데리고 온 것은 처음으로 벌써 상당히 취해 있었다. 오타미는 다정한 말도 건넬 수 없었기에 눈으로 남몰래 마음을 전할 뿐이었는데, 잠시 후 그가 화장에 가기 위해 자리를 비웠을 때 마루까지 쫓아나가서 그에게 매달렸다. 그의 숨결에서는 심하게 취했을 때의 악취가 났다.

"오늘로 7일째예요. 무슨 일 있었어요?"

"이번에 난도야쿠[2]라는 일을 하게 됐어. 그것 때문에 전혀 짬을 낼 수가 없었어."

그는 창백한 얼굴로, 그래도 웃으며 이렇게 말했다.

"저 사람들은 관아의 새로운 동료들이야. 술에 아주 센 사람이 있으니 적당히 조절을 해줘."

"천천히 있다 가실 거죠?"

"모두를 돌려보내고 난 뒤에."

잠깐 할 얘기도 있다고 말하고 오타미는 한노스케의 손을

---

2) 納戸役. 금은, 의복, 세간 등의 출납을 맡은 직명.

자신의 가슴에 꼭 끌어안으며 넘쳐날 것 같은 눈빛으로 남자의 눈을 보았다. ……자리의 분위기는 어수선했다. 그 가운데 한 사람, 그가 술이 세다는 사람이리라, 피부가 거뭇하고 딱 바라진 어깨에 쌀쌀맞은 투로 이야기하는 청년이 있었는데, 그가 한노스케를 자꾸만 다그쳤다. 내용은 잘 모르겠으나 '인간'이라거나 '질서', '도덕', '존엄' 등과 같은 말이 쉴 새 없이 나왔다. 딱딱한 논쟁뿐이었다. 그리고 그들을 돌려보내기는커녕, 오히려 한노스케가 그들을 붙들었고, 곧 자리를 옮기자며 데리고 나갔다.

헤어질 때,

"곧 돌아올게."

라고 말했으나 해가 저물어도 돌아오지 않았으며, 손님이 많은 밤이었기에 안팎으로 빈자리가 없었다. 이래서는 돌아오지 않는 편이 낫겠다고 포기하고 있었다. ……저물녘에는 아주 맑아서 별이 가득했으나 밤이 들 무렵부터 보슬비가 내리기 시작하더니 9시가 지나자 본격적으로 내리기 시작했기에 꽉 들어찼던 손님들도 일찍 돌아가서 10시쯤에는 2무리가 남아 있을 뿐이었다. 오타미는 이세로 참배를 온 손님들의 자리에 앉아 있었다. 셋 모두 에도 사람으로, 유복한 상인처럼 보이는 중년들이었다. 오타미는 잘 알아들을 수 없는 말장난을 하기에 조금 난처하기는 했으나 차분하고 조용한 자리였기에 마음만은 편안했다. ……10시 조금 지나서였을까? 술을 가지고 들어온 오후사라는 하녀가,

"손님이 왔어."

라고 말하며 눈짓을 했다.

"별채에 계셔."

오타미는 그 의미를 깨달았기에 인사를 하고 그 자리에서 나왔다. 별채로 가보니 한노스케가 와 있었다. 백짓장처럼 하얗게 질려 생기를 잃은 딱딱한 얼굴로, 눈만 커다랗게 번뜩이는 빛을 띠고 있었다. 지금까지 한 번도 본 적이 없는 얼굴이었다. 그리고 온몸이 비에 흠뻑 젖어 있었다.

"그렇게 흠뻑 젖어서, 무슨 일이죠?"

"사람을 베고 왔어."

아아, 하고 오타미는 소리를 올렸다. 갑자기 눈앞이 캄캄해진 느낌으로 서 있을 수 없었기에 남자 쪽으로 손을 뻗으며 쓰러지듯 앉았다.

4

가게에 있던 옷으로 갈아입히고 젖은 옷은 부엌에서 말려달라고 부탁한 뒤, 오타미는 뜨겁게 데워온 술을 권하며 자세한 사정을 물었다. ……상대는 모리타 규마(森田久馬)라는, 그 술이 센 사내였다. 후지무라에서 나간 뒤, 2군데서 더 마시고 도비로 돌아올 생각으로 이스즈가와(五十鈴川) 강을 건넜다. 그 나룻배 안에서 싸움이 시작됐고 배에서 내린 맞은편 풀밭에서 결투를

벌였다. 그리고 그는 규마를 벤 것이었다.

"결투는 그것으로 끝이야. 입회한 사람도 셋이나 있고 법도에 맞게 결투를 행했으니 부끄러워할 이유도 없고 후회도 하고 있지 않아. 하지만 싸움의 원인은 내게 있어. 그게 참을 수 없을 만큼 나를 괴롭혀."

"하지만 그 사람이 한노스케 나리를 다그치듯 몰아붙였잖아요."

"그렇지 않아. 모리타는 올바른 말을 했을 뿐이야. 나는 녀석을 베고 빗속을 정처 없이 돌아다니는 동안 그 사실을 깨달았어. 내가 얼마나 하등하고 비열한 사람이었는지도……. 너와 이런 사이가 되었으면서 좋아할 동안에는 만나자, 싫증이 나면 깨끗하게 헤어지자, 이런 약속까지 아무렇지도 않게 했어. 그게 사람다운 삶이라고 말하며."

한노스케는 여기서 머리를 세차게 흔들고 술잔의 술을 독이라도 먹는 것처럼 들이켰다.

"……모리타는 이렇게 말했어. 그런 사고는 인간을 모욕하는 것이다. 수십만 명이나 되는 인간들 가운데서 한 사람의 남자와 여자가 인연을 맺었다는 것은 그것 자체가 이미 신성하고 엄숙한 일이다. 좋아하는 동안에는 만나고 싫증이 나면 헤어진다. 참으로 자유로운 것처럼 보이지만, 잘 생각해보아라. 인간을 야수로 끌어내리는 것 같은 일이다. ……자네는 자신을 개처럼 만들어놓고도 부끄럽지 않다는 말인가? 이 말이 결투의 원인이 된 거야, 오타미."

"하지만 그건, 그건 한노스케 나리 혼자만 나쁜 것이 아니라, 저 역시 기꺼이 약속을 했고 둘의 신분 차이가."

"아니, 그것만이 아니야. 지금까지의 내 삶 전부가 속임수와 방자함과 모순으로 가득 차 있었어. 그것이 너와의 사이에까지 뿌리를 내린 거야. 나는 비에 젖어 어둠 속을 걸으며……, 수십만이나 되는 사람들 가운데서 한 쌍의 남녀가 인연을 맺는 것이 얼마나 엄숙한 기연(機緣)인지를 뼈저리게 깨달았어. 오타미는 모르겠어?"

"……."

오타미는 말없이 고개를 숙이고 있었다.

"얼굴을 들어봐, 오타미. 상의하고 싶은 것이 있어."

한노스케는 손을 불쑥 내밀어 오타미의 어깨를 쥐었다.

"나는 지금부터 에도로 갈 거야. 그리고 사람다운 사람이 돼서 돌아올 거야. 어떤 어려움이 있어도 반드시 해낼 결심이야. 물론 쉽지 않은 일이고 몇 년 걸려서 뜻을 이루게 될지 알 수 없어. 그러니 기다려달라고는 말하지 않겠지만, 만약……, 만약 내가 사람다운 사람이 되어 돌아왔을 때 네가 아직 혼자 몸으로 있다면 나의 아내가 되어주었으면 해."

"기다리라고는 말씀하지 않으시는군요."

오타미는 잠시 생각에 잠겼다가, 이렇게 말하며 남자를 가만히 올려다보았다.

"약속은 아닌 거네요."

"약속은 아니야. 언제 돌아올지, 아니 평생 돌아오지 않을지도 모르니 지금의 나로서는 기다리라고 말할 수가 없어. 하지만 마침 적당한 때라 여겨지니 말해두기로 하지. ……오타미, 나는 너를 정말로 사랑했어. 진심으로 사랑했어. 그런 약속을 하기는 했지만 마음에 거짓은 없었어. 이게 너에게 줄 수 있는 유일한 작별선물이야."

한노스케의 점점 높아져가는 감정을 오타미는 도저히 따라잡을 수 없었다. 일찍부터 그런 세계에 살면서 서로 좋아하기도 하고 싫증을 내기도 했다. 약속하고 헤어지는 일 따위, 단순한 기쁨과 슬픔 따위, 옆에서 보기도 했고 스스로 맛보기도 했으나 사람을 모욕한다거나, 엄숙한 기연이라거나, 이러한 때에 '진심으로 사랑했어.'라고 말하는 등의 일에는 익숙하지 않았다. 그녀에게는 단지 남자가 갑자기 자신에게서 멀어져 다른 세계의 사람이 되어버린 것이라고만 여겨졌으며, ─마침내 울 때가 온 것이라는 슬픔 속에서 숨을 죽일 뿐이었다.

"남자는 어린아이 같아."

한노스케를 배웅하고 난 뒤, 완전히 깊어버린 밤의 차가운 이불 속에서 오타미는 혼자 이렇게 중얼거렸다.

"지금부터 에도로 가서 사람다운 사람이 되겠다, 몇 년이 걸릴지, 사람답게 되어 돌아올 수 있을지도 알 수는 없지만 언젠가 돌아오면 아내가 되어달라니……. 여자가 이런 처지에 있으면서 그때까지 아무런 허물도 없이 기다릴 수 있을 거라고 생각하는 걸까? 어떻게 먹고살 수 있을 거라 생각하는 걸까?"

더 이상 만날 수 없다는 슬픔 속에서 오타미는 울음과 웃음이 뒤섞인 듯한 심정으로 남자의 단순함을 비웃었다. 그날그날의 생활에 쫓겨 먹고, 입고, 자기에 급급한 괴로움을 뼈저리게 맛보아 왔던 오타미에게 그 이상의 사고방식은 없었던 것이다.

"하지만 이걸로 고민할 필요는 없어졌어. 돈을 벌 수 있을 때까지 신나게 벌다가, 은퇴한 시마키 나리께 부탁하는 거야. 아이가 태어나면 누군가에게 주고 가벼워진 몸으로 다가와야 를 보란 듯이 유명하게 만들어 보이겠어."

이불자락을 끌어올려 그것으로 눈물을 훔치며 오타미는 자신을 부추기듯 이렇게 말했다.

"그리고 누가 좋네, 좋아하네 하는 건 이제 이걸로 끝이야. 오타미, 너 이제부터는 정이 없는 여자가 되어 돈을 버는 거야. 단단히 정신 차려야 해."

5

시마노쿠니(志摩のくに) 도바 성의 아랫마을에서 히요리야마(日和山) 산을 서쪽으로 넘어선 기슭에 니시자와(西沢)라는 한정한 마을이 있다. 도바에서 그리 멀지는 않으나 산 하나를 넘어선 곳에 있기에 환경이 외지고, 겹겹이 뻗은 능선들 속으로 아사

마야마(朝熊山)를 바라볼 수 있는 뛰어난 조망이 있었기에 봄가을이면 성아랫마을 사람들이 곧잘 소풍을 오곤 했다. ……그 마을 속에 오래 전부터 '시마키'의 은거지가 있었다. 아주 작고 어디서나 흔히 볼 수 있는 건물이어서 부엌을 포함해도 20평쯤밖에 되지 않았다. 정원도 대충 꾸민 것이어서 희끄무레한 돌이 다섯 개쯤, 나머지는 집을 둘러싸고 소나무가 숲을 이루고 있었다. 오랫동안 닫혀 있었으며 가끔 청소를 하러 사람이 올 뿐이었으나, 작년 겨울부터 나이 든 무사 부부가 와서 그대로 벌써 1년 가까이 살고 있었다.

노인이라고는 하나 남편은 쉰대여섯, 아내는 쉰 살쯤 되었으리라. 조용한 성품으로 하인도 두지 않고 찾아오는 사람도 거의 없이 차분하고 한적한 생활을 하고 있었다. ……마을사람들은 알 리도 없겠지만, 두 사람은 가지이 료자에몬과 아내인 하마조 (はま女)였다. 한노스케가 모리타 규마를 베고 그대로 행방불명이 되었다. 다행히 규마는 목숨을 건졌으나 료자에몬은 책임을 지고 관직에서 물러났다. 사람들은 그럴 필요까지는 없다고 말했으나 아들의 행방불명에 면목이 없었기에 아무래도 관직에서 물러날 수밖에 없었던 것이다. 그는 저축과 재산 모두를 깔끔하게 정리하여 모든 것을 깨끗하게 돌려준 뒤 성아랫마을을 떠났다. 그 깔끔한 뒤처리가 영주의 귀에까지 들어가 '평생 15인 부치를 내릴 것'과 '영내에서 영원히 거주할 것'이라는 2가지 처분이 내려졌다. 특별 처분이었기에 받아들이기는 했으나 그

것조차 그의 마음을 괴롭히는 모양이었다. ……집이 나타나지 않았기에 권하는 대로 시마야 기에몬의 은거지를 빌렸으나 그것도 옛 관직을 이용한 듯하여 안정을 되찾을 때까지 꽤나 마음에 걸린 모양이었다.

여름이 지나고 가을이 찾아왔으나 밤낮의 무료함에는 좀처럼 익숙해지지 않았다. 정원 끝자락에 채소밭을 만들어 둘이서 푸성귀를 기르기도 하고, 마음이 내키면 정원 앞의 소나무 가지를 치는 것 외에 이렇다 할 일은 아무것도 없었고 또 마음도 동하지 않았다.

"이럴 줄 알았다면 하다못해 장기나 바둑이라도 배워둘걸 그랬어."

료자에몬은 어찌해야 좋을지 모르겠다는 듯 종종 이렇게 중얼거리곤 했다.

"아무런 일도 하지 않는다는 게 이렇게 피곤한 일일 줄은 생각지도 못했어. 어깨만 뭉치고 뭘 어떻게 해야 좋을지 모르겠어."

"매일 정해놓고 산이라도 돌아다니시는 게 어떻겠어요?"

"이 주변은 대부분 다 둘러보았고, 워낙 풍류와는 거리가 먼 성격이라서 말이지. 산수를 즐길 줄 아는 마음이 전혀 없단 말이야."

"서책이 담긴 고리짝이라도 열어보세요."

라고 한 번은 보다 못한 하마조가 말했다.

"지금부터는 밤도 길어질 테니 글이라도 읽으시면 얼마간 심심풀이는 되지 않겠어요?"

료자에몬은 대답을 하지 않았다. 말없이 저 너머를 바라보고 있는 어깨의 냉엄한 모습을 깨달은 하마조는 퍼뜩 숨을 멈추고, 아아 해서는 안 될 말을 했다고 생각했다. 모든 것을 돌려주고 난 가운데서도 고리짝 3개에 들어 있던 서책만은 이 집으로 가지고 왔다. 그것은 한노스케의 물건이었다. 어렸을 때부터 학문을 좋아하는 아이여서 한(藩)의 학숙에서는 수재라 불렸으며, 17세 때에는 학숙의 조교로 임명되었을 정도였다. 남편은 그러한 일에 흥미를 가지고 있지 않았으며 하마조에게는 애초부터 알 수 없는 일이었으나, 22세 때 그의 사상이 노자의 것처럼 이단에 속한다며 조교의 자리에서 쫓겨나고 말았다. 그때부터 사람이 바뀐 듯했고, 그의 장서를 그 필기류와 함께 고리짝에 넣어 가지고 온 것이었다. ······그 일 이후부터, '한노스케에 대한 말은 절대로 입에 담지 말라.'고 말해왔다. 서책이 든 고리짝을 열라는 말에서 남편은 틀림없이 한노스케를 떠올린 것이리라. 마음을 살피지 못한 말을 했다고 생각했기에 하마조는 조용히 남편 곁에서 물러났다.

동짓달이 되었으나 예년보다 따뜻한 날이 계속되다가 중순을 넘어서야 비로소 서리가 보이기 시작했다. 그날 밤이었다. 오랜만에 술을 조금 마셨기에 료자에몬은 초저녁부터 잠자리에 들었고 하마조는 혼자 등불을 당겨놓고 앉아 옷가지를 손보고 있었다. 그런데 9시 무렵이었을까? 남편이 부르기에 가보니 밖에 사람이 온 것 아니냐고 물었다.

"아까부터 갓난아기의 울음소리가 들리는 것 같은데."

"저는 못 들었는데, 나가서 보고 올게요."

이런 시각에 사람이 올 리 없지. 이렇게 생각하면서도 수촉(手燭)에 불을 붙여 나가보았다. 문가에 사람이 있는 듯한 기척은 느껴지지 않았으나, 어딘가에서 갓난아기가 칭얼대며 우는 소리가 들려왔다. 하마조는 문 밖으로 나가 수촉을 들어올려가며 주위를 둘러보았다. 현관을 감싸듯이 해서 갈대로 낮게 짠 울타리가 둘러 있다. 그 울타리 아래에 두툼한 무명 윗도리에 감싸인 갓난아기와 상당히 부피가 큰 꾸러미가 놓여 있었다. ……하마조는,

"누가 계신가요?"

라고 불러보았다.

날이 흐린 것인지 별 하나 보이지 않았으며 바람도 없는 조용한 밤이었다. 다시 한 번 부르고 귀를 기울였으나, 대답하는 목소리는 들리지 않았으며 사람이 있는 것 같지도 않았다. 하마조는 아기를 안아올리고, 일단은 수촉을 현관에 놓은 뒤 방 안으로 들어갔다.

6

"설마 버리고 간 건 아니겠지?"

"이런 곳까지 와서 아기를 버릴 사람은 없을 텐데 어떻게 된 일일까요?"

"꾸러미 속에 뭔가 서장이라도 들어 있지 않은가?"

료자에몬이 자리에서 일어나 이렇게 말하며 꾸러미를 풀어보았다. 갈아입힐 옷 두어 벌과 강보, 그리고 탯줄과 신상을 적어놓은 종이가 담긴 상자가 있을 뿐, 편지 같은 것은 보이지 않았다. 도회지라면 모르겠지만, 일부러 이런 산골까지 와서 아이를 버렸을 것이라고는 여겨지지 않았다. 뭔가 이유가 있어서 거기에 두었는데 돌아오는 데 시간이 걸리는 것이리라. 이렇게 말하며 기다려보았으나 밤이 깊었는데도 돌아올 기색은 보이지 않았고, 젖을 달라고 보채며 우는 아기를 달래느라 부부는 거의 한잠도 자지 못하고 밤을 샜다.

"내가 잠시 보겠소"

새벽이 되어 료자에몬이 아기를 안았다.

"……날이 밝으면 관아로 데리고 가야겠소. 이건 틀림없이 아기를 버린 거야."

"이 마을에 젖먹이를 키우는 집이 있었던가요?"

"이 마을에는 없어도 성아랫마을에는 있을 게야."

"아니요."

하마조가 은근히 떠보는 듯한 투로 말했다.

"만약 마을에 젖이 있어서 젖동냥이 가능하다면 제가 키워볼까 싶어서."

"쓸데없는 소리 마시오. 이런 처지가 되었는데 이제 와서 아이를 길러 어쩌겠다는 거요? 하물며 성도 이름도 모르는 아이를……."

이렇게 말하며 그는 문득 아내 쪽으로 시선을 돌렸다. 자리에서 일어나 부엌으로 가는 아내의 뒷모습에서 어딘가 쓸쓸함이 느껴졌기 때문이었다. ……그는 안고 있는 아이의 얼굴을 보았다. 아이는 잠들어 있었다. 검은 머리카락이 풍성하고 입매가 다부진, 눈썹이 짙고 품격 있어 보이는 얼굴이었다. 그는 자신의 손에 전해지는 아기의 축축한 체온에서 먼 옛날의 기억을 떠올렸다.

'한노스케를 이렇게 안은 적이 있었지.'

그는 마음속에서 이렇게 중얼거렸다.

'그로부터 벌써 20여 년이 지났어. 그리고 만약 한노스케에게 그런 일만 없었다면 벌써 이만 한 손자를 안고 있었을지도 몰라. ……하마조도 그렇게 생각한 것 아닐까?'

아마 아내도 같은 생각을 한 것이리라. 그날 이후로는 무슨 일이 있어도 한노스케에 대해서는 말하지 않았으며 서로 걱정하는 듯한 기색도 내보이지 않았다. 그러나 단 하루도 잊은 적은 없었다. 한노스케가 학숙의 조교에서 쫓겨난 것은 그의 재능에 질투를 품은 사람들의 참언 때문이었다. 학문을 하여 유학에 들어서면 노장(老莊)을 살펴보는 것은 자연스러운 일이었다. 주자 이외에는 눈을 감는다면, 그건 단지 어용학자로서도 태만하다고밖에 달리 할 말이 없으리라. 한노스케가 숙생들에게 노자에 대해서 강의를 했다면 모르겠지만, 이단의 기운이 있다는 막연한 이유로 결국 강제로 사직을 당했을 때는 부모로서 딱한 마음을 금할 길이 없었다. 그때부터 성격이 변해서 술을 마시기도 하고, 찻집에도 드나들게 되었으며, 마침내는 모리타와의 과오를 범하게 된 것이었는데, 그런 식으로 마음이 무너져간 원인을 생각해보면 그만을 원망할 수도 없는 일이었다. 요즘에는 오히려 어딘가에서 무사히 살고 있기를, 굳세게 다시 일어서주기를 남몰래 빌게까지 되어 있을 정도였다.

'그래. 한노스케도 지금 어딘가에서 인정에 둘러싸여 살아가고 있을지도 몰라.'

료자에몬은 차가운 아침공기로부터 아기를 지키려는 듯, 무명옷을 머리 주위로 그러모으며 조용히 화로 옆에서 일어났다.

당신에게 그럴 마음이 있다면 키워보기로 하세. 이렇게 말했을 때, 하마조의 눈에 어떤 감동이 드러났다. 그녀도 역시 료자에몬과 같은 마음을 남편에게서 느낀 것이리라. 아침을 먹고 난 뒤, 료자에몬은 자신이 직접 관원의 집으로 가서 버려진 아이가 있었다고 고하고 젖먹이를 키우는 집이 없는지 물어보았다.

"기르실 생각이십니까?"

라고 나이 든 관원은 걱정스럽다는 듯 고개를 갸웃거렸으나,

다행히 반년쯤 전에 아기를 낳은 사람이 있으니 어쨌든 곧 데리고 가겠다고 대답했다. ……노인은 곧 젊은 농가의 아낙을 데리고 왔다. 목젖을 울리며 젖 빠는 얼굴을 보고 젊은 아낙은 그 아이의 부모를 저주하는 듯한 말과 함께 눈물을 흘렸다. 그러는 사이에 료자에몬은 나이 든 관원과 함께 탯줄과 아이의 신상이 담긴 상자를 열어, 1754년 6월 모일 출생, 이름은 마쓰타로(松太郎)라는 사실을 확인했다. 성도 부모의 이름도 없는 것은 태어났을 때부터 이미 품에 둘 수 없는 사정이 있었기 때문이리라. 그렇다면 불행한 과거와 연을 끊는다는 의미에서 이름을 바꾸는 편이 좋겠다고 생각하여 료자에몬은 새로이 고타로(小太郎)라고 부르기로 했다.

농가의 아낙은 사오일 부지런히 와주었다. 그러는 사이에 료자에몬은 성아랫마을의 시마야에게 사람을 보내서 사정을 간단히 적은 글을 건네주게 하고 적당한 유모를 알아봐달라고 부탁했다. 닷새째 되는 날, 아직 소녀처럼 어린 여자를 데려온 기에몬이 참으로 뜻밖의 일이라고 웃으며 타이르듯 말했다.

"이런 일은 끝이 좋지 않은 경우가 많은 법입니다. 그만두시는 것이 좋지 않겠습니까?"

"그렇게 생각하지 않는 것도 아니지만, 우리 집 문 앞에 버려진 것도 뭔가 인연일 테니."

라고 료자에몬이 진지한 얼굴로 이렇게 말했다.

"게다가 산 속의 집에서 두 늙은이만 사는 것도 무료하고."

"손자대신이라는 말씀이십니까?"

기에몬은 보라고 말하기라도 하듯 일부러 씁쓸한 표정을 지어 보였다.

"이번 일에 탈이 없었으면 좋겠습니다만."

7

기에몬이 데려온 여자는 이름을 우메(うめ)라고 했다. 이세노쿠니 마쓰자카(松坂) 사람으로 한 번 시집을 가서 아이를 낳았으나 시댁과 사이가 좋지 않아 생후 5개월 된 젖먹이를 남겨두고 그 집에서 나왔다는 것이었다. 조그만 상인의 집에서 태어났으며 나이는 19살, 어렸을 때 부모님과 사별하여 어렵게 자랐다고 하는데 그 때문인지 겉모습은 나이보다 어려 소녀처럼 보였으나, 행동이나 말투는 훨씬 세상에 물든 듯하여 조금은 약아빠졌다 싶을 정도로 빠릿빠릿했다.

"무엇보다 먼저 말해둘게요."

하마조는 우선 이렇게 말했다.

"젖을 먹일 때는 깨끗하고 바른 마음으로 자세도 똑바로 해서 먹이도록 하세요. 젖을 먹이는 사람의 기분이나 마음가짐도 전부 젖과 함께 아이에게 전해지는 법이니. 고타로는 사무라이의 아들이니 그것만은 잊지 말고 지켜주었으면 해요."

우메는 시선을 내리깐 채 고개를 끄덕였다. —잘 이해하지 못한 모양이군. 하마조는 이렇게 깨닫고 당분간은 자신이 가르쳐야겠다고 생각했다. ……실제로 우메에게는 결점이 많았다. 잘 때 벗은 옷을 그대로 둘둘 만 채 내팽개쳤으며, 조금 급한 일이 있으면 허리띠를 아무렇게나 두르고 돌아다녔다. 젖을 먹일 때 좋지 않으니 화장은 삼가라고 말해도 금방 잊고 연지와 분을 발랐다. 속옷도 좀처럼 갈아입지 않았다. 버선은 바닥이 시커메질 때까지 신었다. 아기가 울거나 칭얼거리면 시간과 상관없이 젖을 물렸다. 젖을 물린 채 눕기도 하고, 일일이 들자면 눈에 거슬리는 행동뿐이었기에 저래서 시댁과 맞지 않았던 거로구나, 납득이 갈 듯도 했다. ……그러나 딱 한 가지, 아이를 돌보는 일만큼은 헌신적이었다. 이해할 수 없는 아이의 마음을 잘도 읽어냈다. 배앓이를 하느라 잠을 자지 못하는 밤이 계속될 때, 감기기운이 있어서 몸이 좋지 않을 때면 등에 업은 채 며칠 밤이고 새우면서도 싫은 얼굴 한 번 하지 않았다. 그런 점이 하마조의 마음을 끌었다. ―아이에게만 잘 대해준다면 나머지는 끈기를 가지고 조금씩 가르치면 된다. 이렇게 생각하게 되었다.

하마조의 노력이 이만저만한 것이 아니었던 것만큼, 우메에게도 그것은 인내를 필요로 하는 일이었다. 19살이 되어서 전혀 다른 생활 속으로 들어온 것이었다. 게다가 그곳은 규범이 엄격하고 예법에 까다로운 무가였기에 세세한 습관의 차이는 물론 마음가짐까지 바꾸지 않으면 안 되었다. 그것이 일상의 사소한 부분에 많았기에 귀찮다고 생각하면 더는 손발을 움직일 수도 없으리라. 실제로 그렇게 생각하는 적도 종종 있었다. —나는 죽어도 못하겠어. 이렇게 해도 안 된다면 이 집에서 나갈 수밖에 없어. 이런 포기하는 듯한 마음이 든 것도 한두 번이 아니었다. 하마조와는 다른 의미에서 우메가 인내한 것도 결국은 고타로라는 아이가 있기 때문이었다. 긴 시간도 아니야, 기껏해야 앞으로 8개월, 첫돌이 되어 젖을 뗄 때까지이니. 그녀는 이렇게 생각하며 가능한 한 집안사람들의 뜻에 어긋나지 않도록 가르침대로 따르려 노력했다.

"글자를 배워보지 않을래요?"

해가 바뀌어 2월이 된 어느 날, 하마조가 뭔가 생각한 바가 있다는 듯한 모습으로 이렇게 말했다.

"읽고 쓰는 법 정도는 배워둬도 손해가 되지는 않을 거예요. 생각이 있으시다면 기초 정도는 가르쳐드릴게요."

그 무렵에는 우메의 마음도 조금씩 하마조에게로 기울고 있었기에 얌전히 가르쳐달라고 부탁했다. 이것이 새로운 생활로 들어서는 계기가 되었다. 자세를 바로하고 먹을 간다. 글씨본을 꺼내놓고 종이를 펼치고 호흡을 가다듬은 뒤 조용히 벼루에 붓을 담근다. 기분 좋은 먹의 향이 피어올라 말로 표현할 수 없을 만큼 마음이 차분해졌다. ……처음에는 어깨가 결리고 숨이 막히는 듯했으나, 글자를 하나둘 외워나가는 동안 글을 쓰고 난 뒤의 시원하고 차분해진 기분과 뭔가 좋은 일을 했다는 만족감이 느껴졌으며, 우메에게 그것은 처음 맛보는 커다란 기쁨이었다.

'젖을 먹일 때는 깨끗하고 바른 마음으로 먹이라고 하셨었지? 그건 이런 마음을 말하는 것이었어.'

우메는 어느 날 문득 이렇게 깨달았다.

'종이에 처음으로 붓을 댈 때의 바른 자세와 차분한 마음……. 정말 이런 마음으로 먹이는 젖이라면 아이에 대해서도 부끄럽지 않을 거야.'

한번 눈을 뜨면 그 전까지는 짐작조차 할 수 없었던 일까지 단번에 이해할 수 있게 되는 법이다. 사소한 언행 하나하나, 귀찮다고만 여겨졌던 일들이 언제부턴가 그렇게 하지 않으면 안 될 것처럼 여겨졌으며, 매미가 울기 시작할 무렵이 되자 료자에몬도,

"사람이 완전히 바뀐 것 같아."

라고 말하기 시작했다.

하마조가 기뻐한 것은 말할 필요도 없으리라. 가끔 찾아오는 기에몬도,

"대단한 정성이십니다."

라며 하마조의 노력에 감탄하지 않을 수 없었다. ……어느 날 그런 이야기 뒤에, 하마조는 우메와의 약속에 대해서 기에몬과 상의하기 시작했다. 첫돌까지였던 기한을 좀 더 뒤로 미룰 수 없겠냐는 것이었다.

"고타로도 저렇게 정이 들었으니, 하다못해 걸음마를 뗄 때까지는 있어주었으면 고맙겠습니다만."

"그렇습니까?"

기에몬은 무엇인가 생각하는 듯하다가 곧 이렇게 대답했다.

"그럼, 그 전에 한 가지 사실을 털어놓도록 하겠습니다."

8

약속한 기한을 연기해줄 수 없겠냐고 하자 우메는 기꺼이 승낙했다.

"은퇴하신 시마야 나리께서도 알고 계시는지요?"

"기에몬 나리에게도 이야기했습니다."

"그럼 신세를 지고 싶습니다."

이렇게 말하며 우메는 그때 무엇 때문인지는 모르겠으나 어깨를 움츠리는 듯한 행동을 했다. ……첫돌까지라는 약속은 가지이 집안에 대해서 그랬던 것과 마찬가지로 그녀가 자신을 위해서 마음에 굳게 정한 것이기도 했다. 그 이상은 안 된다, 아이에게 정을 주기 시작하면 몸을 뺄 수 없게 된다, 깊은 애정이 태어나기 전에 나가자. 이렇게 결심하고 있었던 것이다. 그러나 걱정하고 있던 그 애정은 이미 몸을 뺄 수 없을 만큼 격렬하게 그녀를 고타로에게 묶어두고 있었다. 그것뿐만이 아니었다. 지금은 고타로를 통해서 가지이 부부에게까지 그 애정이 이어지고 말았던 것이다.

"이럴 생각은 아니었는데."

우메는 그 사실을 느낄 때마다 두려운 생각이 들었다.

"이래서는 한노스케 나리께도 폐가 될 거야. 뭔가 방법을 생각해야 해."

우메가 오타미라는 사실은 새삼스럽게 말할 필요도 없으리라. 지금까지의 일들은 전부 기에몬과 상의를 한 뒤에 한 것이었다. 처음에는 태어나면 누군가에게 줄 생각이었으나 한노스케라는 아버지가 있고 가지이라는 집안이 있으니 일단은 그 인연에 의지해보기로 하자, 혹시 연이 닿지 않는다면 그것도 어쩔수 없는 일이다. 이렇게 해서 문 앞에 버린 것이었다. 유모가되어 오기는 했으나 그건 젖을 뗄 때까지의 관계이고, 이후로는하루라도 빨리 몸을 털고 새로이 살아갈 생각이었다. ······그런데 날이 가고 달이 지남에 따라서 오타미의 생각도 점점 바뀌기시작했다.

"젖을 먹일 때는 깨끗하고 바른 마음으로."

─하마조의 이 말을 이해할 수 있게 된 뒤부터 차례차례 여러가지 사실에 눈을 뜨게 되었다.

─좋아하는 동안에는 만나자. 싫증이 나면 깨끗하게 헤어지자. 이런 생각이 인간을 모욕하는 것이라는 사실도, 그 의미그대로는 아니나 이해할 수 있었다.

─수십만 명이나 되는 사람 가운데서 한 사람의 남자와 한

사람의 여자가 인연을 맺는다. 그것은 그대로 엄숙하고 신성한 일이다. 이 말도 슬프도록, 그리고 뼈에 스밀 만큼 온몸으로 이해할 수 있게 되었다.

두 사람이 인연을 맺고 마음이 하나가 되어 서로를 사랑한다는 것은 단순한 놀이가 아니다. 자라나는 고타로를 볼 때마다 그러한 기분이 오타미의 가슴을 짓눌렀다. 하마조에게서 배운 것 하나하나가 그러한 기분을 더욱 강하게 해주었다. ─하루라도 빨리 몸을 털고 일어나자. 이렇게 생각했던 것이 지금은,

'이 집에서 나가면 어떻게 되는 거지?'

라는 불안과 두려움으로 바뀌어 있었다. 이 집에서 나가 옛날과 같은 생활로 돌아갈 자신을 생각하면 오타미는 소름이 돋을 정도로 혐오스러웠다.

'한노스케 나리께는 죄송한 일이지만.'

오타미는 이렇게 생각하면서도 하마조의 부탁에 자신이 의지하는 듯한 마음으로,

"걸음마를 뗄 때까지."

가지이 집안에 머물게 되었다.

6월에 첫돌을 맞이했고 가을이 되자 고타로는 걷기 시작했다. 그러나 겨울이 되어서도 그 해가 저물어서도 약속 기한에 대해서 집사람들로부터는 아무런 말도 없었다. 그것뿐만 아니라 새해가 밝자 됴자에몬이 한자의 음독을 가르쳐주겠다고 했다. 매일 시간을 정해서 조금씩 가르쳐주게 되었다. ……글씨연

습은 천자문을 계속했으며, 밤이면 바느질도 배웠다. 고타로는 마진을 가볍게 앓은 뒤 살이 오르며 건강하게 자랐고, 눈썹과 입매 등이 놀라울 정도로 한노스케를 닮기 시작했다. —혹시 노부부께서 눈치를 채시면 어쩌지. 이런 걱정은 있었으나 오타미는 전율이 느껴질 만큼 그것이 기뻤으며 사람들의 눈에 띄지 않는 곳에서는 자신도 모르게 꼭 끌어안고 아이가 싫어할 정도로 서로의 볼을 비벼대지 않을 수 없었다.

시간은 그렇게 흘러가고 있었다. 3년이 지나고 4년이 지났다. 주고받았던 약속은 그대로 묻혀 누구도 말을 꺼내지 않았으며, 오타미는 언제부턴가 가지이의 가족과 같은 마음으로 하루하루를 보내고 있었다. ……고타로는 6살 때 천연두를 앓았다. 그때 오타미는 간지러워하는 것을 긁지 못하게 하기 위해서 꼬박 일주일을 한 잠도 자지 않고 간병했다. 덕분에 고타로는 흔적을 남기지 않을 수 있었으나 오타미는 과로를 견디지 못하고 쓰러졌고 합병증이 있기도 해서 3개월 남짓 몸져누웠다가는 일어나는 날들이 계속됐다.

1761년을 맞이한 정월, 고타로의 하카마기[3]를 축하하는 자리가 있었다. 그 축하잔치 이튿날, 성아랫마을에서 마타노 고다유(俣野考太夫)라는 노신이 찾아왔다. 마타노는 원래 창고의 출납을 담당하던 사람으로 료자에몬과 아주 친한 사이였으나, 료

---

3) 袴着. 사내아이가 처음으로 하카마(기모노의 정장)를 입을 때의 의식.

자에몬이 칩거하며 세상과의 연을 완전히 끊었기에 방문을 자제하고 있었던 것이다. 지금은 구니가로의 자리에 있었는데 머리카락도 눈에 띌 정도로 하얗게 물들었다.

"실은 귀한 소식을 가지고 왔네."

오랜만에 만나 인사를 마치고 나자 고다유가 료자에몬의 눈을 바라보며 이렇게 말했다.

"아마 자네는 상상조차 할 수 없을 걸세. 한노스케가 어디 있는지 알아냈네."

9

날카로운 아픔을 느낀 사람처럼 눈썹을 찌푸린, 그러나 갑자기는 믿을 수 없다는 듯한 료자에몬의 얼굴에 미소 담긴 눈길을 보내며 고다유가 말했다.

"작년 11월의 일이었네. 영주님께서 쇼헤이코[4]에서 열린 유교경전 강의에 참석하셨다네. 그때 강단에 오른 것이 한노스케였다네. 곁에 있던 자가 알아보고 말씀을 드렸고, 강의가 끝난 뒤 담당자에게 물어보니 틀림없이 한노스케라는 사실이 밝혀졌다네. 이에 영주님께서 쇼헤이코의 장관을 만나셨다네. 자세한 사정을 물어보니 7년 전에 호리오 사키치로(堀尾佐吉郎)라는

---

4) 昌平黌. 에도 막부 직할의 학교.

교관의 학숙에 들어갔고 거기서 학문소에 다니는 동안 재능을 인정받아 조교가 된 것이라고 하네. 물론 신분을 숨기고 있었기에 일반인에게는 극히 이례적인 일이었다고 하네. 영주님께서 크게 만족하시며, 지난 허물은 묻지 않겠네, 유신(儒臣)으로 새로이 맞아들이겠네, 라고 말씀하셨기에 에도에 있는 영주님의 저택에서는 이미 가신 대우를 하고 있다고 하네."

"하지만 그런 일이 있었으니."

라고 료자에몬이 씁쓸하다는 듯 말했다.

"영주님의 뜻이 그렇다 해도 한노스케가 그러한 은혜를 받아들일 리 없을 듯한데."

"젊은이에게는 또 나름대로의 생각이 있겠지. 영주님의 귀국은 이번 10일일세. 틀림없이 한노스케도 같이 올 게야. 그때는 고집 부리지 말고 칭찬으로 맞이해주었으면 하네. 자네가 흔쾌히 맞아주는 것이 한노스케에게는 무엇보다도 커다란 칭찬이라고 생각하네."

옆방에서 굳어버린 몸으로 이야기를 여기까지 들은 오타미는 더 이상 방에 있을 수 없어서 답답한 마음을 안은 채 마루로 나왔다. ―그분이 오실 거야, 한노스케 나리가. 그 생각만이 머릿속에 가득하여 어떻게 해야 좋을지 몰랐으며, 아무것도 보이지 않는 느낌이었다.

"아줌마, 어디 가?"

고타로가 이렇게 외쳤다.

"나도 데려가, 나도……."

문을 나서려는 순간 고타로가 따라왔다. 그러나 오타미는,

"금방 올게요."

라고 내뱉듯 말한 뒤 거의 넋을 잃은 사람처럼 서둘러 발걸음을 옮겼다. ……어디로 가는지도 몰랐으며, 어디를 어떻게 지나왔는지도 알 수 없었다. 정신을 차리고 보니 히요리야마 산의 매실나무 숲속이었다. 아이를 데리고 바다를 보러 곧잘 오곤 하던 곳이었다. 남동쪽으로 펼쳐져 있는 사면의 매화나무와 소나무 숲 너머로 도비 만의 파란 바다와 아름다운 섬들이 보였다. ─아아, 늘 오던 곳이로군. 이렇게 깨달음과 동시에 다시는 고타로와 여기에 올 수 없다는 슬픔이 솟아올라 오타미는 자신도 모르게 두 손으로 얼굴을 가리고 울기 시작했다.

"왜 우는 거죠?"

뒤에서 이런 소리가 갑자기 들려왔다. 펄쩍 뛰어오를 정도로 놀라 뒤를 돌아보니 하마조가 고타로를 데리고 서 있었다.

"……한노스케가 돌아올 거예요. 기뻐해도 좋지 않나요? 당신이 오타미라는 사실도, 고타로가 한노스케의 아들이라는 사실도 우리는 훨씬 전부터 알고 있었어요."

"하지만 저는 결코"

"더 이상 말하지 않아도 돼요. 기에몬 나리에게서 당신의 마음은 전부 들었어요. 지난 일은 잊기로 해요. 곧 돌아올 한노스케와 고타로를 중심으로 새로운 날들이 시작될 것이라는 사

실, 당신은 그것만 생각하면 돼요."

"저는 그럴 수가 없어요."

오타미가 눈물을 흘리며 말했다.

"제게는 가지이 가의 며느리가 될 자격이 없어요. 그럴 생각도 없었고, 한노스케 나리에 대해서도."

"다시 한 번 말할게요. 지나간 일은 잊기로 해요. 7년 전의 당신과 지금의 당신이 얼마나 달라졌는지는, 우리가 밤낮으로 함께 지내며 보아왔어요. 나리가 왜 한자의 음독까지 가르쳐주시는지, 당신도 모르지는 않을 거예요."

이렇게 말한 하마조가 문득 옆에 있는 매실나무의 가지를 가리켰다.

"이걸 좀 보세요. 이 매실나무에는 또 꽃봉오리가 맺히기 시작했어요. 작년에 핀 꽃이 졌다는 사실은 잊었다는 듯이. 어떤 가지도 처음 꽃을 피우는 것 같은 새로움으로 싱싱하게 꽃봉오리를 맺기 시작했어요. 돌아올 한노스케에게 당신이 첫 번째 꽃봉오리가 되도록, 당신이 생각할 것은 그것뿐이에요. 여자에게 있어서는 그 어떤 도리보다도 부부의 사랑이 가장 소중한 법이에요."

오타미는 매실나무의 가지를 바라보았다. 고타로가 가만히 다가왔다. 그리고,

"아줌마."

라고 조그맣게 부르며 오타미의 손에 매달리자, 그녀는 아이를

곁으로 잡아당기며 조심스럽고 무겁게 머리를 숙였다.

"얼굴을 드세요, 오타미 씨. 타미 씨, ……잘도 참으셨어요."

"어머님."

오타미는 이렇게 말하며 눈을 들었다가, 마치 무엇인가가 무너지듯 울며 하마조의 가슴에 몸을 기댔다.

유령을 빌려드립니다

1. 게으름뱅이에게도 다 이유는 있다

에도 교바시 스미야 강변의 뒷골목에 자리 잡은 '얀파치 연립주택'에 통 만드는 장색인 야로쿠(弥六)가 살고 있었다. 야로쿠는 게으름뱅이였다. 그것도 이만저만한 것이 아니었다. 사람들을 기가 막히게 하는 정도도 아니었다. 그것보다 훨씬 더 지독한 게으름뱅이였다.

"저놈에 대해서는 할 말이 없어, 야로쿠 놈에 대해서는 말이야."

집주인인 헤이사쿠(平作) 노인이 탄식하며 다음과 같이 보증했다.

"저런 걸, 빠진 괴머리라고 하는 거야."

이에 대해서 반대하는 사람은 1명도 없었다. 뿐만 아니라 '빠진 괴머리'라는 보증은, 그대로 야로쿠의 것이 되었다.

야로쿠의 아버지는 야하치(弥八)라는 사람인데, 그는 부지런하기로 유명했다. 역시 통을 만드는 장색으로 술과 담배와 도박과 유흥을 싫어했으며, 먹고 자는 시간 외에는 오로지 일만 했다. 야하치가 46살로 세상을 떠났을 때 야로쿠는 21살이었다.

성실한 아버지의 가르침 덕에 그도 통을 만드는 장색으로는 상당한 솜씨를 가지고 있었으며, 아버지의 고객을 그대로 물려받았고, 어머니도 건강했기에 생활은 그럭저럭 편안했다.

그는 24살 때 아내를 맞이했다. 그러자 어머니가 돌아가셨다. 참으로 허무하게도, 셋이서 저녁을 먹고 있을 때 그녀는 갑자기 밥그릇과 젓가락을 떨어뜨리더니 뒤로 벌렁 자빠졌다. 장난을 치고 있는 것처럼도 보였으나, 어쨌든 이부자리를 펴서 눕혔다. 그녀는 한밤중까지 코를 골며 잤는데 그러다 눈을 뜨더니 "목덜미 부근을 개미들이 열을 지어 지나고 있어."
라고 말하기 시작했다. 쫓아달라고 하기에 자세히 보았으나 개미 따위는 기어다니지 않았다.

"없을 리가 없다. 잘 좀 봐라."

어머니는 어린아이가 떼를 쓰듯 졸라댔다.

"좀 봐라, 목덜미에서 머리 쪽으로 열을 지어서 가고 있지 않느냐. 머리카락 속으로 줄줄이 들어가고 있어. 아아, 징그러워라. 쫓아줘. 이마까지 열을 지어 가고 있다."

그리고 잠시 후, 음 하고 신음했다. 기분 좋은 것 같은, 아아 기분 좋아라, 하는 것 같은 신음이었다. 그것이 죽음의 신호였다.

야로쿠는 원래부터 근면하다고는 할 수 없었다. 그런데 어머니가 돌아가시자 비로소 본성을 드러냈다. 일을 할 때의 솜씨만은 틀림없이 좋았으나 점점 일을 하지 않게 되었다. 그렇다고 해서 유흥을 즐기는 것도 아니었다. 아버지와는 달리 그는 술도 마시고 담배도 피웠다. 계집질도 굳이 마다하지는 않았다. 그러나 없으면 없는 대로 살았다.

"당신, 왜 그렇게 뚱한 얼굴을 하고 있어? 술이라도 사올까?"

아내가 이렇게 말하면 그는 하품을 했다.

"응, 술이라. 글쎄." 그리고 나른하다는 듯 어딘가를 긁으며 말했다. "그럼, 술이라도 마실까."

술을 사다가 데워서 주면 주는 만큼 마셨다. 말없이 밥을 내주면 그는 말없이 밥을 먹었다. 한 병 더 달라거나, 이제 그만 마시겠다는 등의 말은 결코 하지 않았다. 담배도 마찬가지였고 유흥도 마찬가지였다.

"일은 어떻게 할 거야? 일을 하지 않으면 곤란하잖아. 이세야에서 재촉을 하는데 뭐라고 대답해야 좋을지 모르겠어. 당신은 대체 어쩔 생각인 거야?"

"아무 생각도 없어." 야로쿠는 하품을 했다. "아무 생각도 없고, 또 생각하고 싶지도 않아."

일을 하지 않으면 손님이 준다. 자연스럽게 수입이 없어진다. 부부의 애정으로 아내가 품팔이를 해서 2년쯤은 하루하루를 버텼다. 그러나 애정은 무한한 것이 아니다. 아내는 진절머리가 나기 시작했다. 그래서 집주인인 헤이사쿠 노인과 상의를 했다.

"그도 그렇겠지. 당연한 일이야. 당연한 일이라고는 생각하지만,"하고 집주인은 과연 나이에 걸맞은 분별력을 보여주었다.

"어쨌든 내가 한번 얘기를 해보겠네. 그래도 안 된다면 어쩔수 없지만, 어쨌든 모습을 살펴보고 난 뒤에 해도 될 거야."

헤이사쿠 노인이 이야기를 해보기 위해 나섰다. 그러나 야로쿠는 누운 채로 매우 불성실하게, 그러면서도 뭔가 달관한 사람처럼 말했다.

"그렇게 일, 일, 해봐야 뾰족한 수가 있는 건 아니야. 우리아버지는 자는 시간까지 아껴가며 일을 했어. 주인아저씨도 칭찬을 했었으니 알고 있을 테지만, 마치 일을 못 해서 죽은 귀신이 씌운 것처럼 일했어. 그래서 어땠는가 하면, 역시 일 년 내내가난에 쪼들렸어. 술도 담배도 하지 않고, 이렇다 할 낙도 없이죽어라 일만 했는데, 그래도 가난에서 벗어나지 못했고 결국은마흔여섯이라는 나이에 죽어버렸으니까. ……결국은 마찬가지야, 주인아저씨. 아등바등 일을 해봐야, 또 일을 하지 않는다해도 어차피 벗어날 수 없는 가난이라면 억척스럽게 일하는만큼 손해가 되는 셈이지."

그런 다음 나른하다는 듯 커다란 하품을 했다.

"난 이거면 충분해. 이게 극락이야. 그냥 내버려둬."

결과는 분명한 것이었다. 아내인 오카네(お兼)는 친정으로 돌아갔으며, 그는 그 집에 혼자 남겨졌다. 집을 나갈 때 오카네는울며,

"당신이 평범한 사람과 같은 마음이 될 날을 나는 친정에서기다리고 있을게. 미워서 헤어지는 게 아니야. 난 기다리고 있을

게. 부디 빨리 돌아올 수 있게 해주었으면 해."

이렇게 하소연을 한 뒤, 한바탕 울었다.

2. 나오는 유령에게도 사연은 있다

아내에게 버림을 받은 지 2년. 주인집에서 가끔 가져다주는 쌀과 된장, 그리고 가진 물건을 하나도 남김없이 팔아치워 야로쿠는 한층 더 마음 편하게 지내왔다.

"오카네가 친정에서 기다리고 있어. 가엾다는 생각 들지 않아?" 헤이사쿠 노인은 기회만 있으면 이렇게 잔소리를 했다. "좋은 기술을 가지고 있으면서, 자네 같은 사람도 없을 거야. 아직도 눈을 뜨지 못했는가?"

야로쿠가 의아하다는 듯 눈을 떴다.

"아아, 누군가 했더니, 주인아저씨네."

그런 다음 팔다리를 뻗어 하품을 하고,

"아아아, 흐음. 무슨 일이지?"

헤이사쿠 노인도 하는 수 없이 그냥 돌아가버리곤 했다.

6월, 여름. 지금의 달력으로 말하자면 7월의 일이었다. 초저녁부터 보슬비가 내리기 시작하더니 한밤중이 되어서도 그치지 않았다. 기온이 떨어져 조금 쌀쌀하게 느껴질 정도였다. 모기장도 치지 않고 이부자리도 펴지 않은 채 뒹굴고 있던 야로쿠가 문득 눈을 떴다. ……모깃불이 꺼져 있었다. 그러나 그 불을 다시 피우기보다는 모기에게 뜯기는 것이 그에게는 마음 편했다.

"아직도 내리고 있네. 끈질긴 비로군. 질리지도 않나?" 그는 목덜미와 정강이 등을 벅벅 긁었다.

"이상하게 한기가 드는데. 거기다 어딘가 아주 음침한 밤이야. 날이 밝으려면 아직 멀었으려나?"

혼자 중얼거렸는데, 그때 아주 이상한 일이 일어났다. 누워 있는 야로쿠의 앞쪽, 여기저기 벗겨진 벽이 뿌옇게 밝아지기 시작했다. 푸르스름한 빛으로 아주 희미하게 밝아오기 시작한 것이었다. 그리고 그 희미한 빛 속에서,

"원……망……스……럽……구나."

이런 애처로운 소리가 들려왔다. 야로쿠는 누운 채 그곳을 보고 있었다. 옆방은 데쓰조(鉄造)라는 생선 보부상으로 밤이 되면 마누라가 가위에 눌리는 것인지 곧잘 묘한 신음소리를 냈다. 이름은 오칸(お勘)으로 벌써 38살이 되었으며 탄력을 잃어 쪼글쪼글한 여자였는데, 또 그 여자가 신음을 한 건가 싶었다. ……그런데 이번에는 전보다 분명하게, 역시 아주 애처로운 목소리로 이렇게 말하는 것이 들렸다.

"원망……스럽……구나."

그리고 더욱 신기하게도 벽의 밝은 기운이 조금씩 강해지더니 마침내 여자의 모습 하나가 희미하게 보이기 시작했다.

"저건 또 뭐야. 이상한 게 나왔는데. 꿈인가?"

"아아, 원망스러워라……. 분해라……."

이렇게 말하며 여자의 모습이 점점 또렷해지기 시작했다. 잠옷과 같은 것을 입었으며 가느다란 허리띠에 머리는 산발, 두 팔을 앞으로 늘어뜨린 채 앞으로 쓰러질 것 같은 모습이었는데 섬뜩한 눈으로 이쪽을 가만히 바라보고 있었다.

"이상한 소리 내지 마. 그런 유령 같은 모습으로, 넌 대체 뭐야?"

"척 보면 모르겠어?" 상대방은 약간 발끈한 모양이었다. "같은 모습이라니. 간 큰 척하지 마. 진짜 유령이라고."

"오호, 진짜라고? 그럼 누구의 유령이지? 오카네인가?"

"딴청 부리지 마."

더욱 발끈한 모양이었다. "오카네라는 사람은 알지도 못해. 나는 소메지(染次)라고, 이래봬도 다쓰미[1]의 게이샤야."

"난, 다쓰미에 외상은 없는 걸로 아는데."

"외상값을 받으러 온 게 아니야. 한심하기는. 난 유령이라고 말했잖아."

"그건 알고 있지만."

야로쿠는 하품을 하고 주먹으로 눈물을 닦은 뒤, 상대방을 빤히 바라보았다.

"그럼 다쓰미의 게이샤 유령이 무슨 인연이 있어서 우리 집

---

1) 辰巳. 에도의 남동쪽에 있던 후카가와 유곽.

에 나타난 거지?"

"내게도 다 사정이 있어서 그런 거 아니겠어."

"물론 누구에게나 사정은 다 있겠지만, 다른 일과는 달리 유
령이잖아. 네 사정만 생각해서 나타나면, 그건 너무 이기적인
거 아니야?"

"넌 사정을 몰라서 그렇게 매정한 소리를 하는 거야. 남자란
하나같이 다 똑같다니까. 하나같이 매정하고 인정머리가 없는
짐승들이야."

"화를 내봐야 소용없어, 내게 화를 내봐야……. 너, 누구한테
속기라도 한 거야?"

"속았든지 말든지."

유녀(幽女)는 이렇게 말하며 거기에 앉았다. "분하고 억울해
서. 남자란 정말 하나같이 불성실하고 쓸모없고 바람둥이에,
이런 제길, 어떻게 해야 속이 후련할지."

"그럼 말이지, 그 뭐냐, 그렇게 분하면 말이지, 그 상대방이
있는 곳으로 찾아가서 그 녀석을 죽이거나,"

"그렇게 했어."

유녀는 몸부림을 쳤다. "네가 말하지 않아도 그 정도의 일은
벌써 했어. 그 남자를 죽였을 뿐만 아니라 그 남자의 일가족도
모두 죽여버렸어."

"그럼 그걸로 됐잖아. 그 이상 불만은 없을 텐데?"

"불만 같은 건 있지도 않아. 불만 같은 건 없지만, 더 이상

죽일 사람도 없는데 난 원한이 깊은 유령이라 저승으로 가지도 못한 채 정처 없이 허공을 떠돌고 있는 거야."

3. 한밤중의 잔치에 술과 장어구이

"아하, 그래, 그렇게 된 거로군. 흠, 그렇게 갈 데가 없다는 건 나도 몰랐어."

"당신은 죽어본 적이 없어서 그런 한가로운 소리를 하지만, 사람이 죽었다고 해서 모든 이들이 다 갈 데가 있는 건 아니야. 지옥에라도 갈 수 있게 해준다면 그나마 나을 테지만, 저승으로 가지 못하고 허공을 떠돌고 있는 사람들이 아주 많아."

"겁주지 마. 이상한 얘기는 하지 말기로 하자고."

"어머, 정말이야. 거짓말이 아니라니까."

소메지 소저(小姐)가 다리를 옆으로 모으고 앉아 흐트러진 머리카락을 뒤로 쓸어 넘기며 말했다.

"그중에서도 저승에 가지 못하는 것은 사람에게 원한을 품고 죽은 자, 그런 자들은 진에(瞋恚)라고 해서, 제아무리 이름 높은 고승이 공양을 해도 안 돼. 극락은 물론 지옥에도 갈 수 없기에 자신의 원한에 스스로 괴로워하며 영원히 허공을 떠돌아다녀야만 해."

"그거 너무하는군. 죽은 뒤에까지 그런 고생을 해야 하다니 놀라워. 그렇다면 나도 좀 생각을 해봐야겠는데."

야로쿠는 일어나 앉았다. 목과 정강이를 벅벅 긁고, 그런 다음 확인하듯 상대방을 보다가 일단 그 시선을 돌렸는가 싶더니 이번에는 깜짝 놀란 듯 다시 바라보았다.

"뭐야, 왜 그렇게 보는 거야."

"오호, 흠. 이거 참."

그는 여전히 상대를 바라보며, "이야, 놀랐는데. 너 꽤 잘 생겼잖아."

"어머, 세상에. 그만 둬, 그런 말은."

"아니, 그렇지 않아. 나도 다쓰미에는 대여섯 번 놀러 간 적이 있었지만 너처럼 매력적인 여자는 본 적이 없었어. 유령만 아니었다면 그냥 두지 않았을 거야."

"어머, 너 말은 참 잘하네."

소메지 소저의 유령은 상반신을 꼬고 이쪽을 비스듬히 노려보며 요염하게 소맷자락으로 때리는 시늉을 해보였다.

"난 입에 발린 소리 하는 걸 싫어해."

"그럼 날 아내로 맞아줄래?"

"유령만 아니었다면."

"유령이라도 상관없잖아. 낮에는 못 하지만 밤에는 밥도 지을 수 있고 빨래도 할 수 있고, 그 외에도 세상의 마누라들이 하는 일이라면 대부분은 해줄 수 있어."

"그럴 듯한 얘기지만, 설마."

"못 믿겠으면 오늘 밤 시험해보면 되잖아. 술도 마련해주고 안주도 만들어줄게."

야로쿠는 머리를 긁었다. 소저를 보고, 다시 머리를 긁고, 속는 셈치고 한 번 해볼까, 라는 둥 중얼거리다가 갑자기 실망한 듯 머리를 흔들며,

"그야 상관없지만 공교롭게도 쌀과 된장조차 없고, 술도 없어. 워낙 돈이라는 게 한 푼도 없어서."

"돈 구멍이 막혀버린 모양이군."

소저의 유녀는 이렇게 말하고,

"알았어, 오늘 밤에는 내가 어떻게든 해볼게."

"어떻게든이라니, 어떻게든 되는 거야?"

"남편이 될지도 모를 사람을 위해서잖아. 나도 성의를 보여야지. 잠깐 기다리고 있어." 유녀가 슥 자리에서 일어났다.

"곧 뭘 좀 가지고 올 테니, 잠들어서는 안 돼. 깨어 있어야 돼."

그리고 섬돌 쪽으로 갔는가 싶더니 장지문 틈새로 연기처럼 빠져나갔다. 야로쿠는 넋이 빠져버린 얼굴로 무엇인가 입 속에서 중얼거리다가, 잠시 후 갑자기 눈을 비벼댔다.

"꿈이 아니라면 틀림없이 여우나 너구리겠지……. 하지만 교바시 한가운데에 여우나 너구리가 있을 리도 없고……. 그럼 꿈인가?"

혼잣말을 하고 있자니 바깥쪽 문가에서 여자의 목소리가 들려왔다.

"이봐, 당신. 미안하지만 문을 좀 열어줘. 손에 들고 있는 물건이 있어서."

야로쿠는 대답을 하고 다시 한 번 눈을 힘껏 비빈 다음 문을 열러 나갔다. 소저의 유령은 요리 배달통을 들고, 아아 무거워라, 라고 말하며 안으로 들어왔다. 야로쿠는 뒤에서 꼬리가 없는지 확인하고, 그런 다음 원래의 자리에 앉았다.

"식기는 했지만 갑자기 준비한 거니 좀 참도록 해. 내일 밤에는 훨씬 더 맛있는 걸 준비할게."

유녀가 배달통을 열어 보였다. 먹음직스러운 장어구이 접시와 술병 3개, 술잔과 젓가락까지 담겨 있었다.

"이거 정말 놀랐는걸. 커다란 뱀장어잖아. 아주 오랫동안 먹지 못했기에 보기만 해도 배에서 소리가 나는데. 아차차, 내가 상을 가져올게."

"됐으니 그냥 앉아 있어. 그런 건 아내의 일이지 남자가 할 일은 아니야."

유녀는 구석에서 소반을 꺼내 배달통 안에 있던 물건들을 부지런히 거기에 늘어놓고, 그런 다음 맞은편에 앉아 술병을 들고 생긋 웃으며,

"자, 한 잔. 차가운 거라 미안해."

"이거 정말 고맙군. 그럼 받아볼까."

"사양할 거 없어. 아내로만 맞아준다면 이 정도는 매일 밤이라도 해줄 수 있으니."

"그게 사실이라면 더 바랄 게 없겠지만. 어쨌든 너도 한 잔 받아."

"어머, 고마워라. 잘 마실게."

"나의 마음을 담은 술이야."

"반가운 소리네, 그럼 그쪽의 아내로 맞아줄 거야?"

"그럴 생각으로 따라주는 술이야."

"장난치면 안 돼. 알았지?"

그녀는 다시 곁눈질로 이쪽을 가만히 바라보며 그 요염한 눈길 그대로 술잔을 들어 입술로 가져갔다. 과연 다쓰미의 소저였다. 몸짓과 눈빛의 요염함, 그리고 주고받는 대화 하나하나가 직업적으로 세련되어 있어서 오카네 따위와는 도저히 비교할 수도 없을 정도였다. 야로쿠는 아무래도 흥분하기 시작한 모양으로, 묘하게 정색을 하며 자세를 바로하고 앉았다.

"물론 나는 진심이야. 그쪽이라는 건 별로 듣기 안 좋아. 난 야로쿠라고 해. 앞으로는 그렇게 불러."

"어머, 세상에. 남편의 이름을 부르는 아내도 있나? 부부가 되면 여보오, 라고 부르잖아. 그렇게 부르게 해줘."

"우후후후후. 왠지 두근두근 거리는데." 눈꼬리를 내리며 헤벌쭉 웃고, "그럼, 나는 너를 뭐라고 부르면 되지?"

"당신이라고 불러도 상관없지만, 본명은 오소메야. 난 오소메라고 불러줬으면 좋겠어."

"하지만 널 이름만으로 부를 수는 없어."

"내가 원하는 거니 상관없잖아. 한번 불러봐."

"그런가, 그럼, 오, 오, 오소메……씨."

"씨 같은 걸 붙이면 어떡해? 그리고 좀 더 당당하게 오소메!
라고 불러야지. 다시 불러봐."

"그럼, 그, 오소메!"

"아아, 기뻐라. 여보오, 다시 한 번."

권커니 잣거니, 장어구이를 안주로 마시기 시작했다. 유령이
라도 취하는 걸까? 오소메의 창백한 얼굴이 어느 틈엔가 발그
레지고 눈에 윤기가 돌았으며 몸짓이 더욱 요염해지기 시작했
다.

"여보오, 나 취했나봐. 취해도 괜찮지? 타박하지 않을 거지?
해로를 위한 술이잖아, 그치?"

"물론이지. 마음껏 취하라고. 취하면 내가 보살펴줄게."

"아아, 기뻐라! 그럼, 옆에 앉을게."

일어나서 다가와 나긋나긋 야로쿠에게 기대더니 어깨로 슥
밀치며 콧소리를 냈다.

"여보옹, 미리 말해두겠는데 난 질투심이 아주 많은 여자야.
만약 바람을 피우면 죽여버릴 거야. 알았지, 여보?"

"겁주지 마. 걱정할 거 없어. 난 바람 같은 거 피우지 않으니."

"겁주는 게 아니야. 아까도 얘기했지만 그 매정한 놈을 죽이
고 그놈의 일가족도 전부 죽여서 더는 죽일 사람이 없기에 난
허공을 떠도는 거야. 당신이 만약 바람이라도 피운다면 그때는

나도."

"알았어, 이젠 알았다고. 절대로 바람피우지 않을 테니 그 죽이겠다는 말만은 하지 말아줘." 그는 화제를 바꾸고 싶었는지, "그런데 너, 이건, 이 장어구이하고 술은 어디서 어떻게 가져온 거지?"

"산짓켄보리(三十間堀)의 다가와(田川)에서 가져온 거야."

"가져오다니, 그래도 괜찮은 거야?"

"괜찮아. 다가와 정도의 가게에서 굽고 남은 장어하고 술 두어 병쯤은 아무것도 아니야. 그보다 모두 자고 있어서 이걸 들고 나올 때 고생을 했어."

"넌 틈새로 드나들 수 있잖아."

"난 바늘구멍으로도 드나들 수 있지만, 배달통 같은 건 안 돼. 당연하지, 이런 건 유령이 아니잖아."

"오호, 그런 거였군."

"어머, 벌써 마지막이네." 오소메의 유녀가 술병을 놓았다. "나 혼자 다 마셔버렸네. 조금 더 가져올까?"

"난 그만 됐어. 난 그렇게 세지 않아."

"그럼 내일 밤 마시기로 하고……. 저기, 여보오. 훗, 나 취해버렸어. 그러니 이불 좀 깔아줘."

그리고 날이 밝았다.

날은 밝았으나 야로쿠가 일어난 것은 오후였다. 이건 매우 드문 일이었다. 게으름뱅이에 어울리지 않게 그는 아침 일찍 일어났다. 아침 일찍 일어나면 하루 종일 천천히 게으름을 피울 수 있다──는 것이 그의 지론이었다. 이렇게 늦잠을 잔 것은 태어나서 처음이었으리라. ──야로쿠는 일어나서 멍하니 방 안을 둘러보았다. 뒷골목의 허름한 집으로 틈새투성이였기에 바깥의 빛이 어지러울 정도로 쏟아져들었다.

"앗, 있어. 장어도, 술도, 배달통도."

야로쿠는 그러한 물건들을 바로 거기서 보았다.

"그렇다면 꿈이 아니었군." 그는 머리를 흔들고 부엌 쪽을 향해서 갑자기 외쳤다. "당신 있는 거야? 이봐……, 오소메."

물론 대답은 없었다. 골목에서 떠들고 있는 아이들의 목소리가 들려왔다. 야로쿠는 몸 곳곳을 벅벅 긁고, 그런 다음 혼자서 중얼거렸다.

"아하, 유령이라 낮에는 못 나오는 거군."

4. 진기하구나, 밤에만 나오는 아내

백년해로의 술잔을 나눈 증거는 있었다. 새벽까지 계속되었던 농염한 유희에 대한 기억도 선명했다. 밤에 다시 보자고 약속도 했다.

하지만 사실일까? 정말 올까? 아니, 오지 않을 거야. 얘기가 너무 그럴싸하잖아. 아마도 어젯밤으로 끝일 거야. 그러면 조금 아깝기는 한데, 아니 어쩌면 올지도 몰라. 뭔가 다시 오게 할 방법은 없을까?

2년 동안의 홀아비 생활도 슬슬 질리기 시작했다. 외로워지기도 했다. 그럴 때 찾아온 행운이었다. 게다가 세련된 다쓰미의 소저, 일을 하라고 독촉하지도 않을 뿐만 아니라 자신이 술과 안주를 가져왔다. 설사 유령이라 할지라도 이런 기회를 놓칠 수는 없었다. 하물며 규중에서의 그 세심한 정.

"이건 놓칠 수 없어." 야로쿠답지 않게 마음을 다잡았다. "뭔가 방법이 없을까? 어떻게든 유령의 마음에 들 만한……. 응, 그래. 아니, 안 돼. 그건 아니야, 그건."

그는 생각했다. 거듭 생각했다. 그러다 마침내 생각이 떠올라 오래도록 연 적이 없었던 불단을 열었다. 안에는 부모님의 위패가 있었다. 그 외에 초라하기는 하지만 법구(法具)가 한 벌, 그림으로 읽을 수 있게 해놓은 반야심경 등이 먼지를 뒤집어쓴 채 들어 있었다. 먼지를 터는 것은 귀찮았다. 그는 남아 있던 초토막에 불을 붙였다. 향 토막도 피워올렸다.

"죽은 사람에게는 불경을 바치는 게 무엇보다 큰 공양이라잖아. 이렇게 해주면 그녀도 기뻐할 거야."

잘 모르실지도 모르겠지만 그림으로 읽을 수 있게 해놓은 반야심경이란, 암호 같은 그림으로 경문을 표시해놓은 것이다. '반야바라밀다'를 그림으로 표시해놓았기에 —견본이 없으면 이해하기 힘들지 모르겠지만— 글자를 모르는 사람이라도 읽을 수 있다. 야로쿠는 불단 앞에 앉아 돌아가신 어머니가 읽던 모습을 떠올리며, 그 그림 경전을 더듬더듬 읽기 시작했다.

게으름뱅이인 그로서는 매우 진지하게 하는 일이었으나, 그게 제대로 되지 않았다. 조금도 생각대로 되지 않았다. 자신은 경문을 읽을 생각이었으나, 입에서 나오는 말은 전혀 다른 것이었다. 경문과는 전혀 관계가 없는 말이 나왔다.

"—임과 자는 밤은 한손이 방해가 돼."

이런 식이었다. 야로쿠는 깜짝 놀라 눈을 비비고 기침을 한뒤 다시 읽기 시작했다.

"가끔 만나는 데 말다툼은 꼴사나워……. 에헴, 가끔……. 에헴, 이상한데……. 안, 에헴, 안아주세요, 힘껏. 아아, 이거, 이거참."

아무리 용을 써봐도 이렇게 되어버리고 말았다. 몇 번을 다시해봐도 안 되기에, 야로쿠는 마침내 지긋지긋해져서 경문을 내던지고 벌렁 누워버렸다.

"못해먹겠군. 될 대로 되라지."

화가 나서 그대로 잠들어버린 모양이었다. 얼마쯤 잤을까. 머리맡에서 그릇 달그락거리는 소리가 들려 눈을 번쩍 떴다. 그러자 유녀가 거기서,

"푹 자고 있더라고. 일어났어?"

이렇게 말하며 생긋 웃었다.

"너……, 너 와준 거야?"

"별 이상한 소리도 다 하네. 나, 당신의 집사람이잖아. 여기에

계속 같이 있었어."

"하지만 너, 내 눈에는 보이지 않았었어."

"그건 처음부터 말했잖아. 유령은 밤에만, 낮에는 보이지 않아. 당신도 아까 그렇게 말했잖아. 그래, 맞아. 아까라는 말 때문에 생각났는데, 당신 오늘 정말 큰 사고를 칠 뻔했어."

"큰 사고를? 내가?"

"내가, 가 아니야." 오소메의 유녀는 자세를 바로하고 앉았다. "당신 불단을 열어서 반야심경을 읽으려 했잖아."

"미안해. 그 일이라면 볼 낯짝이 없어." 야로쿠는 머리를 긁으며 미안해했다. "난 제대로 읽을 생각이었어. 어머니가 하던 걸 들어서 기억하고 있고, 읽어본 적도 있었어. 읽지 못할 리가 없는데 읽을 수가 없었어. 아무리 읽어도 이상한 속요 같은 내용이 되어버렸어. 볼 면목이 없어. 미안해."

"그게 아니야. 그건 내가 한 거야."

"네가 했다니, 뭘?"

"읽지 못하게 방해를 한 거야. 당신이 반야심경을 읽으면 난 성불을 하게 된단 말이야. 성불을 하면 가야 할 곳으로 가버리게 되어 더는 당신을 만날 수 없게 되잖아."

"흠―, 저승으로 가게 된다고, 경을 읽으면?" 야로쿠가 묘한 얼굴을 했다. "하지만 넌 진액이었나, 진드기였나, 아무튼 그런 거여서 아무리 훌륭한 스님이 공양을 올려도 저승으로는 가지 못한다고."

"어머, 세상에. 진액에 진드기라니. 진에, 진에라고 하는 거야. 그리고 이름 높은 고승으로는 안 되지만, 당신 같은 가족이 공양을 하면 저승으로 가게 된단 말이야."

"이거 큰일 날 뻔했군." 그는 얼마간 깜짝 놀랐다. "그건 잊으면 안 되겠어. 지금 저승으로 가버리면 큰일이지."

"그래도 당신이 징을 울리지 않아서 그나마 다행이었던 거야. 징을 울리면 부처님이 나타나는데, 그러면 독경을 방해할 수가 없거든. 내가 얼마나 마음 졸였는지 몰라."

"그래, 그런 거였군. 그런 줄 몰랐기에 갑자기 에헤라, 얼씨구 하는 말들이 튀어나온 데에는 깜짝 놀랐다니까."

"앞으로는 조심해줘. 그만 일어나서 목욕탕에라도 갔다와. 난 그 사이에 여길 좀 치우고 있을 테니. ……자 수건."

목욕탕에서 땀을 빼고 상쾌한 기분으로 돌아와보니 상이 차려져 있었다. 전갱이 초무침에 오이 간장무침, 오징어 회에 공미리 초회, 그리고 풍로에서는 대합의 살을 넣고 끓인 된장국이 좋은 냄새를 피워올리고 있었다.

"이건 정말 굉장한 요리들이잖아. 네게 이렇게 돈을 쓰게 하는 건 좀 미안한데."

"돈 같은 건 쓰지 않았어. 이거 전부 가네다야(金田屋)에서 가져온 거야."

"응? 가네다야…… . 2번가에 있는?"

"맞아. 주방에서 막 만들어놓은 걸 가져온 거야. 술도 잔뜩 있으니 오늘 밤에는 당신도 취하도록 해." 오소메의 유녀가 예의 눈으로 곁눈질하며 이쪽을 노려보고, "당신은 아무리 무슨 짓을 해도 금방 고개를 숙여버리잖아. 그래서는 허탈해서 즐길 수가 없잖아. 오늘 밤에는 취하도록 해. 취하면 오래 고개를 들고 있을 테니."

"그거라면 안심해도 돼. 어젯밤에는 조심스러운 마음도 있었고 2년 만에 맛본 거라 그랬던 거야. 이젠 알았으니, 헤헤, 자랑은 아니지만, 너도 열흘이 지나기 전에 홀쭉해져서 흐물흐물 유령처럼……, 아아, 그게 아니지. 넌 지금도 유령이지. 잠깐, 그럼 어떻게 되는 거지?"

"나는 걱정하지 않아도 돼. 나는 아무리 용을 써도 몸에는 아무런 지장도 없으니까. 당신이 생각해야 할 건, 당신의 몸이야."

"난 강철 같은 몸이야. 오오, 역시 가네다야로군. 이건 인생 최고의 맛이야. 당신도 한 잔."

"고마워요. 남편에게 술을 따르게 했다고 천벌을 받는 건 아닌지 모르겠네."

"받게 되면 절반은 내가 책임질게."

"여자를 녹이는 말만 골라서 하네. 그 입으로 온갖 여자들을 속여온 거 아니야? 혹시 앞으로 그런 짓을 하면."

"앗, 그쯤에서 그만두도록 해. 죽이겠다는 말이 나오면 술이 깨버려서 안 되니까. 이런 제길." 그는 자꾸만 허벅지와 팔 등을 때리며, "오늘 밤에는 모기가 아주 극성인데, 너는 하나도 안 물리는 거 같네."

"당신도 참 멍청하네. 유령이 모기에 물릴 리가 없잖아. 그래서는 여름밤에 버드나무 밑에서 어떻게 나오겠어."

"그도 그렇군. 유령이 모기에 뜯겨서 허벅지 같은 델 벅벅 긁어서는 아무도 겁을 먹지 않을 테니. 이 세상이라는 건 좀처럼 빈틈없이 생겨먹었군."

둘이서 알딸딸하게 취해서 잠자리에 들었다.

날이 밝으면 유녀의 모습은 보이지 않았다. 날이 어두워져 9시쯤 되면 모습을 드러냈다. 매일 밤 어딘가에서 요리와 술을 가지고 와서 제멋대로 떠들어가며 먹고 마시고, 그리고 밖이 희붐하게 밝아올 때까지 몸에 지장이 없는 자와 강철 같은 자가 용을 썼다. 그것이 매일 계속되었다.

"내일 밤에는 하시젠(橋善)의 튀김을 먹기로 할까? 거기다 조주안(長寿庵)의 계란찜도 나쁘지는 않지."

어느 가게의 어떤 요리도 원하는 대로, 더구나 공짜였기에 마음껏 고를 수 있었다. 거기다 오소메의 유녀는 세련되고 영리하고 수완이 좋아서 일을 하라고는 절대로 말하지 않았다.

"꿈이라면 제발 깨지 말기를."

극락이라도 이렇지는 않을 것이라며 야로쿠는 신이 나서 어쩔 줄 몰랐다. 동네사람들은 아무도 눈치 채지 못했다. 옆집의 아낙인 오칸이 한 번은 걱정스러운 얼굴로 이렇게 물은 적이 있었다.

"야로쿠 씨, 요즘 매일 밤 가위에 심하게 눌리는 것 같던데, 어디 몸이라도 안 좋은 거 아니야?"

"그래? 가위에 눌린다고?" 그가 히죽히죽 웃으며 이렇게 대답했다. "그럼 틀림없이 그거야. 오칸 씨가 매일 밤 가위에 눌려서 그게 나한테 옮은 거야."

오칸은 빨갛게 달아올라 어머 세상에, 라고 말하며 자리를 피했고, 그 이후부터는 그녀 역시 아무런 말도 하지 않게 되었다. 집주인은 여전히 쌀과 된장을 가져다주었다. 돈을 조금 놓고 가는 적도 있었는데, 올 때마다 반드시 잔소리를 해댔다.

"아직도 마음을 잡지 못했는가? 대체 어쩔 생각인가? 기다리고 있는 사람이 가엾지도 않은가?"

지금까지는 그저 미안해서, 이거 죄송합니다, 라는 정도로만 인사를 했으나, 오소메의 유녀가 온 뒤부터는 믿는 구석이 생겨서 하루는 집주인의 말에 마침내 토를 달고 말았다.

"난 이게 마음 편해. 이게 내 성격이니 그냥 내버려둬. 어디서 누가 기다리고 있는지는 모르겠지만 제 발로 걸어나간 사람이니 가엾고 자시고 할 것도 없어. 그런 말도 안 되는 소리는 하지 말았으면 해."

"뭐, 뭐, 뭐라고?"

헤이사쿠 노인이 화를 냈다.

"뭐가 말도 안 되는 소리라는 거야. 뭐가 가엾고 자시고 할 것도 없다는 거냐. 그게 집주인한테 할 소리냐? 네가 아무리 빠진 괴머리라고 해도 그냥은 넘어갈 수 없어! 오카네 씨가 집을 나간 건 자신을 위해서가 아니야. 네놈을 생각해서, 네놈이 조금은 인간다워지기를 바라는 마음에서 눈물을 흘리며 친정으로 돌아간 거야. 친정으로 갈 때 오카네 씨가 울면서 한 말을 잊지는 않았겠지? 당신이 정신을 차리면 바로 돌아올게요, 제발 빨리 돌아올 수 있도록 해주세요. 이렇게 말하며 운 것을 기억하고 있겠지?"

5. 세상 어디에도 없던 장사

"그것만이 아니야. 오카네 씨는 친정에 돌아간 뒤에도 되먹지 못한 네놈을 하루도 걱정하지 않은 날이 없었어."

화가 난 집주인의 눈에 그 순간 갑자기 눈물이 맺히기 시작했다. 그것을 손등으로 닦고 흔들리는 목소리로 헤이사쿠 노인은 계속해서 말했다.

"네놈은 빠진 괴머리에 얼간이라 그런 되먹지 못한 말을 해대지만, 지난 2년 동안 쌀과 된장에서부터 돈까지, 부족하나마 어쨌든 살아왔어. 대체 그걸 누구 덕이라고 생각하는 거야?"

"그야 뭐, 그렇게 말하면 할 말은 없지만, 그 일에 대해서는 나도 주인아저씨의 은혜는,"

"그럼, 그렇지. 네놈의 눈은 그 정도밖에 되지 않아. 여기로 가져다준 건 틀림없이 나야. 하지만 진짜 보낸 사람은 오카네 씨야. 삯바느질, 삯빨래, 일을 가리지 않고 밤낮없이 해서 네놈이 성실해지기까지는……, 하며 번 것을 전부 네놈에게 보낸 거야. 주인아저씨, 제가 보낸 거라고는 절대로 말하지 말아주세요, 그 사실을 알고 다시 마음이 느슨해지기라도 하면 제가 돌아올 날이 늦어질 테니까요, 제발 부탁이니 비밀로 해주세요……. 난 눈물이 나왔어. 집사람은 콧물까지 흘리며 울었어……. 부부는 2세에 걸친 인연이라고 하지만 연이 끊기면 타인이야. 너 같은 놈은 객사를 해도 시원찮을 놈이야. 그런데도 오카네 씨는 이렇게, 이렇게까지 뒤에서 정성을 다하고 있어. 부부의 정이야……. 네놈을 남편이라고 생각하고 있기 때문이야. 그런데 네놈은 뭐야. 얼마나 같잖은 소리를 더 해대야 속이 풀리는 거야?"

집주인의 분노도 정점에 달한 모양이었다.

"그런 사람의 마음도 알지 못하는 녀석은 꼴도 보기 싫어. 오카네 씨에게는 미안하지만 나는 손을 떼겠어. 쌀과 된장도 돈도 이게 마지막이야. 집세도 오카네 씨에게서는 더 이상 받지 않겠어. 미리 말해두겠는데 한 번이라도 집세를 내지 못하면 쫓아내고 말 거야. 이번에는 용서하지 않을 테니, 그리 알고 있어."

불같이 화를 낸 뒤, 돌아갔다.

아무리 야로쿠라도 할 말이 없었다. 코가 찡해지는 듯한 느낌이었지만, 그래도 오소메의 유녀를 생각하고, 매일 밤 찾아오는 유녀와의 즐거움을 생각했으며, 마침내 흥 하고 콧방귀를 뀌었다.

"흥, 뭔 소릴 하는 거야. 집주인이라고 유세는, 쳇. 아주 대단하십니다."

그리고 하품을 한 뒤 벌렁 드러누웠다.

그날 밤의 일이었다. 오소메의 유녀도 전부 들은 모양이었다. 평소처럼 모습을 드러내더니, 갑자기 야로쿠의 멱살을 잡고, "이 거짓말쟁이.", "개망나니.", "염치도 모르는 사기꾼.", "천하의 바람둥이.", "얼간이 녀석." 등, 무시무시한 기세로 욕을 해댔다.

"전처는 내쫓았다, 인연을 끊었다고 말했잖아. 그런데 이 호박 같은 놈이."

"인연은 끊었어. 거짓말이 아니야. 난 모르는 일이야."

야로쿠는 열심히 변명했다. 무엇보다 목숨을 잃을지 몰랐기에 무서웠다. 땀을 삘삘 흘리며 설명하고 해명했다. 오소메도 집주인이 내뱉듯 한 말을 들었기에 결국은 납득한 듯, 마침내 거기에 앉아 혹 한숨을 쉬었다.

"그렇다면 이번만은 믿어보겠어. 그런데……, 집주인이 그렇게 말했으니 우리도 뭔가 방법을 생각해봐야 하지 않겠어?"

"생각하다니, 뭘?"

"먹을 것 정도는 가져올 수 있어도, 설마 돈까지 집어올 수는 없잖아. 당신도 내게 도둑질을 시킬 마음은 없겠지? 그럼 집세네 뭐네, 아무래도 돈이 조금은 필요하잖아."

여자는 유령이 되어서도 역시 여자였다. 야로쿠는 싫은 표정을 했다. 또 일하라는 소리를 들어야 하는 건가? 이렇게 생각했으나, 유녀는 다쓰미 출신답게 촌스러운 소리는 하지 않았다.

"그래, 좋은 생각이 있어, 여보."

"미리 말해두겠는데, 난 일하는 건 싫어."

"당신은 그냥 앉아 있기만 하면 돼. 우선은 좀 들어봐. 이렇게 하는 거야." 오소메가 힘에 넘치는 얼굴로, "그러니까 한마디로 하자면 유령을 빌려주는 장사야."

"유령을 빌려주다니?"

"세상에는 죽고 싶을 만큼 남에게 원한을 품은 사람들이 아주 많아. 돈 때문에, 사랑 때문에, 여러 가지 이유로 원한을 품고 있어서, 차라리 유령이 되어 나타나서 원한이 얼마나 큰지를 알게 해주고 싶다고 생각하는 사람들이 아주 많아. 그런 사람들에게 유령을 빌려주는 거야. 빌린 사람은 자기 대신 그 유령을 상대방에게 보내서 원망하고 싶은 만큼 원망을 할 수가 있어. 그렇게 하면 자신이 죽을 필요도 없고, 상대방이 괴로워하는 모습도 볼 수 있으니, 그야말로 일거양득이잖아."

"그렇군. 그거 괜찮을 거 같은데." 야로쿠도 해볼 마음이 들었다. "그건 일이 될 듯싶어. 그 역할은 네가 할 거야?"

"나도 할 생각이지만, 혼자서는 안 돼. 손님이 오기 시작하면 여러 가지 주문이 있을 거 아니야. 그러니까 유령을 대여섯 명 정도 더 데리고 올게."

"그런데 그런 유령이 그렇게 많아?"

"전에도 한번 말했잖아. 가야 할 곳에 가지 못한 채 허공을 맴돌고 있는 자들이 아주 많다고. 말만 잘하면 5명이나 10명쯤 은 바로 데려올 수 있어."

6. 세상에 편한 직업은 없다

얘기는 간단한 것이었다. 장사가 될지 안 될지, 어쨌든 해볼 만한 가치는 있는 듯했다. 이에 야로쿠도 자세를 고쳐 앉았으며, 둘이서 장사에 관한 세세한 부분을 상의하기 시작했다. 손님을 모으려면 어떻게 해야 할지, 파견 대금은 어느 정도가 적당할지, 여러 가지로 검토해본 결과 이는 상당한 돈이 되리라는 결론에 이르렀다.

"이거 괜찮은데. 이건 짭짤한 일이 될 거야. 원조 유령대여업 자. 틀림없이 한밑천 잡을 수 있을 거야."

야로쿠는 이렇게 말하며 매우 기뻐했다.

그날 밤에는 사전 축하. 오소메는 바로 유령 모집에 들어갔 고, 세심하게 물색해서 6명의 남녀를 고용했다. 남자 2명, 할아 버지와 할머니, 아가씨 2명으로 구성했다. 이 정도를 데리고 있으면 일단 대부분의 주문은 받을 수 있을 테지만, 이를 위해서 오소메는 매우 커다란 고심을 했다고 말했다. ……유령은 얼마든지 있지만, 장사로 하는 일이니 아무나 뽑을 수는 없었다. 우선 정직하고 얌전하고, 섬뜩한 느낌을 주면서도 이목구비가 반듯한 자, 최소한 이 정도의 조건을 필요했다.

"안 그래? 정직한 자가 아니면 손님하고 눈이 맞을지도 모르고, 일을 나가서 엉뚱한 짓을 할 염려도 있고, 조금 드센 사람이라면 조합 같은 걸 만들어서 바로 임금인상 스트라이크를 시작할지도 모르잖아." 오소메는 이렇게 설명했다.

"외모도 그래. 일을 하러 나가서 '원망스럽구나.'를 해야 하는데 호박이나 탈바가지 같은 얼굴을 하고 있으면 상대방이 무서워하기는커녕 웃음을 터뜨리고 말 거야."

참으로 세심한 배려였다. 또 모집을 하는 데 있어서 곤란했던 점은, 예의 요쓰야 괴담[2]에 등장하는 오이와(お岩), 후나벤케이[3]로 유명한 다이라 도모모리(平知盛), 유이쇼세쓰[4], 사라야시키[5]의 오키쿠(お菊) 등과 같은 자들이 와서 고용해달라고 끈질기게 떼를 썼다는 것이었다.

"이야, 그런 자들이 아직도 허공을 맴돌고 있단 말이야?"

---

2) 四谷怪談. 자신의 출세를 위해 아내 오이와를 죽인 사내가 오이와의 원한을 사 파멸한다는 내용.
3) 船弁慶. 배에 다이라 도모모리의 망령이 나타났으나 벤케이라는 승려가 물리쳤다는 내용.
4) 由比正雪. 에도 초기의 병법가. 막부의 붕괴를 도모했으나 사전에 발각되어 자살했다.
5) 皿屋敷. 오키쿠라는 망령이 접시를 헤아리는 것으로 유명한 괴담.

"오이와는 집념이 아주 강해. 조만간에 여기로 밀고들어올지도 몰라."

"노, 노, 농담이겠지? 말도 안 돼. 오이와가 여기에 오면 견딜 수 없을 거야. 그것만은 어떻게든 막아줘. 얘기를 듣는 것만으로도 간이 오그라들어."

야로쿠가 떠는 모습을 보고 오소메는 웃다가, 문득 떠오른 것이 있다는 듯한 눈빛이 되어,

"미리 말해두겠는데, 이번에 고용한 아가씨 가운데 어린 쪽, 그 아가씨한테는 당신도 조심해야 할 거야."

"그 아가씨한테 무슨 사연이라도 있는 거야?"

"있지. 그 아가씨는 살아 있을 때 굉장히 가벼운 여자였어. 얼굴은 그다지 봐줄 게 못 되지만, 몸과 성격이 그렇게 타고난 거겠지. 그 나이에 서른 몇 명인가의 남자를 속여서, 그 원한으로 남자에게 살해당했어. 지금도 남자 유령만 보면 꼬리를 쳐. 근데 그게 아주 색정적이고 능란하니까, 알았지? ……조심해서 걸려들지 않도록 해야 돼. 만약 내게 질투심을 품게 하면, 알고 있지?"

"뭐야, 그런 거였어? 그런 일이라면 걱정할 거 없어. 너 하나만 해도 감당하기 벅찰 정도이니, 바람을 피운다는 건 있을 수 없어."

그는 이렇게 말하고 눈썹을 찡그려 보였다.

여기서 유령 6명을 소개해야 할 테지만, 이야기의 갈 길이

아직 멀었으니 바로 장사에 대한 이야기로 넘어가는 것을 용서해주시기 바란다.

……이렇게 해서 유령대여점은 음침하게 개업했다. 할아버지, 할머니를 제외한 다른 4명이 팔방으로 돌아다니며 우선 손님을 물색했다. 즉, 죽고 싶을 만큼 타인을 원망하고 있는 사람, 제길! 유령이라도 돼서 죽여버리고 싶어, 라는 식으로 원망하고 저주하고 있는 사람을 찾아다니다 그런 사람이 나타나면 '스미야 강변으로 와.'라고 귀뜸을 해주는 것이다.

"얀파치 연립주택에 있는 야로쿠의 집으로 와. 아주 저렴하게 당신의 원한을 풀어줄 테니."

이것을 암시적으로 몇 번이고 되풀이하면, 상대방은 워낙 원한에 눈이 멀어 있어서 정신적 균형을 잃었기 때문에 자신도 모르게 암시에 걸려드는 모양이었다. 개업 5일 만에 벌써 손님이 찾아왔다. ……그때 주고받은 문답도 재미있으나 이야기를 서두를 필요가 있기에 생략하기로 하고, 의뢰는 치정에 의한 원한, 상대방은 유부녀라는 사실만 기록해두기로 하겠다.

6일째, 7일째, 손님은 점점 늘었다. 열흘째에는 7명이나 찾아왔으며, 손님은 더욱 늘어날 듯했다.

"대박이 터졌어, 오소메. 좀 보라고, 벌써 3냥 가까이나 벌었어."

"겨우 그걸 갖고 뭘 그래. 곧 천 냥이 담긴 상자를 쌓아두고 살게 될 거야."

"이대로 가면 그렇게 될지도 모르겠어. 그런데 말이지, 정말 새삼스럽게 느끼는 건데, 세상에 남을 원망하는 사람이 이렇게 많을 줄은 몰랐어." 야로쿠가 놀랍다는 듯, "그것도 얘기를 들어보면 그럴 듯한 사연도 있지만, 완전히 반대가 되어 원한을 사야 할 자가 되레 원한을 품고 있는 경우도 아주 많아. 자신이 나쁜 짓을 했으면서 남을 원망하기도 하고 저주하기도 하고, 타인인 내가 다 화가 날 정도로 이기적인 자들이 있어. ……누가 어디서 무슨 생각을 하고 있는지, 한 꺼풀 벗겨내고 보지 않으면 사람의 마음이라는 건 알 수가 없어. 사람이 이렇게 비열한 존재라고는 생각지 못했어."

"커다란 깨달음을 얻은 듯한 말을 하는군. 바로 그렇기 때문에 우리가 돈을 벌고 있는 거 아니야? 한몫 잡으려면 사람의 약점을 쥐는 게 최고야. 자, 일을 해야지."

7. 가난뱅이는 3세 동안 고생

그러나 모든 일이 순조롭기만 한 것은 아니었다. 어느 날 밤, 중년 남자의 유령 하나가, 파견을 나갔다가 뜻밖의 재난을 만나 이마에 커다란 혹을 만들어가지고, 크게 화를 내며 돌아왔다. 사정을 들어보니 다음과 같았다.

그때 의뢰받은 일은 치정에 관한 건이었는데, 아내가 정부를 집으로 들였기에 자신의 발로 집에서 나온 남편이 아내에게 얼마나 큰 원한을 품고 있는지를 보여주고 싶다는, 마음 약한 남편의 의뢰였다.

"제가 그 집으로 찾아갔습니다."

그 담당 유령은 이렇게 보고했다. 가서 보니 그 여자는 문제의 남자와 함께 침실에서 서로 간지럽히기도 하고 꼬집기도 하면서 요란스럽게 유희를 즐기고 있었다. 정각 2시쯤 되어서야 사내는 피로에 지쳐 마침내 진정되기 시작했다. 그러나 여자는 아직도 더 즐기고 싶었는지, "아잉, 싱겁게."라거나, "좀 일어나봐요."라거나, "당신, 약해졌네요."라거나, "안 일어나면 간지럽힐 거예요."라며 엉겨붙었어. 아무리 봐도 끝이 없을 것 같았기에, 담당유령은 초조해져서 사방등의 불을 으스스 어둡게 한 뒤, 형식에 맞춰서 여자 앞에 모습을 드러냈다. 그랬더니 그 여자가 험악하게도 갑자기 "넌 누구야?"라며 대들었다는 것이었다.

"저는 순간 화가 났습니다." 담당유령은 이렇게 말을 이었다. "유령 보고 넌 누구냐니, 그렇게 사람의 마음을 상하게 하는 말을 갑자기 할 필요는 없지 않습니까. 저는 순간 화가 났습니다. 화가 났습니다만 장사이니 꾹 눌러 참고, 네 남편의 유령이라고 말했습니다. 그랬더니 뚫어져라 빤히 바라보고 있다가, 우리 남편이라면 엉덩이에 멍이 있으니 엉덩이를 까서 멍이 있는지 없는지 보여달라는 것이었습니다."

"똑 부러지는 여편네로군. 그래서 어떻게 했지?"

"어떻게 하다니요. 설마, 아무리 그래도 전 유령입니다. 그것도 전생에 남창이나 그런 거였다면 모르겠지만. 그랬다면 엉덩이 정도 보여줘야 할 허물이 있을지도 모르겠지만, 얘기가 이렇게 됐으니 분명히 말하겠는데 전 넝마주이였습니다. 착실한 넝마주이였었고, 지금은 이래봬도 유령입니다. 그런데 아무리 영업이라고는 하지만 엉덩이를 내밀어 멍이 있는지 없는지를 보이다니……, ㅎㅎㅎㅎ."

"여기서 우는 소리 할 필요는 없잖아. 그런 뻔뻔스러운 여편네라면 싸대기라도 한 대 올려붙였으면 됐을 거 아니야."

"그럴 생각이었습니다. 하지만 그렇게 할 수가 없었습니다. 기가 아주 드센 여자인 듯, 따다다다 쉴 새 없이 소리를 쳐댔습니다. 너무 빨라서 잘 알아들을 수 없었지만, 알아들은 부분만으로도 제 얼굴이 빨개질 만큼, 그러니까 남자를 홀딱 벗겨놓고 조롱하는 듯한 것이었기에, 이런 자리니 말씀드리는 겁니다만, 전 부끄럽기도 하고 점점 무서워지기도 했습니다."

"유령이 겁을 먹어서 어쩌자는 거야?"

"온몸의 털이 곤두서기 시작했기에, 그럼 다음에 다시 오기로 하고 오늘 밤에는 이쯤에서 실례하겠네, 이렇게 말하고 물러나려 했습니다. 그랬더니 상대방이 벌떡 일어났습니다. 빠르네 느리네 할 것도 없고, 눈 깜빡할 새도 없었습니다. 부엌에서 절굿공이를 가져와 갑자기 여기를 퍽……. 이걸 좀 보십시오, 혹이 얼마나 큰지……. 두 번 다시 오기만 해봐라, 씹어먹어줄 테니, 라며…… ㅎㅎㅎㅎ" 담당 유령은 주먹으로 눈을 훔쳤다. "전, 전생에서 성실한 넝마주이였습니다. 세상이라는 곳에서는 솔직한 사람이나 약한 사람, 성실한 사람이 고생을 합니다. 땀을 뻘뻘 흘리며 몸이 으스러져라, 어깨와 허리가 휠 정도로 일해도 밥조차 배불리 먹지 못합니다. 누더기를 입은 마누라에게 홑옷 한 벌 사주지 못하고, 다른 아이가 먹고 있는 과자를 우리 아이가 먹고 싶어 하면 때려서 그 순간을 넘길 수밖에 없습니다. 나쁜 짓을 하며 코웃음 치고 있는 녀석을 나리라고 받들어야 하고, 정치가 제아무리 악독해도 두려움에 몸을 웅크린 채, 그래 하늘이 다 보고 계셔, 하늘이 이대로 버리실 리가 없어, 이승에서는 보답받지 못한다 할지라도 저세상에 가면 부처님도 계시잖아, 틀림없이 좋은 일이 있을 거야……. 이렇게 생각하며 참아왔습니다. 그런데 그게 아니었습니다. 아뿔싸, 역시 마찬가지였습니다."

전 넝마주이는 약간 흥분해서, 그러나 저자세로 호소하듯 말을 이었다.

"이승에서도 돈, 저승에서도 돈. 이승에서 제아무리 악랄한 짓을 한 사람이라도 절에 돈을 많이 내기만 하면 당당하게 성불합니다. 극락이든 어디든 원하는 곳으로 갈 수 있습니다. 하지만 가난뱅이는 장례식조차 제대로 치르지 못하고, 보시도 많이는 하지 못합니다. 그렇기에 스님들조차 처음부터 얕보고……. 지금이니까 하는 말인데, 제가 죽었을 때 온 스님은 장례식에 와서 이런 말을 했습니다.

　―얀코의 세후 푼 하나일까 푼 둘일까.

벌컥 울화가 치밀었습니다. 그 자리에 있던 사람들에게는 알아들을 수 없는 말로, 모두가 고맙다는 얼굴을 하고 있었습니다. 하지만 저는 이미 혼령이 되었기에 알아들을 수 있었습니다. 얀코는 오늘 밤이고 세후는 보시를 말하는 겁니다. 다시 말해서 오늘 밤의 보시는 한 푼이려나 두 푼이려나, 라는 뜻입니다. ……흐흐흐흐, 그것이 장례식에서 한 말입니다. 이래서 제가 성불할 수 있을 것이라 생각하십니까?"

"그게 사실이라면 정말 굉장한 스님도 다 있군."

"스님이 그 모양인데, 부처님은 그들의 총감독관 아닙니까? 저희가 어떤 취급을 받고 있는지 다 알고 계실 겁니다. ……정직한 사람, 약한 사람이나 성실한 사람은 이승에서도 저승에서도 마찬가지입니다. 하늘도 부처님도 신경 써주시지 않습니다. 괴로움을 맛보는 것은 역시 가난한 사람들입니다."

여기에 이르러 전 넝마주이는 언성을 높이기 시작했다.

"저는 이렇게 말하겠습니다. 인간도 살아 있을 때뿐이다. 저승을 기대하며 이를 악물어봐야, 저승에서도 좋은 일은 결코 없다. 전부 살아 있을 때의 일이다. 악랄한 녀석인 줄 알고 있는 놈을 나리라고 치켜세워서는 안 된다. 악독한 정치에 눈을 감고 있어서도 안 된다. 그저 정직하기만 해서는 안 된다. 약한 자는 강해지지 않으면 안 되며, 가난한 사람이라도 처자식의 행복은 지켜야 한다. 살아 있는 동안에 그렇게 하지 않으면 안 됩니다. 살아 있는 동안에." 그리고 그는 이마의 혹을 문질렀다. "그 증거가 여기 있습니다. 유령이 되어서도 저 같은 사내는 보시는 대로입니다. 이걸 좀 보십시오, 이 커다란 혹을. 이젠 지긋지긋합니다. 흐흐흐흐. 지긋지긋합니다."

그리고 할아버지, 할머니 유령은 하루 종일 누워 있기만 했다. 할아버지는 급경련통을 앓고 있었고, 할머니는 천식을 앓고 있어서, 오늘 밤은 춥다는 둥, 습하다는 둥, 감기기운이 있다는 둥, 의뢰자가 있어도 좀처럼 움직이려 하지 않았다. 아가씨 유령 가운데 한 사람은 성실한 사람이어서 가장 열심히 일했으나 그도 보름쯤 지나자,

"가족 가운데 한 사람이 공양을 해주어서 이번에 성불하게 되었으니 저는 이만 일을 그만두겠습니다."

이렇게 말하고 사라져버렸다.

그 바로 뒤의 일이었는데 전 넝마주이가 아닌 쪽의 남자 유령이 파견을 나갔다가 쉰 목소리로 녹초가 되어 돌아왔다. 목소리가 완전히 갈라져서 무슨 말을 하는지 잘 알아들을 수 없었다. 손과 머리를 자꾸만 흔들며, "이젠 그만두겠어."라는 표현을 했다.

"대체 왜 그러는 거야? 무슨 일이 있었던 거야?"

"겔겔……, 겔겔……, 겔겔."

그야말로 담뱃진에 막혀버린 담뱃대였다. 야로쿠가 그의 입

에 귀를 가져가서 들은 바에 의하면, 상대는 살이 찐 50대 남자였는데, 드르렁드르렁 코를 골며 깊은 잠에 빠져서 아무리 "원망스럽구나."라고 해도 눈을 뜨지 않았다. 꿈쩍도 하지 않았던 것이다.

"게다가 그 코고는 소리가 말입니다." 담당유령이 겔겔거리는 목소리로 말했다. "천둥번개가 치는 것 같은 어마어마한 것으로, 제 귀가 다 먹먹해질 정도, 그랬기에 저도 커다란 목소리를 내게 되었는데, 그때부터는 섬뜩한 목소리를 내야 하네 말아야 하네, 그런 한가로운 소리를 할 상황이 아니었습니다. 하룻밤 내내 소리를 지르다가 정신을 차리고 보니 날이 밝았고, 저는 이런 목소리가 되어버리고 말았습니다, 이런 목소리가. 겔겔겔겔⋯⋯. 이젠 지긋지긋합니다. 저는 일을 그만두겠습니다."

이 유령도 그 이후 모습을 감춰버리고 말았다.

그 외에도 두어 가지 문제는 있었으나 사업은 더욱 번창, 일손이 부족했기에 오소메 소저까지 파견을 나갔다. 그렇게 해서 개업 17일째 되던 날, 무슨 바람이 불었는지 할아버지와 할머니도 일을 나갔고, 전 넝마주이도, 예의 바람둥이 아가씨도, 오소메까지 일을 나가서 야로쿠 혼자 집을 보고 있었다.

"살아 있을 때가 전부라, 그래."

그는 오랜만에 혼자 누워 하품을 하며 이런 말을 중얼거렸다.

⋯⋯하늘도 부처님도 없다, 저승에 가봐야 좋은 일은 없다, 사람은 살아 있는 동안에 보람 있는 일을 하지 않으면 안 된다. 전

넝마주이의 말이 이상할 정도로 야로쿠의 머리에 엉겨붙어 있었다.

"죽으면 그것으로 끝. 모든 것은 살아 있을 때뿐. 그럴지도 모르겠군."

"뭘 그렇게 감탄하고 있는 거예요, 당신."

갑자기 이렇게 말하며 예의 바람둥이 아가씨의 유령이 나타났다. 오동통한 얼굴에 혈색은 창백했으나, 한쪽 눈이 약간 사팔 뜨기였으며, 조그맣게 오므린 입, 온몸에 색기가 흐르고 있는 듯한 느낌이었다.

"어떻게 된 거야? 벌써 끝난 거야?"

"그건 아무래도 상관없잖아요. 그보다, 저기요오."

"왜 이상한 목소리를 내는 거야? 그리고 이렇게 가까이 와서는 안 돼. 좀 더 저쪽으로 떨어져."

"뭐 어때서 그래요? 왜 그래요, 당신." 유령 아가씨가 야로쿠에게 달라붙었다. "당신 오소메 씨가 무서운 거죠? 다 알고 있어요. 겁쟁이. 남자 주제에 그런 아줌마한테 꼭 잡혀서 바람도 못 피우다니 부끄럽지 않나요, 당신?"

"아아, 제발 놔줘, 부탁이야. 이, 이 손 좀." 야로쿠는 몸부림쳤다. "제발 부탁이니 놔줘. 혹시 그 사람이 돌아와서 보기라도 하면."

"죽여버릴 거라고 했죠? 뭐 어때요. 죽이면 죽이는 대로 그런 사람과는 헤어져서 나랑 부부로 살면 되잖아요."

"남의 일이라고 그렇게 말하는 거 아니야. 나는 아직 죽고 싶지 않아. 제발 부탁이니 그만 해줘."

"괜찮다니까요. 그 사람은 아침까지 돌아오지 않을 거예요. 아잉, 그렇게 쌀쌀맞게 굴지 말고 꼭 안아줘용. 그 사람은 어떤지 몰라도, 제 건 만 명 가운데 하나 있을까 말까 한 특별한 거예요. 자, 얌전히, 이걸 이렇게, 으응."

"히히히, 그만둬. 후후후, 간지러워. 헤헤헤헤, 잠깐만."

몸부림을 치며 엉겨붙어 있는데, 그 두 사람 앞에 바로 그 오소메의 유녀가 스멀스멀 모습을 드러냈다.

"오, 오소메. 다, 당신……."

깜짝 놀라 야로쿠가 외쳤다. 바람둥이 아가씨의 유령도 굉장히 놀랐는지 푸르스름하게 한 번 반짝이는가 싶더니,

"아줌마, 맛을 좀 봤어요."라고 비꼬듯 말하고는 사라져버리고 말았다.

8. 제자리로 돌아온 반야심경

"너, 결국은 사고를 치고 말았어." 오소메가 조용하지만 뼈까지 얼어붙을 것 같은 목소리로, 야로쿠의 얼굴을 가만히 들여다보며 말했다.

"내가 다 봤어. 이 눈으로, 전부 다 봤어."

"아, 아, 아니야. 그게 아니야. 마, 말도 안 돼. 그건 엉터리야.

거짓말이야."

"나를 아줌마라고 했겠다? 너를 꽉 움켜쥐고 있다고? 죽고
나면 그 아가씨하고 부부가 되겠다고 했지, 당~신~."

"아, 아, 아, 그렇게 말한 건, 그 녀석이."

"그 녀석이 말이지, 그 녀석이 네게 안겨서 엉겨붙으며 말했
지."

그리고 오소메의 유녀는 악귀처럼 몸을 펼치고 온몸의 털을
곤두세우고 이를 드러내며 음산하게 웃었다.

"아이고 기뻐라. 이걸로 원한을 품게 한 사람이 생겼어. 죽여
버릴 사람이 생겼어. 아아, 기뻐라. 지금부터 999일 동안 밤낮으
로 머리맡에 찾아와 도탄의 괴로움을 맛보게 해서, 원—한—
을……, 한—풀—이—를……, 해—야—겠—구나. 아—, 원망스
러워라……."

"살려줘, 이렇게 빌게."

야로쿠가 납작 엎드려 머리를 조아리며 외쳤다.

"난 죽고 싶지 않아. 살려줘. 죽기 싫어. 용서해줘, 살인자."

"야로쿠, 왜 그래. 야로쿠, 정신 차려."

등을 세게 언어맞았다. 야로쿠는 비명을 지르며 벌떡 일어서
다 누군가의 머리에 부딪쳐 눈앞에서 별이 반짝였으며, 그리고
다시 등을 세게 언어맞았다.

"이런 시간까지 자면서 무슨 잠꼬대를 하는 거야. 정신 차리
고 눈을 떠. 어떻게 된 거 아니야, 야로쿠."

"하아……, 하아……."

야로쿠가 멍하니 돌아보았다. 집주인인 헤이사쿠가 거기에 있었다. 문이 열려 있었으며, 바깥은 여름의 밝은 빛으로 가득 넘쳐나고 있었다. 야로쿠는 "아아, 주인아저씨, 주인아저씨다." 이렇게 말하고 갑자기 벌떡 일어나 불단을 열더니 입 안에서 염불 같은 걸 중얼거리며 떨리는 손으로 촛불 토막에 불을 붙이고 부러진 향을 꽂고, 그리고 징징 징을 울렸는데, 그 빠른 몸놀림과 당황한 모습과, 이 모든 이상한 동작을 본 헤이사쿠 노인은, 그가 미쳐버린 것이라 생각한 듯, 엉덩이를 들어 달아나려 했다. 그를 야로쿠가 달려들어 붙들고는,

"주인아저씨, 부탁입니다. 제발 불경을 읽어주세요. 반야심경을 딱 한 번만, 나를 살리는 셈치고."

"읽어달라면 읽어주겠지만, 갑자기 왜 그러는 거야?"

"이제 눈을 떴습니다." 야로쿠가 눈물을 흘리며, "이쪽의 눈도, 저쪽의 눈도 다 떴습니다. 네네, 앞으로는 일을 하겠습니다, 일을 하겠습니다."

"야로쿠, 그거 진심으로 하는 소리야? 아직 잠이 덜 깬 거 아니야?"

"진심이 아니면 목숨을 잃어. 네네, 진심입니다. 앞으로는 있는 힘껏 일을 하고, 오카네도 불러오고, 열심히 최선을 다해서 돈도 벌겠습니다. 그러니 얼른 불경을 한번."

"그게 진심이라면 더 없이 좋은 일이지만, 그걸 위해서 왜

또 불경을 읽어야 하는 거지?"

"그건 오소메……. 아니, 그러니까 그건, 아버지께도 어머니께도 이렇게 마음먹었다는 사실을 알려 안심하고 가야 할 곳으로 가시게 하려고."

"좋은 생각이로군. 이번에는 진심인 거 같아." 집주인은 옳다구나 싶어 손뼉을 쳤다.

"돌아가신 부모님께 보여드리겠다니, 신소리를 하고 있는 건 아니로군. 야로쿠, 그런 생각을 잘도 해냈어. 나도 정말 기뻐."

"제가 훨씬 더 기쁩니다."

"이제는 야하치도, 아주머니도 저승으로 돌아갈 수 있을 거야. 오카네 씨에게도 바로 알려야겠군. 오카네 씨가 얼마나 기뻐할지……. 틀림없이 눈물을 흘리며 달려올 거야, 눈물을 흘리며."

헤이사쿠 노인은 눈을 비볐다. "야로쿠, 이번에는 어그러지면 안 돼. 오카네 씨를 아껴줘야 해. 알았지? 그래, 읽어줄게. 읽어주고말고. 내 일생일대의 영광이야. 십만억토에 울려퍼지도록 멋지게 읽어줄게."

집주인인 헤이사쿠 노인은 불단 앞으로 가서 앉아 다시 한 번 징을 울리고 마침내 조용히 반야심경을 외우기 시작했다.

'이걸로 성불하도록 해, 오소메.' 야로쿠도 합장을 하며 마음속으로 이렇게 말했다.

'넝마주이도, 할아범과 할멈도, 바람둥이 아가씨도 다 같이

성불하도록 해. 돈증보리, 나무아미타불.'

　유령대여업이라는 전대미문의, 그러나 더 없이 유리한 사업은 불행하게도 이렇게 해서 창업하자마자 해체되고 말았다. 세상에 고마운 것은 여자의 참된 마음이며, 세상에 두려운 것은 여자의 질투다.

　지금에 이르기까지 이 사업은 뒤가 끊겨 행해진 적이 없었는데, 개업할 뜻이 있는 분 어디 안 계신지?

◎ 옮긴이의 말

지금까지 야마모토 슈고로의 작품으로는 『붉은 수염 진료담』(2018.1), 『계절이 없는 거리』 2019.6), 『사부(さぶ)』(2020.10) 등 장편소설만을 번역해서 국내에 소개했다. 그러나 야마모토 슈고로에 대한 평을 보면 알 수 있는 것처럼 그는 단편소설에서도 수많은 걸작을 남겼다. 그가 단편소설에 능하다는 점은 위의 세 장편 가운데 『붉은 수염 진료담』과 『계절이 없는 거리』 역시 단편의 연작 형식으로 되어 있다는 사실만 봐도 알 수 있을 것이다.

이번에는 야마모토 슈고로의 단편소설 가운데 TV드라마로 제작된 적이 있는 작품들만을 모아 책으로 묶어보았다. TV드라마라는 장르의 특성상 대중적 인기를 얻을 수 있을 만한 작품이 주를 이루고 있다는 사실은 부인할 수 없을 것이다. 그러나 그런 만큼 많은 사람들이 거부감 없이 읽을 수 있는 작품이 대부분이라고도 말할 수 있으리라 생각한다.

이번 선집의 주인공들만 봐도 알 수 있는 것처럼 야마모토 슈고로는 주로 서민들을 자기 작품의 주인공으로 삼았다. 그는 서민들의 삶 속에서 무엇을 보았는지, 그들의 모습을 통해서 우리에게 무엇을 말하고 싶었던 것인지, 이 작은 선집을 통해서 조금이나마 엿보시기 바란다.

패전 전후의 일본을
치열하게 살았던 무뢰파 작가들

*수록작
1. 사카구치 안고
   요나가 아씨와 미미오 /
   전쟁과 한 여자
2. 다카미 준
   신경 / 인간
3. 다자이 오사무
   후지 백경 / 비용의 아내
4. 다나카 히데미쓰
   사요나라 / 여우
5. 오다 사쿠노스케
   비 / 속취

인간의 일생은 지옥이어서, 촌선척마(寸善尺魔), 라는 건, 참으로 옳은 말입니다. 1치의 행복에는 1자의 요사스러운 일이 따라옵니다. 인간 365일, 아무런 걱정도 없는 날이, 하루, 아니, 한나절 있다면, 그건 행복한 사람입니다. ─「비용의 아내」중에서

일본 무뢰파 단편소설선(13,000원)

미에 대한 추구로
예술의 존재가치를 탐구한 작가들

*수록작

1. 꿀의 정취/무로우 사이세이
2. 봄-2개의 연작/오카모토 가노코
3. 오솔길/나가이 가후
4. 소년/다니자키 준이치로
5. 게사와 모리토오/
     아쿠타가와 류노스케
6. 인간의자/에도가와 란포
7. 밀짚모자/호리 다쓰오
8. K의 승천-혹은 K의 익사/
     가지이 모토지로

"아저씨는 그렇게 오래 살아온 동안 무엇이 제일 무서웠어요? 평생 주체하지 못했던 것은 무엇이었나요?"

"내 자신의 성욕이다. 이 녀석 때문에는 참으로 난처했었다. 이 녀석이 들러붙은 곳에서는 달도 산의 경치도 없었단다. 인간의 아름다움만 눈에 들어오고, 그것과 내가 늘 관계가 없었다는 사실 때문에 더욱 아름다운 것과 떨어질 수 없었어."—무로우 사이세이 「꿀의 정취」 중에서

일본 탐미주의 단편소설선집(13,000원)

옮긴이 박현석

대학 졸업 후 일본으로 건너가 유학 및 직장 생활을 하다 지금은 전문번역가로 활동 중이며 우리나라에 아직 소개되지 않은 유명 작가들의 작품을 소개하기 위해서 출판을 시작했다. 나쓰메 소세키의 『갱부』, 『태풍』, 다자이 오사무의 『판도라의 상자』, 나카니시 이노스케의 『붉은 흙에 싹트는 것』 요시카와 에이지의 『우에스기 겐신』 등을 국내에 처음으로 번역·출간했으며, 야마모토 슈고로, 고가 사부로, 구사카 요코, 와시오 우코 등의 작가도 소개했다. 일본 중단편소설 선집으로는 『이별 그리고 사랑』, 『일본 무뢰파 단편소설선』, 『간단한 죽음』, 『일본 탐미주의 단편소설선집』 등을 엮은 바 있다.

야마모토 슈고로 드라마 원작소설선집 1
유령을 빌려드립니다

1판 1쇄 인쇄 2022년 10월 10일
1판 1쇄 발행 2022년 10월 15일

지은이 야마모토 슈고로
옮긴이 박현석
펴낸이 박현석
펴낸곳 현 인

등 록 제 2010-12호
주 소 서울시 도봉구 덕릉로 62길 13, 103-608호
전 화 010-2012-3751
팩 스 0505-977-3750
이메일 gensang@naver.com

ISBN 979-11-90156-37-0